釣臺隨筆

林谷 著

问卷
随笔文丛

湖南大学出版社

图书在版编目（CIP）数据

钓台随笔 / 林谷著 .— 长沙 : 湖南大学出版社，
2017.7
（开卷随笔文丛）
ISBN 978-7-5667-1272-1

Ⅰ .①钓… Ⅱ .①林… Ⅲ .①散文集—中国—当代
Ⅳ .① I267

中国版本图书馆 CIP 数据核字 (2017) 第 044662 号

钓台随笔
DIAOTAI SUIBI

作　　者：林　谷（著）
策划编辑：肖立生　邹　彬　刘　旺
责任编辑：肖立生　刘　旺
责任校对：全　健
装帧设计：山和水设计工作室
印　　装：长沙超峰印务有限公司
开本：850 × 1168　32 开　　印张：11　字数：238
版次：2017 年 8 月第 1 版　印次：2017 年 8 月第 1 次印刷
书号：ISBN 978-7-5667-1272-1
定价：36.00 元

出 版 人：雷　鸣
出版发行：湖南大学出版社
社址：湖南 · 长沙 · 岳麓山　邮编：410082
电话：0731-88822559(发行部)，88821691(编辑部)，88821006（出版部）
传真：0731-88649312(发行部)，88822264(总编室)
网址：http://www.hnupress.com
电子邮箱：56181521@qq.com

卷一

卷二

卷三

卷四

卷五

卷六

卷七

卷八

卷一

《耕堂读书记》随想

一九二七年七月十六日，正值旧中国凄风苦雨、夜色如磐的岁月，鲁迅在广州为青年做了一次影响深广的有关读书的讲演，教育和指引了几代追求进步和光明的读书人和革命者，其中就有当今“头白笔犹健，文思若远山”的著名老作家孙犁。鲁迅在讲演中积极倡导的最好的读书人是“思索者”，同时又是接触现实社会的观察者，“用自己的眼睛去读世间这部大书”，从而“使所读的书活起来”。从青少年时代开始，孙犁不仅人生道路受到鲁迅伟大精神的感召，就是他的读书生活与创作实践也都直接师承鲁迅。作家孙犁正是鲁迅所赞赏的那种善于思索、勤于思索的读书人，而《耕堂读书记》则是孙犁精心读书后凝练而成的闪光的结晶。

《耕堂读书记》是孙犁晚年读我国古代典籍的读书随笔。早在孙犁的童年他就已经受到优秀古典文学的滋养。他在《童年漫忆》中曾以感伤的笔调，回忆了颇带悲剧色彩、第一个借给他读《金玉缘》（即《红楼梦》）的人。在《我与古书》等篇章中，多次记述了他热爱古籍的原因和过程。他说，在新中国成立以前，他的读书生活经历了启蒙、探索和学以致用几个阶段。他按《鲁迅日记》中的书账和经、史、子、集的类别广泛地追索和购置古籍，而兴趣的重点则明显在小说和笔记方面。例如《世说新语》《太平广记》他就买了四种版本，《红楼梦》《水浒传》的版本也都有数种之多。但孙犁搜集古籍并不是真想当什么秘藏珍本、附庸风雅的藏书家。他的目的不在藏而在于读，在于从中吸取用之不尽的精神营养。孙犁在给青年女作家铁凝的信中曾说："我读书，不分中外，总觉得越古、越靠前的越有味道，就像老酒老醋一样。"

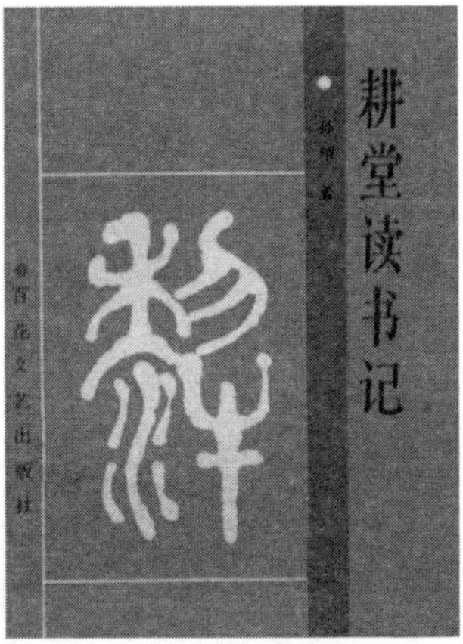

◎孙犁的《耕堂读书记》

读书记作为文体之一，古已有之。孙犁的《耕堂读书记》则是中国古近代读书记以及"五四"以来以鲁迅为代表的读书记的一个创造性的发展。他读古籍后记下的文字，有其自己的独特风格。它们既区别于古近代读书记，与我国现代一些著名的读书记作品也有明显的不同。他不侧重于介绍书籍的知识和演变，而着重阐述自己对书籍内容的体会和感受。

《耕堂读书记》除《代后记》一篇外，共收各式读书记四十篇，涉及的古籍大致包括小说、笔记、文论、哲学、历史、伦理、日记、文集、农桑、书画等十个方面。孙犁所读的古籍并非偏僻稀世之作，大多是常见的名著和典籍，然而孙犁却能在对这些普通古籍的徜徉之中，举明烛而独步，化平凡为神奇，独具慧眼地翻出新意来，使人耳目一新。

孙犁是小说家，因此他的读书记也就很自然地首先放眼于古典小说。《耕堂读书记》的首篇就是写于一九七八年的《关于〈聊斋志异〉》，这也是十年浩劫后所写的第一篇读书记。另外几篇则有《〈红楼梦〉杂说》《〈金瓶梅〉杂说》，以及谈笔记小说的《买〈世说新语〉记》《读〈燕丹子〉》等。《金瓶梅》《红楼梦》和《聊斋志异》是我国古典小说和短篇小说的高峰，几百年来，研究、评论这几部小说的专著、专文和笔记不可胜数。孙犁在短短篇幅的读书笔记中，比如在《〈红楼梦〉杂谈》这篇不足两千字的短文里，他的思想触角直接伸向两个十分重要的问题，这就是曹雪芹这样一个伟大的现实主义作家是在怎样一个历史背景下产生的，以及曹雪芹如何达到他那个时代所能达到的最高思想境界和人生观——对一个幸福人生与合理社会的向往和追求。孙犁在这篇读书记中说：

“历史上‘过来人’是那样多，可以说是恒河沙数，为什么历史上的伟大作品，却寥若晨星，很不相称呢？这是因为‘过来人’经过一番浩劫之后，容易产生消极思想，心有余悸，不敢正视现实。或逃于庄，或遁于禅，自南北朝以后，尤其如此。而曹雪芹虽亦有这方面的影子，总的说来，振奋多了，所以极为可贵。”孙犁这些经过独立思索提出的见解，如拨云雾而见明月，启示了我们：只有深刻地理解了曹雪芹，才能更深刻地理解《红楼梦》。

孙犁进入老年之后，性情日趋平和淡泊，对这个纷纷扬扬的世界似乎离得很远，但实际上他的灵魂并不冷漠，在他晚年所写的作品中依然流动着一股永恒活火般的人生热情。他像一个睿智的哲人，冷静地观察着、思索着。即使在读古书，也不是在那里发思古之幽情，而是在做着严肃的稽古鉴今的工作，用一面古镜映照今日的社会与人生。因此，《耕堂读书记》具有强烈的现实品格和时代忧患意识。例如在《庄子》篇中，孙犁认为像《庄子》这样的道家之书也是现实主义的，庄子并不是站在世圈之外胡说一通玄妙之言，去麻醉自己，愚弄人民。孙犁认为王先谦在《庄子集解序》中说的“喜怒哀乐不入于胸次”的意境是不可信的。他明确指出：“如果庄子本人能够做到这一点，他就不可能写出这样充满喜怒哀乐的文章了。凡是愤世嫉俗之作，都是因为作者对现实感情过深产生的。”孙犁在这里深刻地提出了一条现实主义创作的根本规律，古今中外一切伟大作品的产生莫不如此。在这篇文章中，孙犁还别致地穿插了一段同客人谈论现实主义和浪漫主义的对话。在答问中孙犁旗帜鲜明地提出了“现实主义是古今中外文学创作的主流”这一主张。他说，即使是浪漫主义，也是从现实主义的基础上升华出来的，没有凭空设想的浪漫主义。海市蜃楼的景象，也得有特定的物质基础才能显现出来。对今天某些热衷追求西方文艺思潮的人来说，不啻为一声响亮的警钟。

曹丕的《典论·论文》和陆机的《文赋》，是我国古代文学批评史上的重要理论著作，其中有关于创作规律、作家个性与作品风格的关系等问题的论述，对历代文学创作的发展有很大影响。孙犁在《曹丕〈典论·论文〉》这篇只有千把字的读书记中，对曹丕所提的“文人相轻”“文以气为主”等重要论点却用墨极少，而在曹丕批评当时一种社会风气上大作重头文章。表面上看来，孙犁似乎在避重就轻，实则恰恰表明孙犁是一个真正用心的读书人。孙犁向我们解释说，他们都不进行观察，也不进行独立思考，盲目地追求一种风尚，以致闹到不可收拾的地步。

接着，孙犁不无沉痛地感叹道：“他（指曹丕）所记情状，不是也可以再见于一千多年以后的社会吗？历史长河，滔滔不绝。它的音响为什么总在重复，如此缺少变化呢？”孙犁的这段话绝不是一个对历史风云冷眼旁观者所发的无病呻吟，而是一位从饥寒交迫、枪林弹雨中战斗过来，坎坷多艰，饱经沧桑，对人生有着深刻体验和远见的老人，对一个真正理性社会的衷心向往和召唤。显然，孙犁在这篇读书记中所发的议论和感慨，实已远远超过了曹丕文论的探讨范围，是一篇一字千钧、令人猛醒的警策之作。

孙犁晚年浏览古书的范围十分广博，历史古籍一直是他经常阅读的重点之一。不过从他的兴趣来看，似乎正史之外的野史、笔记更加吸引他的注意。鲁迅曾说；“历史上都写着中国的灵魂，指示着将来的命运，只因为涂饰太厚，废话太多，所以很不容易察出底细来。……但如看野史和笔记，可更容易了然了，因为他们究竟不必太摆史官的架子。”孙犁爱读野史、笔记及其他与历史有关的杂著，正是从鲁迅这里得到启示的。孙犁读历史的鲜明特点是，他始终具有清醒的现实主义精神，他读史不是为了掉书袋以炫耀学问，而是为了一个崇高的目的。他恰像一位高举火炬的探险者，引导我们穿过一片片阴森茂密的古籍之林，然后将他以敏锐眼光发现的历史真谛揭示给我们看，始而使我们触目惊心，继而使我们进入沉思。《读〈哭庙纪略〉》《丁酉北闱大狱纪略》《能静居士日记》以及《清代文献》等，就是这种难得的警世文章。《读〈哭庙纪略〉》记的是清朝初年的一件大案。一帮天真幼稚的秀才向一个贪赃枉法的县太爷造了反，可是当时正值顺治皇帝逝世，他们却不顾后果地打开文庙，来了个集体“哭庙”，要把县令赶走。但他们哪里知道，这却犯下了惊扰先帝之灵的弥天大罪，一下子被人抓住了辫子。结果巡抚一个奏本上去，朝廷一道密旨下来，十八名秀才全给砍了头，其中就有以批《三国演义》出名的金圣叹。那个刁恶龌龊的县官呢？不仅官复原职，而且催逼钱粮更是变本加厉了。孙犁最后有一段十分精辟的议论来总结这件史实的教训。他说，过去有一种职业叫师爷、讼棍或刀笔的，这些人能够把有说成无，把无说成有，用我们当代的语言来说，就是专会颠倒黑白，无限上纲。“哭庙”一案所上的奏疏，就是师爷们刀笔杆子下的“杰作”。孙犁告诫我们说：“我劝写文章的同志，看看历朝的官方文书，特别是清朝的各例如雍正皇帝的朱批谕旨，是很有好处的。这不是教人学打棍子，这是一种特殊的文体，常常是关系一人或许多人身家性命的文体。”在人妖颠例的十年动乱中，这样的杀人文章，我们看得还少吗？如何才能永远消除这种杀人文章，不让惨痛的悲剧重演，这是值得今天每一个人一思再

◎孙犁在书房

思的。

《耕堂读书记》是作家的读书记，它蕴含的文人气质也特别浓郁。这主要表现在两个方面。一是在这些读书记中作者重点阐述了关于文学艺术的诸多重要问题，对今日文坛某些倾向也时有着善意和恳切的讽喻，如《庄子》《三国志》《买〈王国维遗书〉记》《读〈沈下贤集〉》等。一切希望真诚从事文学事业的同志都可以从中得到有益的滋养。第二个突出的表现就是字里行间洋溢着的抒情气氛，并闪烁着绮丽多姿的文采。因此，我们可以认定，《耕堂读书记》是一种读书记式的散文，或者说是一种散文化的读书记。我们不仅可以从中得到丰富的历史知识和深刻的人生教育，而且可以受到一次极好的美学陶冶，一次极美的艺术享受。他的感情表达是深沉的、含蓄的、淡远的，因而更能给人一种绵绵不断、回肠荡气之感，例如《颜氏家训》这篇读书记一起笔就不凡，他这样写道："一九六六年的春夏之交，犹能于南窗之下，摘抄《颜氏家训》，未及想到腥风血雨之袭来也。"下面的文章还没来得及看，似乎就有一股风雨飘摇花尽落的悲怆气氛扑面而来。《韩非子》的散文特色在《耕堂读书记》中是尤其引人注目的。这篇读书记的回忆色彩特别浓，在文中，抒情、记叙、描写、议论等等表达手法无不运用自如，达到水乳交融、混为一体的程度。古往今来，像这样的读书记似乎还是第一次见到。《韩非子》的重点不在评析这部古代法家名著的哲学、政治内容和语言艺术，而是通过一段往事回忆，从侧面反映了一个伟大的战斗年代，并以白描手法再现了当时孙犁学习国文的典型环境，和一位举人出身、拙直可爱的国文教师的典型性格。开始看到这段描写，我们还感到有点好笑，但很快即转为悲凉了。那种含而不露，但却力透纸背的民族危机感，让我们久久不能平静。

不久以前，孙犁曾在《孙犁文集续编序》中说："晚年文字，已如远山之爱，既非眼前琼林，更乏步下芳草，非时下之所好尚也。"这是孙犁对他晚年作品的一次极其生动贴切的概括。我们亲切地感到，孙犁的年龄越近古稀，清峻、古朴、邈远的文字境界也就越加鲜明。《耕堂读书记》同孙犁其他散文作品一样，它们确是像一脉横卧无际、黛色宜人的静静的远山。"萧萧远树疏林外，一半秋山带夕阳"，真有说不尽的韵味让你慢慢欣赏呢！

（一九九三、二）

孙犁理书

孙犁与书，是形影不离，相伴一生的。无论是黄卷青灯、歧路徘徊的少年时期，还是辗转沟壑、平原驰马的战争年代，或是在安居乐业、和平建设的岁月里，我们都会看到一个孜孜不倦的读书人在书林秋草间流连忘返、其乐融融的身影。如今，孙犁已垂垂老矣，他对人生的一切都看得很透彻、很淡远了，但对他那些朝夕相守的古今图书，仍然抱有一种眷眷不舍的情怀，他把这种感情戏称为“黄昏之恋”，是十分感人的。一九八三年，他在一篇谈读书记的文章里，对清代藏书家黄丕烈有一段生动的描述：“他对书有一种特殊的感情，好像接触的不是书，而是红颜少女，一见钟情，朝暮思之，百般抚爱，沉迷忘返，毕其一生。”这里虽然讲的是古人，不也可以说是孙犁自己一个侧面的写照么？但孙犁毕竟与古人不同。他与书的一生交往与接融，是既伴随着忧伤与欢乐，也伴随着思索、奋进与激越的时代呼唤的。为充实人生、寻求真理而读，为给人间一片真善美而读，这就是我们看到的读书人——孙犁。一九九三年春节后，孙犁不幸大病一场，爱他的人们都担心怕会失去他，但苍天眷顾，他终于奇迹般地闯了过来，使他的亲朋和读者又得到无比的欣慰。大病初愈的孙犁，除了在阳台上做做操，或出门散散步外，他的主要工作，也就是他的唯一养心消遣法——在他的满壁书柜前，一本本地观赏、整理他的藏书。这些藏书有不少是他进城后，参照鲁迅书账陆续购进的，都是他的老朋友、旧相知。如今大难不死，孙犁对它们自会产生一种更加深沉的眷恋。有的书顶被尘土玷污了，他就用砂纸细细打磨它；有的书皮纸破旧了，就找来好纸给它换上新装；对他格外珍爱的书，他还特制一种简易书套保护它，甚至还用宣纸写上书签贴在函套上；给书的面貌增添一点新意。然而，孙犁绝不仅仅是在用修修补补的琐事来消磨时光，他在整理书籍的时候，是有发现，有所思，也有所记的。于是，继“病后正规写作之始”的《读画论记》后，又有了分量沉沉的系列理书记,即《甲戌理书记》《理书续记》《理书三记》和《理书四记》(先发表于《天津日报》，后均收入《曲终集》)。

四篇理书记全长两万余字，涉及的书籍以笔记、野史、日记为主，兼及画册、砚谱、书法、金石、古泉（钱)、翰稿以及新文学史料等。理书记内涵丰富，文字简洁，意味隽永，字里行间闪烁着一个沧桑老人对人生、文化、社会的深刻思考，流露着一个视书如命的读书人对历代书香墨迹的爱心。他对每一部书，除在得书经过、书的刻印、版本、纸张、字体以及书的

◎孙犁的雕像

聚散流失诸方面都有所记述外，关注的重点则明显放在书籍的内容与人物评价上。清人张潮在《幽梦影》里说过一句话："读书最乐，若读史书则喜少怒多，究之怒处亦乐处也。"此话说得好像有些怪，但仔细一想，他正是道出了读史的辩证法。当你一旦看明真相、恍然大悟时，读时的那股悲愤之气也就一转而为乐趣了。孙犁这次大病之后特别爱读笔记、野史。他在给朋友们的信中就常谈到他近来读史解忧的心情，盖因历史既能揭示过去，也在预示着未来，古人的行径也映照着今人的影子，此正是孙犁长期乐此不疲之所由来也。如果我们看一下孙犁是在怎样读《汪悔翁乙丙日记》(见《理书四记》)的，即知张潮言之不虚了。汪悔翁即汪士铎，曾以才学过人与足智多谋为曾国藩所赏识。太平军攻入金陵时，他陷于城中，后又仓皇逃出，但两个女儿皆死于战乱。孙犁在这篇札记中首先介绍了民国著名史学家邓之诚写的长序。邓序写得有声有色，对太平天国的兴衰起落作了高度的历史概括，对汪士铎也讲了不少称赞的话。但汪士铎究竟何许人呢？孙犁对邓之诚这位权威并不迷信，他从汪士铎的日记里却看出了一点真消息。

孙犁说他从日记里并未看出汪士铎有什么异常之处。汪在逃难时，六神无主，不知所措，身家性命不能自保，但对财物小利却斤斤计较，一分一文都记得清清楚楚，显得那么猥琐渺小。孙犁说，“我真怀疑，这样的人能成大事，能治国安邦。”孙犁读汪的日记，特别留意他的议论。于是发现了汪士铎极其腐朽残酷的一面：“最使人吃惊的是，这位尼采式的人物，对于妇女，竟如此不敬。他写道：顿觉眼前生意少，须知世上女人多。他主张：‘弛溺女之禁，扩广溺女之法，施送断胎冷药。家有两女者倍其赋。……严再嫁之律，犯者斩决。……广清市堂……广女尼寺，立童贞女院……’他说女人多是致乱之由。”这是一幅多么狰狞可怕的面孔，汪的胡说八道，与后世常听到的“女人是祸水”何其相似乃尔！那么，为什么汪士铎这样仇恨妇女，与半边天为敌呢？据说是因为他娶了一个刁妇当继室，很吃了不少苦头。孙犁对此，诙谐地说了一句：“有些弗洛伊德的味道。”汪士铎在曾国藩麾下虽也风光过一阵，但仍是潦倒失意一生，到老了才当上一名国学监助教，“大概还是有人给他说情，才有了一个副高级职称”。读到这里，真让人不由得忍俊不禁。《汪悔翁乙丙日记》在理书记中是写得比较长的，约有一千言，看来孙犁老先生是读得满有兴味，也用了一番心思的。其他如《辽居稿》之论罗振玉、《忠王李秀成自述补本》之说李自成，《石涛山水册页》之评石涛，《两般秋雨庵随笔》之论随笔写作，以至《理书四记》中日记总论等，无不鞭辟入里，卓见迭出，让我们又看到评论家孙犁知人论世，是非严明之一端。孙犁晚年所作的读书记具有十分鲜明的现实性品格，从旧作《耕堂读书记》到新作各篇理书记，莫不闪现借古鉴今的色彩。他在翻阅这些古籍书页时，往往把眼光穿过厚重的历史帷幕，投向今日风起潮涌的现实，他的眼光是锐利而深邃的，也是饱含着忧患意识的。《〈品花宝鉴〉等新印本》，不到二百字的短文，对当前的新潮媚俗文学给予了毫不留情的抨击。孙犁说："新潮小说不足以征服群众,于是请出这些作品作为精神食粮。评论家以'清代世情小说'推荐之。清代世情，传播于二十世纪九十年代的人民共和国，不亦谬乎？当今之世情，近于是也，故此等书得以流传也。"文艺都是一定社会经济的反映，有什么样的世情，就有什么样的文艺来服务它。《品花宝鉴》这类下流书之所以有市场，正是因为我们当今的世风与清末世风有相似之处，孙犁这段议论是多么深刻的历史分析呵。为什么这些假冒文化、传统的精神鸦片能够自由泛滥，毒害人群呢？那些出版商是怎样想方设法躲过国家的扫黄制裁呢？孙犁一针见血地指出，"盖即所谓'擦边球'也"。《野记》是明人祝允明晚年追忆平生见闻的笔记。孙犁借以表明了他对明人文章的看法。他说："余向不喜明人文章，包括钱氏（指钱谦益）等大人物之作，余以为明人文章多才子气，才子气即浅薄气，亦即流氓气，与时代社会有关。近日中国文坛又有此气氲发生，流氓浅薄之作甚多，社会风气堕落，必有此结果也。"作家的流氓气与堕落的社会风气相结合，于是产生了一批又一批乌七八糟的作品，这正是孙犁给我们揭示的令人担忧的现实。一位孙犁曾经十分器重的青年作家竟炮制出一部现代《金瓶梅》来，也就不足为奇了。

孙犁对书的外在质量也格外重视，这在"理书记"中对如何提高当前书籍印刷水平也不乏颇有教益的见解。每当他看到一部印制精美的书籍时，他就情不自禁地用他那特有的纯朴优美的笔调尽情歌咏之，赞美之。我们读到它，就仿佛饮了一杯醇酒甘醪一样,令人陶醉不已。在《阮庵随笔》这篇理书札记里，孙犁在批评了目前那些红红绿绿、形象丑恶、语言污秽，令人隐隐作呕的低级出版物之后，对古代线装书有一段很精彩的评语。他写道 :“这些往日的线装书，则是一片净土，一片绿地，磁青书面，扉页素净，题署多名家书法，绿锦包角，白丝穿线，放在眼前，即心旷神怡。无怪印刷技术，如何进步，中国的线装书籍，总有人爱好，花颜永驻不衰。”在《言旧录》里又说，“独此书特为精良，纸白如雪，墨色如漆，展卷如对艺术品，非只书也。”但愿我们的出版家,能从这位爱书老人的一片心声中，得到一点走出怪圈的启迪，为读者多出有益人生、陶冶性情的好书吧。

（一九九六、四）

孙犁读《颜氏家训》

我一向爱读孙犁的读书记(即书话)。他那本《耕堂读书记》由于常年放在案头抚摸，书页都变得灰黄了，但每次抽出来读它，总会产生一种新鲜感，而且有着说不尽的意味，文章写到这个境界，大概就是所谓隽永吧。了解孙犁的人都知道，孙犁在他的创作生涯中一直尊崇现实主义原则（前面是不加限制词的——笔者),可以说是终生不悔,毫不动摇。他的散文创作（包括读书记）也同样坚持这一点。因此，鲜明的现实性就成了孙犁书话的一大特色。《耕堂读书记》中有篇《颜氏家训》，就是一篇现实性很强的作品。

《颜氏家训》的作者颜之推生活在南北朝社会生活动荡不定的时代。他自称“三为亡国之人”，从梁开始，历仕四姓。颜之推在他的最后一家主子隋文帝时，为官时间很短，只两三年人就死了。用现在某种眼光来看，颜之推或许算不上一个高德

◎孙犁在天津的家中

行、有气节的人。但是，颜之推在其忧患生涯中总结出的一套求知问道、处世做人的道理，却有不少值得后人借鉴和继承。周作人的《夜读抄》里就有一篇文章对《颜氏家训》作了很高的评价，他说："南北朝人的有些著作我颇喜欢……其中特别又是《颜氏家训》最为我所珍重，因为在文章之外还有作者的思想与态度都很可佩服。"可见，《颜氏家训》之所以能流传一千数百年而不泯，确是有点来由的。孙犁读《颜氏家训》正是"文革"风暴突起之时。文章一开头就写道："一九六六年春夏之交，犹能在南窗之下，摘抄《颜氏家训》，未及想到腥风血雨之袭来也。"山雨欲来风满楼，一下子就把你引入那个特定的历史环境里了，真可谓出手不凡。孙犁是个经过风雨、见过世面的老人，他凭着丰富的人生经验和政治敏感，把笔触直接指向《颜氏家训·文章第九》那段关于文人命运的章节上，并由此发出许多意味深长、足以警世的话来。孙犁说，中国的先哲们都把文章看作"经国之大业，不朽之盛事"，是"轨物范世"的手段。用时髦说法就是，文学创作是崇高神圣的事业。因此，作者都必须严格律己，"慎言检迹"，才能把这项光荣事业办好。但是令人难堪的是，历史总是要对文人开玩笑——一种残酷的政治玩笑，使许多本来循规蹈矩、正直天真的文人却不能独善其身，终得正果。孙犁于是问道：既然人们都是先背诵先哲这些教导去做文章，但为什么还是“鲜能以名节自立”，不是困顿一生，就是身首异处，难道文章一事真有先天性的病毒，像癌症那样能够致人死命吗？颜之推在《颜氏家训》里是如何回答这个问题的呢？他认为文人陷于不幸，多是行为不检的结果：“自古文人，多陷轻薄：屈原露才扬己，显暴君过；宋玉体貌容冶，见遇俳优……阮籍无礼败俗；嵇康凌物凶终……”一连列举了三十四人，似乎后果都是自己造成的，怪不得别人。孙犁认为颜之推的说法是不可信的。例如阮籍和嵇康，《三国志》及同书《魏氏春秋》引文就这样记载：“籍口不论人过”，“康寓居河内之山阳县，与之游者，未尝见其喜愠之色。”两个人平时都是谨小慎微的，那么又为什么仍然未能免灾躲祸呢？孙犁揽古思今，对证林彪、“四人帮”之所为，明确指出，许多文人最终陷网罗，坠深渊，除少数是因躁进投机外，大多数并不是因为他们在修身上有什么问题，他们是死于客观原因，即政治迫害。

法国十七世纪思想家帕斯卡尔关于人的脆弱性有一段名言：“人只不过是一根苇草，是自然界最脆弱的东西，但他是根能思想的苇草。用不着整个宇宙都拿起武器来才能毁灭他：一口气，一滴水就足以致他死命了。”（见《思想录》第六编）文人就是一根既有思想又会著文章的苇草，他们怎样才能在发展中保护自己，而不被一阵风、一口气折断呢？颜之推在《颜氏家训》里是这样告诫子弟的：

“每尝思之，原其所积，文章之体，标举兴会，发引性灵，使人矜伐。故忽于持操，果于进取。今世文士，此患弥切。一事惬当，一句清巧，神厉九霄，志凌千载，自吟自赏，不觉更有傍人。加以砂砾所伤，惨于矛戟，讽刺之祸，速乎风尘。深宜防虑，以保元吉。”

在这番苦口婆心的教诲里，最要紧的一条就是戒骄戒躁，切不可因为一篇文章、一部著作，就不可一世，忘乎所以，特别是其中提到的言讽之祸，更是颜之推的呕心之谈，自古以来这都已为斑斑血迹所证实了的。

孙犁认为颜之推这段话说得很对，文字也朴实可爱，就把它们抄录下来，用以自警并以警别人。《耕堂读书记》中这篇文章写于一九八〇年一月，距初读此书时已过去十四年，但孙犁仍说：“直到今日，我以为前面所引《颜氏家训》一段话，还是应该注意的。”现在已经是一九九八年了，距孙犁发表此文的一九八〇年又过去了十七年，而我们还是不得不重复孙犁的那句老话：“《颜氏家训》一段话，还是应该注意的。”时代的车轮为何运转得这么缓慢呢？这实在是一种可悲的讽刺。

《颜氏家训》还专门写了一卷《止足第十三》，其中有些话也说得很好。止足者知足也，为了保持家运长久不衰，一个重要的立身之道就是，在对前程仕途和物质享受追求上都要适可而止，不要贪得无厌。颜之推这样说：“《礼》云：‘欲不可纵，志不可满。’宇宙可臻其极，情性不知其穷，唯在少欲知止，为立涯限尔。先祖靖侯戒子侄曰：‘汝家书生门户，世无富贵，自今仕宦不可过二千石，婚姻勿贪势家。’吾终身服膺，以为名言也。”他接着又说：“天地鬼神之道，皆恶满盈。谦虚冲损，可以免害。人生衣趣以覆寒露，食趣以塞饥乏耳。”这些都是实实在在的道理，似乎至今也不算过时，对生活在市场大潮的现代人来说，不失为一副很好的清凉剂。我深信，孙犁对颜之推的这些主张也是十分赞许的。因此，他在“四人帮”未倒之前，苦难未了之际，也默默仿效《颜氏家训》，给子女拟了这么几条：

（一）最好不要干这一行（指文艺创作——笔者）。

（二）如无他技谋生，则勿求名大利多。

（三）生活勿特殊，民食一升，则己食一升，民衣五尺，则己衣五尺，勿启他人嫉妒之心。

短短三句话，不难看出与《颜氏家训》一脉相承的关系。今观孙犁一生，其人品之高洁，文章之佳美，域中可谓知著矣。但他从不利用自己手中的声誉和贡献，去向人民索取什么。不论是在战争年代，还是在和平时期，不论是在贫困的农村，还是在繁华大都，他都始终保持着一个布衣书生的本色。他这几条家训虽然是为子女拟的，其实也是他自己身体力行的准则。在物欲横流、世风日下的今天，他的这种人格魅力就显得更为可贵了。

（一九九八、七）

孙犁读史

孙犁晚年尤爱读古书，其中占有相当比重的就是历史古籍。他在《我的二十四史》(《澹定集》) 一文里，就记录了他一九四九年进城后多方搜求史书的经过。由于他收藏的二十四史是东拼西凑、版本各异的，他就把它们称之为“百衲本”。他在《读〈后汉书〉小引》(《曲终集》)中生动记述了自己对这部《后汉书》的珍爱之情。他说：“这部中华书局聚珍版的《后汉书》，原是进城初期买的，想不到竟成了我老年的伙伴。它是线装大字本，把持省力，舒卷方便，走着，坐着，躺着，都能看。我很喜爱它，并私心庆幸购存了这么一本书。”我对孙犁爱惜线装书的情趣，感到特别亲切。羡慕他在他独处斗室的晚年，能有这么一部眉目清爽、展读方便的大字古书为伴，大概不会太寂寞了吧。

然而，近年却有一种“新论”颇让人诧异，有人竟认为，孙犁“晚年提倡阅读和写作古文，文字入于艰涩一途，思想大为锉减，简直退回到故纸堆里去了”（林贤治《五十年：散文与自由的一种观察》二〇〇〇年第三期《书屋》）。孙犁的晚期作品，包括他所有说古论今的文章，我几乎是全部读过了的，我认为，这位先生的“观察”实在有些离谱，他所下的结论也未免太轻率了。古书（尤其是历史古籍），的确是地地道道的“故纸堆”，但孙犁并没有被沉积厚重的“故纸堆”所淹没，他钻进了“故纸堆”，却又跳出了“故纸堆”，并以穿透历史的眼光，从这些陈年老账中发现了我们未曾发现的东西。

孙犁究竟是怎样读史？采用的是什么方法？从古史中关注些什么，侧重的又是什么？这一系列问题其实并不难从他的文章里找到答案，关键在于我们是不是真正认真地读了。孙犁在《我的史部书》一文里明确指出：“人类重史书，实际是重现实。是想从历史上的经验教训，解释或解决现实中存在的问题。”孙犁这一重历史即是重现实，以及古今互证的观点，正是司马迁、班固、司马光等伟大史学家们所倡导和实践的原则，这是中国历史学一个源远流长的优良传统。孙犁和他所师承的鲁迅先生一样，正是按照这个传统去读史、谈史的。

孙犁关于历史的读书记，前前后后共写了十五篇（不包括读野史），其中大部分写于一九九〇年至一九九一年，涉及的史书有《史记》《前汉书》《后汉书》《三国志》《宋书》《魏书》《北齐书》《旧唐书》。《史记》是孙犁接触最早的一部经典史书。早在上初中时，他就买过一部《史记菁华录》来读。进城后，他除购置了两种版本的《史记》外，还收藏了清人考证《史记》的著作，如王念孙的《读书杂志》、王鸣盛的《十七史商榷》、钱大昕的《廿二史考异》、赵翼的《廿二史札记》，以及近人整理的《郭嵩焘读史札记》等。不过，孙犁的精力主要还是放在读《史记》原著上。他认为，读书首先要掌握书的大旨，即作者的经历与创作意图，然后从其文字内容考察作者的实学，以及由此产生的作家风格，至于个别字句的考释，乃是读书的末节。孙犁读《史记》下的工夫最深，而且读的时机也似乎有点特殊。他在一九八九年八月二十七日记的一则题为《史记》的“书衣文录”中说：“今年入夏以来，国家多事，久已无心读书。近思应有以自勉，以防光阴之继续浪费。今晨找出此书，拟认真通读一遍；不知结果如何也。”二十八日他又记道：“每思读书，又无系统，随取随收，不能坚持。乃念应先以有强大吸引力之著作为伴侣，方能挽此颓波，重新振作，此书乃当选矣。”（《书衣文录》，第一百二十四页，山东画报出版社）孙犁就是在那样一个颇不寻常的年代，重新振奋精神，认真读起被鲁迅誉为“史家之绝唱，无韵之离骚”的《史记》来的。一九九〇年三月，他写出了一篇长达一万二千余字，具有独特风格和深刻思想性的读书随笔《读〈史记〉记》（后收入《如云集》）。

《读〈史记〉记》分上、中、下、跋四个部分，写法与其他读书记不同，没有具体涉及某个历史事件或历史人物，而是从宏观上提出了《史记》最值得人们注意和思考的问题。这些问题主要是：

一、班固对《史记》的“三十个字”评语，不仅是撰写史书的重要法则，也是文学创作的重要法则。

二、司马迁尊奉的黄老思想，就是思想家的黄老思想，作家的黄老思想，并且深深融化在他的写作中。作家都得有一种思想，思想作用于生活，才能形成创作。

三、司马迁发愤著书的过程，是极端不幸，极端痛苦的。历史上，才能往往与不幸或遭祸联系在一起，文学上尤其如此，而且代代延演，一无止境。

四、历史上从来没有不受政治影响的学术，在儒学史上，真正脱离政治的岩穴之士十分少见。对于儒生，司马迁写了两种类型：一种是玩世不恭、唯保平安的东方朔；一种是迎合当朝政治，善于“与时变化”，深谙“当世之要务”的叔孙通。司马迁极大地讽刺了后者。

五、史学最重史德，即史家的良心。史德第一条就是求实与忘我。史德的原则也适用于文学。历史对文学的筛选，犹如大浪淘沙，一切虚伪的、颠倒黑白的作品，都将在历史长河中荡除净尽。

孙犁在论述这五个方面问题的过程中，讲了不少发人深省、非常警策的话。例如，关于班固的“三十个字”评语，孙犁在逐一解释了“善序事理”“辩而不华”“质而不俚”等几个特征后，着重指出“其文直、其事核、不虚美、不隐恶”这四个要求，并不是一切文人都能够做得到的，因为这牵涉到许多现实问题，如作家的荣辱、贫富、显晦，甚至与生死大事有关。因此，像《史记》这样秉笔“实录”的史著，在历史上犹如凤毛麟角。孙犁是个有严肃使命感的作家，因此，他对古人提出的崇高标

◎一九八一年孙犁摄于天津家中

准，绝不止于论赞和讴歌。他不仅身体力行去实践它，而且还要求别人也能这样做。因此，他在这里又把笔锋一转，奉劝有志此道的人最好将班固的“三十个字”评语写成座右铭，并以此为尺度，来衡量一下自己的文字有多少是直的，是可以核实的，是没有虚美的，没有隐恶的。遗憾的是，实际状况往往与孙犁的善良愿望相悖，于是他又讲出一番让每个还有一点良知的人都会感到汗颜的话语来。

“然而，这又都是呆话。不直，可立致青紫；不实，可为名人；虚美，可得好处；隐恶，可保平安。反之，则常常不堪设想。班固和司马迁，本身的命运，就证实了这一点。”

孙犁一向重视读传记，认为传记是史书的中坚。他是作家，自然又把文士的传记作为阅读的重点。他关注古代文人的命运，并借以映照当代中国的知识分子。那个因参与宫廷斗争而惨遭杀害的杰出史学家范晔，特别引起孙犁的关注与悲悯，为此孙犁写了一篇颇不一般的《读〈宋书·范晔传〉》（收入《耕堂读书记》《如云集》）。

范晔是南北朝刘宋时人，少好学，熟涉经史，且通晓音律，善弹琵琶，写得一手好隶字，是个多才多艺的文人。但其因恃才傲物，锋芒外露，累遭上司同僚的猜忌和排挤，仕途不佳，为此，他心怀怨恨。而且他行为乖张，不拘礼度，结果犯了大忌，被左迁为宣城太守。不料这一贬反而造就了他的千秋文业，“不得志，乃删众家《后汉书》为一家之作”。如果他能在太守位置上安分守己，继续写他的文章，也就能平安无事了，但他总觉得自己才用不尽，天下负我，鬼迷心窍地卷入了彭城王义康谋反称帝的阴谋活动中。事败后被人告发，下狱论死。

这是一个文人干政的历史悲剧。司马光在《资治通鉴·宋纪》里不惜用大量文字记载了这个故事，有深意存焉。他是提醒帝王们要警惕那些阴谋犯上作乱的人，不要为他们的炫目才华或甜言蜜语所蒙蔽；也是劝告以后的士子们，切不可怀有政治野心，膨胀的权力欲只会导致家毁人亡。如今，孙犁读史碰到了范晔这个人，也用了很重的笔墨来抒写他的感受和认识。孙犁说，古人读书写作，就是为了做官，追求荣华富贵。只有在官场失意时，才会去著书。范晔的可悲在于他对仕途还抱有幻想，并妄图侥幸成功，这才无可挽回地卷进了那场可怕的政治旋涡。孙犁有句话，是研究他晚期作品时应予注意的，他说：“至于行文之时，每每涉及当前实况，则为鄙人故习，明知其不可，而不易改变者也”。（《读〈史记〉记·跋》）这是由他的个性、思想与经历所决定，在晚期写作中一贯到底的特点，即文章的现实品格与忧患精神。孙犁认为,范晔那“富贵情深”“意难厌满”的悲剧性格阴魂不散,“四人帮”的张春桥、姚文元就是一例。“此二人，可说是近代史上，由蹩脚文人，发迹之后，成为政治流氓的典型”。他进一步指出，张、姚二人不会是历史的最后一例。这样的人还会以各种方式重新出现。“富贵之梦，仍在萦绕着他们的灵魂。”

孙犁就是这样读史的。还是他那个老习惯，黄卷青灯，心参默诵，兴趣盈盈，流连忘返。虽然他已年老神衰，昨夜读到哪里，今夜已不省记，读时有些心得，稍纵即又忘记，但他还是读了一本又一本，写出了一篇篇沉甸甸、饱含深意的文章。于是在人们熟悉的作家孙犁之外，我们又看到了一个冷眼凝眸、洞察古今的思想家孙犁。

（二〇〇三、六）

一部奇特的题跋

我读书不多，更够不上什么藏书家，但对题跋（或曰书跋）一类的文字还是要看看的，因为从中可以得到不少关于书的知识，如版本、装潢、纸张以及作者、书商的掌故趣闻等，与人聊起来，仿佛我也读了不少书似的。所以，在我的有限藏书中也有几本名家的题跋，如《东坡题跋》《荛圃藏书题识》《西谛书跋》《来燕榭书跋》等。不过，我也不是什么题跋都喜欢，我只是比较爱读黄裳先生指出的“文学性”的那一种。他说：“题跋本身也是五花八门，内容多样，有涉及考证、校勘的，有广告性的，有杂记琐事有如日记的……总之，大别不外两类，即学术性与文学性的两类，我所喜欢的是后者。”（《谈题跋》）正是从这点兴趣出发，在现代书跋作者中，我最喜欢的有两家，一是郑振铎（西谛），一是孙犁。关于郑振铎的，我曾写过一篇《西谛书跋近人情》（见一九九九年五月八日《文汇读书周报》），这里可以略而不谈。现在我要谈谈的则是孙犁那本薄薄的，但却十分奇特的题跋——《书衣文录》。

《书衣文录》的主要内容写于一九六六至一九七六年，这是一个“风雨如磐暗故园”（鲁迅语）的年代。孙犁为什么会在这样一个非常时期写下这样一批奇特的文字，他当时的处境，心态及写作意图如何，他在一九七九年五月二日灯下写的《书衣文录·序》作了明确交代。《书衣文录·序》写得很短，只有二百多字，文字简练而沉郁，极具艺术魅力，我不妨全文录下与读者共赏。《书衣文录·序》曰：

七十年代初，余身虽“解放”，意识仍被禁锢，不能为文章，亦无意为之也。曾于很长时间利用所得废纸，包装发还旧书，消磨时日，排遣积郁，然后，题书名、作者、卷数于书衣之上。偶有感触，虑其不伤大雅者，亦附记之。此盖文字积习，初无深意存焉。

今值思想解放之初，文路广开，大江之外，不弃涓细，遂略加整理，以书为目，汇集发表，借作谈助。蝉鸣寒树，虫吟秋草，足音为空谷之响，蚯蚓作泥土之歌，当日身处非时，凋残末已，一息尚存，而内心有不得不抒发者乎？路之闻者，当哀其遭际，原其用心，不以其短促零乱，散漫无章而废之，则幸甚矣。

一九七九年五月二日灯下记

从《书衣文录·序》里我们清楚地看到，孙犁当初在书衣上写下这些文字，只是为了“消磨时日，排遣积郁”。在备受屈

◎孙犁《书衣文录》

辱和打击的生活环境里，他既不能正常地表示喜怒哀乐，也不能公开发表意见，更谈不上出版自己的文章，他只有偷偷地通过这些不见天日的文字来发泄一点他的悲痛与愤怒，也借以抒发一下他对人生的眷恋和对未来的憧憬，一部《书衣文录》就是孙犁在“文革”十年中的“心情行迹”(孙犁语)的真实记录。要想深入了解中国文化人在那一时期的命运和心路历程,《书衣文录》是不可不读的一份宝贵史料。

《书衣文录》的写法颇特别，它与一般正规题跋的不同是形式、内容上的多样与杂陈。它既是题跋、读书记，又是日记与随感；它既有对旧人旧事的回忆，又有对现实生活的观察与思考。从他的这些题跋里，不仅能看到他对某些书籍和作者的精辟分析，而且还有对社会和文化犀利透彻的批评。他的某些论断（如关于“文化大革命”和周恩来总理）突出显示了他的卓见和勇气，至今读来还有一定的警示意义。

《书衣文录》既然是他在特殊环境下的“排遣积郁”之作，因此，它给我们的一个突出感觉就是流露于字里行间的抑郁之情，但他的“排郁”又绝非完全消极的。在他那传统的文人骨气支撑下，还是时而闪现着他的冷峻和睿智，愤慨和抗争，尽管他的抗争是无声的，却是十分可贵的。一九七二年十月他开始在他包装好的书衣上写下在其散文创作史上具有特殊意义的题跋文。在《艺舟双辑》一则上如此写道："一九七二年与此书重见，惜其垢污残损，为之洁修包装，庶几其有此经历，能面貌一新云（此则为此番包书题字之首作，可记也）。"接着，他又在一九七二年十一月《广艺舟双辑》一则记曰："久别重逢，如久违之石，惜君尘垢蒙身，亟为洁修整装，亦纪念此一段经历也。附记：此证余已撤回原住处（案，即天津多伦道宿舍），然身处逆境，居已不易。花木无存，荆棘满路，闭户整书，以俟天命。"对他那些因主人遭难而颠沛流离的旧书的无限怜爱跃然纸上，而且还用"花木无存，荆棘满路"这样的双关语表达了他对那场政治运动的讥讽与不满。但是，"文革"浩劫何时结束依然无期，对未来命运他只有凭天由命，茫然待之。

一九四七年七月四日《战争与和平》一则记："余进城后，少买外国小说，如此大著，尚备数种，此书且曾认真看完，然以年老，不复记其详节，书物归来，先为魏小姐借去，近家人又看，因借机洁修焉。余幼年，从文学见人生，青年从人生见文学，今老矣，文学人生，两相茫然，无动于衷，甚可哀也。"他在整书后抒发的这番人生感慨是十分沉痛的，他还有机会重见天日，恢复文学创作吗？这真是一个让他百般无奈的问题。

一九七五年十月六日灯下所写《竹人录》一则堪称孙犁"排遣积郁"的尖端之作。这条题跋如此写道："此书是从苏州邮购所得。购书而及此偏僻之作，可谓滥无涯际矣。喜其印刷雅秀，故曾郑重修补而存之。前经大变，流离数载，归还斗室，推压抛掷，幸未离失。今日展卷，虫蚀鼠龁之迹仍在，线连纸补之痕犹新。而当年伴我者（案，指孙妻），云亡数载。余幸存于九死，徘徊于晚途，一灯之下，对此残编，只觉身游大雾四塞之野，魂飞惊涛骇浪之中。”在这段文字里，孙犁把他的悲情和愤慨发泄到极点，最后以对称的两句骈体文高度概括了他从“文革”动乱以来的遭遇和感受，我们在哀悯同情之余，也不能不为其无所畏忌，一吐为快的心魄而赞叹不已。

一九八六年三月六日，孙犁在《书衣文录再跋》中指出：“余向无日记。书衣文录,实彼数年间之日记断片。”《书衣文录》的确是一部非常难能可贵的日记作品。一九七五年某日，孙犁的一位同居人在离去时临别赠言给他，说：“现在，阶级关系新变化，得确信，老干部恐怕还要被抄家，你在书皮上写的那些字，最好收拾收拾。”孙犁虽然不以其言为妄，但也并未遵而毁之，这部独特的“日记”就这样得以保存在人间，实乃后世读书人之大幸。这部日记虽然是这么薄，但分量却是沉甸甸的，丰富的内容，独到的见解，鲜明的时代感，特别是他把自己隐秘的心思作了如此坦白的展现，使我们幸运地看到了一个可亲、可悯、可敬的孙犁。二百六十九条以书为目写就的“日记”，不仅记下了他整装旧书的经过、心情和对书的评述，而且还真实地记录下“文革”时期的种种社会现象。他为某些人趁火打劫、损公济私的劣行而愤慨，更为青少年无书可读、荒废学业，甚至有的沦为小流氓而痛心。他对一些生活在底层的穷人（如一个潦倒的书摊小贩）表示同情和关怀。特别是周总理一九七六年一月八日逝世后，他接连数日用极其沉重的笔触写下了他和周围普通人对周的无限悲痛和哀思，突出反映了孙犁对国家、民族未来的担忧。日记往往是心灵的一面镜子，在孙犁笔下还多次出现他在梦中的境遇，流露出他灵魂深处的痛苦。一九七五年四月二十七日《西域之佛教》一则记："昨夜梦见有人登报，关心我和我之工作，感动痛哭，乃醒，眼泪立干。"一九七五年二月二十二日《龚自珍全集（上）》一则记："昨夜梦中惊呼，彻夜不安。"一九七五年十二月十九日《清稗类钞》一则又记："余既于前夜哭骂出声，昨夜又梦见辞职迁居等事，而慷慨助我者，则为千里（案，指诗人远千里）。千里平头，扬扬如常日。此盖近日感寡助之痛，而使故人出现于梦境也。"三则梦的日记，让我们痛切地看到，孙犁在白天自行压抑的情绪终于在梦中完全爆发，渴望中的自由总算在梦中得到了。

孙犁热爱大自然一切美丽的生命，他曾用最具灵感的文字写了鸟儿美丽的极致，写于一九六二年的《黄鹂》就是我最爱读的名篇之一，其中一些颇富音乐节奏感的段落至今不能忘怀。在《书衣文录》的日记里就有三则是与鸟有关的。他写的虽然是鸟，却别有寓意在。联系他的坎坷境遇，我们可以依稀听到他召唤自由的声音。一九七五年六月十三日《建炎以来系年要录》一则记："昨晚台上坐，闻树上鸟声甚美。起而觅之，仰望甚久。引来儿童，遂踊跃以弹弓射之。鸟不知远引，中二弹落地，伤头及腹。乃一虎皮鹦哥，甚可伤惜。此必人家所养逸出者。只嫌笼中天地小，不知外界有弹弓。鸟以声亡，虽不死我手，亦甚不怡。"孙犁在此谈鸟，实则喻人。他要人们警惕环境的险恶，小心窥察四方，以保自身。一九七五年十一月二十二日，他又在《茶香室丛钞》一则记下："昨日清晨，将所养小鸟一只，开笼释放。彼将奋志飞去，不失方向，觅得山林同类乎，或将遭遇强暴，冻死中途乎，余不得而知矣。总之，彼已结束此一次罗网之惨祸，牢笼之悲苦矣。笼居，日有饮食，且免猫噬鹰攫等危，然彼固不愿也。同群之思，山林之想，无时不萦于怀。每闻同声，则啾唧触笼以求之，状至可悯。今一旦自由，虽死不反顾，余知其必能归至旧巢，迎日光而鸣也。”孙犁在这里记述了他有一次放飞鸟儿回归自然的经历，他以文学想象的笔法，深情讴歌了小鸟飞出笼后的快意和决绝。此时此刻，孙犁把他对人生的一切美好愿望都与那只出笼小鸟的命运紧紧联系在一起了。

（二〇一二、十一）

布衣孙犁

“布衣”是个很古老的词，其原义本很单纯，就是指布制的衣服，并转为平民百姓的代名词，但后来有了深一层的含义。李斯要去秦国建功立业，临行前对他的老师荀卿说：“今秦王欲吞天下，称帝而治，此布衣驰骛之时，而游说者之秋也。”（《史记·李斯列传》）这里的“布衣”已不是指一般老百姓，而是那些尚未做官，但有抱负的士子、读书人了。孙犁当然不是那种想做官的“布衣”（他从来把从政视为畏途），“布衣”在他身上有着全新的意义。

孙犁是农民的儿子。他虽然有很高的文化造诣，也接受了革命思想，但纯朴直拙的农民意识还是根深蒂固，无所不在。例如在对待官、民的不同态度上，就分明有着农民意识的潜在影响。他是来自解放区，来自延安的正统革命作家，在文坛上有很高地位，但你在他身上嗅不到一点咄咄逼人的气味。他资格老，名气大，满有资格当一个明星人物与达官显要们一同进出种种风光露脸的场合，但你却找不到他的一丝踪迹。他虽然不是官，但也是一家大报的编委，论级别可列高干，可是他却像过去的老农那样，似乎天生地“怕”官，他在任何时候都与权势保持距离。有个故事最见他的秉性。那是拨乱反正刚开始不久，中央点名要几位全国知名作家到北京开座谈会，大概是想听听作家们关于改进文艺工作的意见吧，被点到名的就有孙犁，并规定不准请假。市里知道孙犁一向怕凑热闹，怕见官，便让他的一位熟人去动员他。这位熟人郑重地对孙犁说：“这回可不是一般的会，只几个人，不去不好交代。”孙犁勉强答应了，但提出要带一个助手（即邹明）同去，好随身照顾他。经请示北京，上边也同意了。但谁也没想到，在应该动身的那一天，他却若无其事地在自家窗前修剪豆角，侍弄花架。他还是借口“头晕”没有去。

与之相反，他对待平民百姓（包括知识分子）的态度却迥然不同，他在与这些普通人接触当中表现出丰富的人情味。邢海潮是孙犁保定育德中学的同班同学。但此人命运多舛，经历坎坷。北京大学毕业后在旧政府混迹多年，一事无成。新中国成立后，有这样历史的人自然不受青睐，在历次运动中屡屡挨整，其间又遭逢爱妻病逝，幼子夭亡，最后孑身一人流落到黑龙江一个小镇上教书谋生。人老退休后只好孤单一人回到故乡落叶归根。当孙犁得知这一切后，对这位老同学寄予了极大同情与关怀，又寄钱，又赠书，还为邢海潮介绍发表文章和校对古书的地方。为了让老同学把心胸放开，特意选了扬雄那两句深含哲理的话“大道低回，大味必淡”(《汉书 · 扬雄传》)，写成条幅送给他。在孙犁书简中，给邢海潮的信最多，从一九八九年三月二十五日到一九九五年六月五日，总共写了八十三封。孙犁在给邢的一封信中说：“通信持续之长，往来之频，为弟生平所少有。”曾子曰：“君子以文会友，以友辅仁。”孙犁可谓身体力行者也。

孙犁在生活上一向“布衣蔬食”，自奉淡素。他在读《颜氏家训》记里就给儿女拟了几条家训，其中一条就是：“生活勿特殊，民食一升，则己食一升，民衣五尺，则己衣五尺，勿启他人嫉妒之心。”他正是按照这一条来约束自己的。他爱喝棒子面粥，爱穿家做布鞋，家居用品力求简单。他最爱朴素之美。冬季贮藏的大白菜快干枯了，他便用菜根培育出色味淡远的菜花来，“亭亭玉立，明丽自然，淡雅清净”，他爱抚备至，视为天物。孙犁的一大习性是好清静，喜独处。东方朔的四句妙言：“崛然独立，块然独处，与义相扶，寡偶少徒”(《史记 · 滑稽列传》)，他最为欣赏，便写在纸上当座右铭，日日诵习之，事事效行之。为此，他尽量逃避一切应酬往来，远离尘嚣，独自躲进他那间生命所系的书房里，俨然成了一个现代隐儒。晋人王康琚诗云：“小隐隐陵薮，大隐隐朝市。”(《昭明文选 · 反招隐》)这位古人是把能隐于闹市的人看得要高一个档次的。孙犁能安然独处在天津这样一个繁华大都里,不正是古人称许的那种“大隐”么。不过，孙犁这个“大隐”远非古人可比，“隐”，不是他的目的，只是他保护自己以利静思的一种手段。“心事浩茫连广宇”，表郁结、舒愤懑的《耕堂劫后十种》正是在这样的环境里产生的，他的心并不平静。

孙犁是位风格独特的作家。他的独特性既有个性、气质方面的原因，也有思想、文化及师承等方面的原因，而关键在于思想。他是位党内作家，党的文艺方针他当然要服膺，但他不盲从，不唯上，不写遵命文学，他总是离政治远远的，极力保持自己思想上的独立性。从他开始文学生涯以来，就把自己的根深深扎在人民的土壤里，忠实地按照为人生的现实主义原则进行写作。于是，在这位本来属于主流文学的作家的作品中，我们能幸运地听到一种异样的不同凡响的声音，从而造就了他的不朽。一九八〇年孙犁与《文艺报》记者有过一次更深入的谈话（即《文学和生活的路》，见《秀露集》），他毫不含糊地明确指出："凡是伟大的作家，都是伟大的人道主义者，毫不例外的。他们是富于人情的，富于理想的……把人道主义从文学中拉出去，那文学就没有什么东西了。"能如此旗帜鲜明地宣扬人道主义，在当时的中国，恐怕只有孙犁一人。儒家的仁爱之说，西方的人道主义，成为孙犁创作思想的主要成分，或者说就是他的灵魂，大概是没有错的。

"布衣孙犁"，这的确是个十分亲切适合的称谓。"布衣"，是自奉淡素，更是一种传统，一种精神。如果我们能从他身上继承一点这样的精神，并切实做点有益人生的工作，当是对孙犁最好的纪念。

（二〇〇四、十）

走近孙犁

孙犁是我最爱敬的一位作家。在我的书橱里，他那套精美绝伦的珍藏本《孙犁文集》就同《鲁迅全集》紧挨着排在一起，成为我那间书房里一个特别耀眼的亮点。但是，我却一直没有机会与他谋得一面，更未能像从维熙他们那样，亲切触摸一下他那双充满智慧和感情的手（见从维熙《近读孙犁》，一九九九年六月十四日《北京日报》）。不过，我却有幸在上世纪六十年代初进入留下孙犁足迹的《天津日报》工作过几年，这也算是我与孙犁的一点缘。一九六〇年，我正在《渤海日报》（一份为天津农村地区办的小报）编副刊。《渤海日报》就设在鞍山道上的“张园”大院里,街对面就是《天津日报》主楼。那时我曾想：什么时候我也能到那边亲眼领略一下孙犁的风采，聆听他的言谈教诲呢？没想到不久竟天从人愿。由于地区归属的变更，《渤海日报》奉命撤销，部分人员并入天津日报，我也随着安排到

《天津日报》文艺部。遗憾的是，孙犁却因病已有好几年没来上班了，他得了一场很重的文人病——神经衰弱。孙犁虽然人已离去，但他的影响却长远地留了下来。在那间宽敞明亮的编辑室里，通过读孙犁的书，看孙犁辛勤耕耘过的《文艺周刊》，听熟悉孙犁的老编辑（如李牧歌等同志）有关孙犁文风人品的只言片语，我依然感到孙犁的存在。我离孙犁是那么远，但又是那么近，这就是我当时的感觉。

◎孙犁《白洋淀纪事》

我读的第一部孙犁的书就是中国青年出版社出版的《白洋淀纪事》。那是本装帧素雅的书，我珍贵备至，爱不释手。我家居住的《天津日报》宿舍就在办公楼附近的宁夏路。记得每天早晨上班时，我手中经常拿着的就是这本《白洋淀纪事》，而且是边走边看，几乎达到一种痴迷。《白洋淀纪事》为我打开了一个崭新迷人的文学世界。那些看来平易无奇的文字却有着出奇的魅力。它们就像雨后荷叶上的水珠，玲珑剔透，清新无比；又像黎明前的一声鸡叫，古城垣上的一声号角，让人读了心潮起伏，振奋不已。那时我还闪过一个想法，就是孙犁与曹雪芹有一种惊人的相似之处，即特别善于描写女性。在孙犁的笔下，为那场民族战争英勇活着的年轻妇女们，一个个都拥有那么丰

◎天津日报大厦前孙犁先生雕像

富的感情世界和美丽的心灵，每次读过都会产生无限的感叹和钦佩。例如，《山地回忆》里那个口齿伶俐，心地善良，怀着对八路军的纯朴感情，为“我”精心制作一双布袜子的女孩妞儿，读后几十年过去了，这个可爱的少女形象还深深印在我的心里。

一九六四年十月，由于国家外事工作的需要，我被调到了北京，随着环境的变化，我的读书生活也暂时告别了孙犁。两年后，“文化大革命”爆发，我再也听不到一点孙犁的声音，而且还丢失了我那本心爱的《白洋淀纪事》。“四人帮”垮台后，祖国进入百废待兴、全面复苏的新时期，文坛也开始有了一些生气。一九八〇年的一天，我在一家书店里发现了百花文艺出版社出版的孙犁新著《晚华集》，我的眼睛立时为之一亮，就像在荒漠里意外发现一丛绿树，不禁产生一阵惊喜。“十年荒于疾病，十年废于遭逢”的孙犁，又重新抖擞精神，“妙手著文章”了。从那以后，孙犁的书又源源不断地回到我生活中来。他的书出一本，我就买一本，北京买不到，就托人在天津买，书店里找不到，就直接跑到出版社去买。在购书上，特别要感谢牧歌同志给我的帮助，最初的五卷本《孙犁文集》就是托她在天津买的。一九九二年百花社又隆重出版了珍藏本《孙犁文集》，还是她热心帮我弄到的，而且叫她在北京工作的女儿亲自把书送到我的手上。如今，不仅书橱里陈列着成套的《孙犁文集》，在书桌旁还放着一摞孙犁作品的单行本，其中有“百花”的，有“人民文学”的，也有“山东画报”的，从《晚华集》一直到《曲终集》，整整十本，一样不缺，这是我自己东拼西凑的“耕堂劫后十种”。

从《晚华集》以后（大概还可包括始写于“文革”的《书衣文录》），一般被认定是孙犁的晚期作品。我逐渐认识到，十年浩劫后的孙犁作品的人文价值已大大超过他的前期作品，正是这“劫后十种”在很大程度上奠定了他成为鲁迅杰出学生的地位。他的晚期文章（无论是小说、散文、杂文、读书记以及题跋、书简等）都显示出前所未有的，一种沉郁、凝重和宏大的气质。他站在一个哲人的高度，用一种明智的、忧患的眼光，观察着、思索着新时期社会生活所发生的一切，他本能地向往光明，因而一往情深地讴歌人间一切美好的东西。他对丑恶有特殊的敏感，一旦发现，即拍案而起，毫不留情地加以鞭挞，而且往往显得有些激动。孙犁是个感情极其丰富的人，这就难免流露出他性格柔软的一面，这就是为什么在他字里行间会时而传出一种忧伤的调子。但是，孙犁毕竟是孙犁，在任何环境下他都始终是个战士，他呕尽心血写出的文字就像一支恢弘幽深的交响曲，它的主调依然是昂扬的，催人进取的时代呼唤声。

孔子曰："学而时习之，不亦乐乎。"习，大概就是指练习或应用吧。读孙犁的书，然后练习着写篇谈谈孙犁的文章，一旦发表就真有点"不亦乐乎"，甚至感到一阵陶醉。就这样，我先后写了《一个思索着的读书人——孙犁》（一九九三）、《孙犁理书》（一九九六）、《孙犁读〈颜氏家训〉》（一九九八），以及最近写的《孙犁读史》。《孙犁读史》是篇有所指的文章。当我看到一位知名学者对孙犁晚年思想有那样荒谬的理解时，我如骨鲠在喉，不吐不快，于是写了这篇为孙犁一辩的文章。无可否认的事实证明，晚年孙犁的思想并没有"大为锉减"，更没有"退回到故纸堆里去"，孙犁始终保持着清醒的头脑和对社会的严肃责任感。他是以历史为镜，既照看现在，也照看未来。

牧歌同志有一次笑说我大概算得是孙犁的一个"门外弟子"吧，这句勉励的话倒也反映了某种实际。我对孙犁的追随虽然够得上虔诚而执着，但却始终远远地徘徊在门外，对这个又可亲又有点冷峻的导师学习得还很差，登堂入室又谈何容易。但我愿意继续努力，在走向孙犁的迢迢路程上，希望走得再近一点，再近一点。

（二〇〇二、一）

卷二

麻婆豆腐与小品文的嚼味

钟叔河先生在《知堂集外文·〈亦报〉随笔》的序言中，对周作人其人其文作了一个颇为有趣的比喻。他说："周作人已矣，其人固不得原谅，其文却似乎可传，因为它们所包含的知识和见解是文化史上的客观存在，而在文章欣赏上亦自有其美学的价值。陈婆虽有麻子，所烧的豆腐固未尝不好吃也。"这里讲的豆腐自然就是那无论南北有口皆碑的四川麻婆豆腐了。周作人的确是现代中国文学史上的一个独特而复杂的现象。尽管他后来思想发生蜕变，走上了一条与鲁迅迥然不同的道路，但是他的传世文章，特别是二十年代的早期作品，不仅在内容上闪烁着民主与科学的光芒，而且在语言上创造了一种特有的平和恬淡之美，从而达到中国现代散文的一种极致。时至今日，这位知堂老人的小品仍能在读者心中不时引起审美的共鸣，保持着经久不衰的艺术魅力。

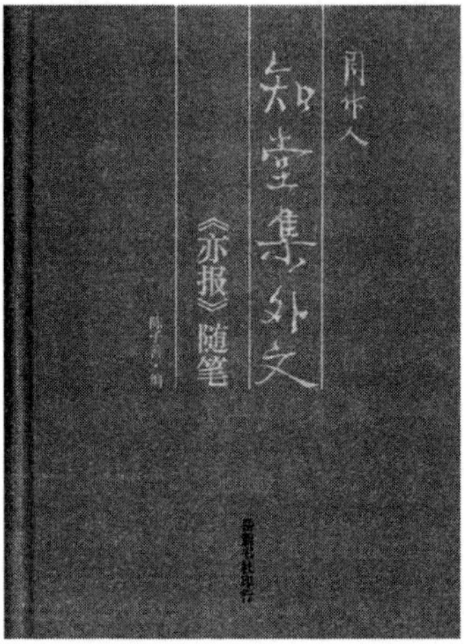

◎《知堂集外文·〈亦报随笔〉》

《亦报》随笔是周作人开始进入新社会之后，给上海一家晚报——《亦报》撰写的一系列杂感、随笔。写作的时间从一九四九年十一月二十二日至一九五二年三月二十七日，在两年多一点的时间里，共写了七百五十六篇文章（其中包括给《大报》写的四十三篇）。从这些随笔的内容和格调来看，周作人似乎已经随着国家与个人的新生，开始走出三十年代以后文章日趋枯涩乏味的底谷，不但恢复了早期散文的艺术风格，而且具有过去少有的明朗色彩。这些随笔的共同特点是都很短，每篇不过五六百字，最短的一篇还不到三百字，但内容却非常广泛和丰富，从《鬼夜哭》到《猩猩的血》，从《举案齐眉》到《夜读的境界》，从《章太炎的法律》到《师爷的笔法》……仿佛古往今来天上地下随处都有他可写可谈的题目，其文思之活跃、知识之博杂、文笔之潇洒，实在不能不让人吃惊。

《亦报》随笔的内容大致包括博物民俗、草木虫鱼、衣食住行、戏文书画、人物掌故、往事回忆及妇女儿童等几大类。这种特小的随笔究竟具有哪些特色呢？这些用大手笔写出的小文章何以能够长期的那么有滋有味，耐人咀嚼呢？

《亦报》随笔的一个突出特点当为知识性和趣味性的完美

统一了。在周作人看来，知识就是使人通达明理的基础，而趣味既是一种“天真烂漫”的性情的表现，又是美学的追求。周作人的创作实践证明：高品位的趣味正是一条使散文达到真善美的途径。周作人在《亦报》随笔里继续发扬了他在这方面的特长，从苍蝇之微到宇宙之大，“万物皆备于我”，随手拈来都能成为他得心应手的创作材料，特别是许多知识是一般读者前所未闻的，因而就更具有新鲜感和吸引力。例如《蝉的一生》，周作人说“蝉”这个名称不太通俗，俗名又多有音无字，写出来不过是虫旁加声，徒增排字的困难。传说过去赋得啁始鸣的试帖诗，第一句就是“知了知花了”。可见“知了”是一种比较通用的称呼。然后他才将法国动物学家法勃耳的《昆虫记》所记述的蝉的生长史向读者娓娓道来。原来知了蜕化以后大抵只活五个星期,它的一生就是吸树汁（蝉是餐风饮露),唱唱歌（雄的善鸣），以及繁殖儿女。文章最后一段特别有趣：

这里奇怪的事是他为什么歌唱的呢？照例说这是在唱情歌，但蝉却都是聋子。可是眼睛很好，在树上叫着的时候你走近前去，它会撒你一脸的尿急忙飞去了，若在后边拍手高呼，它却全不在意，法勃耳曾经在树下放过两响村社祭日所用的田鸡炮，它们还是叫得不停也不逃走。那么这是为了什么呢，他又说不知道，大概只是表示生的欢乐吧。

《蝉的一生》短短六百来字，不仅生动有趣地介绍了蝉的生活与欢乐,并且触及语音学、民俗学、生理学及文化史等方面，而特别感人的是，周作人借了这种小小昆虫含蓄地流露了他对人生与自然的爱。

《亦报》随笔的又一个特点是思想的启示性。新中国成立后，在新思想的影响下，他摒弃了为艺术而艺术的思想，重新开始操起为人生的文学，例如《无暇看花》《经学史的教训》《求仙》《国粹》等篇都是这方面的代表作。周作人在这些短文中以一个饱经沧桑的过来人，用他那透彻的眼光、平易的态度、渊博的学识，深入浅出地向人们解说一个个科学的道理，其点滴入土的功力实超过虎虎吓人的万言空论。例如《求仙》是谈中国古代炼丹故事的。他用中外文化对比的方法批判了中国古代炼丹术的愚昧和荒唐。他说："烧丹与炼金同样的起头，一个变成了完全的科学，一个只有科学的芽就干瘪了。"他希望我们不应像古人那样追求虚幻的灵魂与天国，只想改善和延长现世的幸福。他认为只要改换一下想法，变利己为利他，就会变愚昧为明智，用科学来造福民众了。

简练和淡远一直是周作人在美文创作中追求的最高境界。他曾说："简单是文章的最高标准。"他还在一篇文章里引用前人的著作说："少年爱绮丽，壮年爱豪放，中年爱简练，老年爱淡远。"正是这简练和淡远构成周作人美文的基本特征。我们读他的散文，其中绝无华丽夸张的辞藻，他的语言美具有一种天然简朴的特质，并能把人引入一种淡远的意境。《亦报》随笔的不少篇章，特别是一些忆往事、谈风物的小品，在几百字的小小篇幅里仍然饱含着隽永的韵味和低回不已的情趣，这是只有真正的散文大家才能做得到的。例如《北京的春雨》，开篇就是回忆他童年上山扫墓时，因为遇着下雨，只好闷坐在阴暗的中舱内，听雨声打篷，到得山下在船头望空行礼，感到非常懊丧。他是多么向往沐着春雨爬山路，摘映山红，拔老弗大呵（《花镜》里的平地木）！在鲜明的对比之下，北京虽然也有春雨，但人们所苦的却是令人烦恼的屋漏。《北京的春雨》字里行间流动着一股馥郁的生活气息，既写出了他童年的梦想，又表现了一种淡淡的雨愁。

还有一点难能可贵的是，周作人还从拥护新社会的立场出发，撰写了一些针对时弊及消极现象的讽喻小品，如《迷信的辫子》《垃圾书》《嫖客的态度》《顾亭林论火葬》等。当然，他的讽刺与批评绝不咄咄逼人，不仅没有一点说教的架子，而且提出的改革建议也是温和而近情理的。例如，他在《垃圾书》一文里对扫黄就提出了很有见地的看法。周作人说：“普通禁止只是治标，单从‘供’这一边着想，假如‘求’那一边还存在，禁也无用，而且禁止可以成为一种广告，有如前清同治年间江苏巡抚丁日昌的应禁书目一样，至今还供搜求者的参考。”那么治本的方法是什么呢？周作人认为，“最好的方法是供应别一批东西，来替代他，这从根本下手，那些垃圾书，便再不能生存了”。当前，黄色书刊为什么屡禁不止？如何从建设和发展健康文学入手，并对文化出版事业采取特殊政策，而不是单纯的扫荡，周作人的意见不是很有参考价值吗？

《亦报》随笔是周作人散文的一个独特品种。这种精致的短章不仅吸收了中国历代散文小品及西方 essay 的精髓，而且注入了新鲜的血液，这就是他对一个新社会到来的心灵感应和新的意识形态给予他的影响。这样，就使他这一时期的散文有了一个崭新的面貌，即不时表现出对新事物的关切和鼓舞，而语言也一扫过去三十年代的苦涩和消沉，一篇篇让人爱不释手的短文显得那么轻快而祥和，既能释疑解惑，又能怡人情怀。他的创作态度是脚踏实地的，再也不像老僧或隐士那样超然物外的了。正如鲁迅之评陶渊明，周作人的平和与飘逸，并没有脱离人间烟火，通览七百余篇随笔，一个总的印象就是对人生的贴近。

（一九九三、九）

一种风流吾最爱

周作人对魏晋南北朝文学一向怀有特殊的眷爱，早在二十世纪三十年代，他曾为其收藏的一块南齐古砖（砖砚）写过一篇题记——《题永明三年砖拓本》，其中有一段话颇值玩味："大沼枕山句句曰，一种风流吾最爱，南朝人物晚唐诗，此意余甚喜之，古人不可见，尚得见此古物，亦大幸矣。"（见《夜读抄·苦茶庵小文》）六十年代，他在《知堂回想录》里又重复提到这两句话，足见他对此意一往情深的程度。

魏晋六朝的文学艺术的确是无比辉煌和美丽的，王羲之的字，顾恺之的画，陶渊明的诗，六朝的文章，北魏的佛雕……沉积厚重的历史帷幕永远掩盖不了它的光辉，而且哺育了中国一代又一代的文学艺术家，其中十分突出的一位，就是我们要说的周作人。但是，我们通览周作人全部著作，却未发现他写过一篇像鲁迅《魏晋风度及文章与药及酒之关系》那样的对魏晋文学研究具有开山意义的宏文巨作，他的有关魏晋六朝文学的议论显得有些零碎不成系统，但恰如太阳底下的树荫里，虽然只见光点斑斑，却往往给人一种特殊的亮感，周作人的这些只言片语，也更能使我们看出他对魏晋六朝文学的独特感情和理解。据我粗略统计，他在历年文章中谈到魏晋六朝文学有八九处之多，这是颇不寻常的。

周作人较多地谈魏晋六朝文学始于二十世纪三十年代初，那时他还在北京大学中文系专门开过“六朝散文”的课。一九三二年二月至四月间，他应沈兼士之约，在辅仁大学作了八次学术讲演，这就是后来整理出版的《中国新文学的源流》。在《中国新文学的源流》第二讲《中国文学的变迁》里，周作人旗帜鲜明地亮出他的文学史观。在他看来，中国的文学并不是沿着一条直线发展的，他认为中国文学从来就存在着言志与载道两大流派，一部中国文学史就是由这两种对立的流派相互交替构成的。在他自绘的一幅图表上，清楚地标明位于线上的晚周、魏晋、六朝、五代、元、明末、民国都是言志派；而位于线下的两汉、唐、两宋、明、清则是载道派。那么言志文学和载道文学的兴衰起落与政治是一种什么关系呢？周作人对此有十分精辟的论断。他指出，文学的兴衰总是和政治状况的好坏相背反的，即，凡是政治统治比较稳固、思想控制比较严的时期，文学就往往缺乏生气，没有什么好的作品。与此相反，每当政治统治比较薄弱、思想环境比较宽松的时期（即周作人所说的王纲解纽的时代），却会涌现出许多优秀的作品，他说春秋战国就是言志文学第一次兴起的时候，而第二次就是大放异彩的魏晋六朝了。对这时期言志文学的兴起，周作人是这样评述的："魏时三国鼎立，晋代也只有很少年岁的统一局面，因而这时候的文学又重新得到解放，所出的书籍都比较有趣一些。"这一时期的好作品有哪些呢？他列举了《世说新语》《洛阳伽蓝记》《颜氏家训》及后来清人编的《六朝文絜》。特别是《颜氏家训》，他更是赞赏备至。他说："《颜氏家训》本不是文学书，其中的文章却写得很好，尤其是颜之推的思想，其明达不但为两汉人所不及，即使他生在现代，也绝不算落伍的人物，对各方面他都具有很真切的了解，没有一点固执之处。"

四十年代是周作人一生的非常时期，他身上原有的那层为许多人倾倒的光彩消失了。但是，他毕竟是个浸透了中国传统文化，又吸收了西方先进思想的文化人，在总署衙门里他是周督办，回到八道湾他仍然是个埋首读书、著述的苦雨斋主人。一九四四年七月（距周作人丢官下台刚刚一年），周作人又写了长达两万多字的大文章《我的杂学》。在这篇专门介绍他的知识结构与思想渊源的文章里，他回顾了自己从童年开始的读书生涯，说他是经过自己的揣摩才确定了一条读书准则的，那就是，凡是所谓正宗正统的，有道学家气和八股气的文章，他都不喜欢。他说近日曾拿出《古文观止》来看，"明显的感觉唐以后文之不行"，只有读了前六卷的周秦文以及汉文，才觉得"总是华实兼具，态度也安详沉着，没有那种奔竞躁进气"。在谈到他所喜爱的作品时，又一如既往地提到了陶渊明的诗、颜之推的《颜氏家训》《洛阳伽蓝记》，以及《六朝文絜》里那些"质雅可诵"的散文。周作人郑重地告诉人们，他之所以提出唐以前这些著作，只是表明个人的一种偏好，那就是“大抵于文字之外看重所表现的气象与性情，自从韩愈文起八代之衰以后，便没有这种文字”。

一九四四年十一月他又写了一篇很有趣的小品文《萤火》，对文中所讲的那段读书体会恐怕不少人会有同感。他说，他读书往往是看久了会产生厌倦，一是感到单调，千年前后的人所说的话没有多大的不同；第二个感觉就是气闷，因为有时候会感到后人似乎比前人还要糊涂一点。于是他得到一个结论是：“从前看过的书，后来还想拿出来看，大概只有《诗经》(其中也以《国风》为主)、《陶渊明集》和《颜氏家训》而已。”

一九四五年一月(此时距周作人十二月六日因汉奸罪被捕还有十个月多)，周作人写了一篇对了解他晚期文学思想颇为重要的文章《文学史的教训》。周作人在这篇文章里，以比较文学的方法分析了中国与古希腊文学的异同与得失。他说，中国散文本来起始得很早，也产生过像《庄子》《史记》《左传》及《汉书》等等可与古希腊文学媲美的好作品，但是由于中国的作者一向态度老成，又常受到统治思想的约束，文人们纷纷向宫廷一边靠去，因此，尽管后来的文章也很发达，但使人看了觉得喜欢的实在不多，用我们今天的话来说，就是僵化的正统思想将文学的新生命扼杀了，周作人认为这是很值得警惕的教训。那么，以后中国文学就没有一点好的么？那也不是。周作人指出：“汉魏六朝的文字我所喜的也有若干，大都不是正宗的一派，文章不太是做作，虽然也可以绮丽优美，思想不太是一尊，要能了解释老，虽然不必归心哪一宗，如陶渊明、颜之推等都是好的。”

写到这里，我们不禁要问：周作人对魏晋六朝文学及其代表人物这样推崇和钟情，其原因何在呢？我觉得这原因大概要从思想和审美趣味两方面去找，而主导原因则在思想。我国一代美学宗师宗白华先生讲过一段十分精彩的话，对探讨周作人思想方面形成的原因颇有启发。他说："汉末魏晋六朝是中国政治上最混乱、社会上最苦痛的时代，然而却是精神史上极自由、极解放、最富于智慧、最浓于感情的一个时代。因此也就是最富有艺术精神的一个时代"，他认为这个时代的文学艺术是"光芒万丈、前无古人"的（见《论〈世说新语〉和晋人的美》）。周先生这段话有两点值得注意：一是在魏晋时代政治是混乱和黑暗的，因此社会上充满痛苦，首当其冲的自然是文人；二是魏晋以来儒教一统天下的局面开始被打破，人们（主要是士大夫和艺人）的精神世界获得了大自由、大解放，从而促进了一个伟大文艺时代的到来。作为现代中国自由派文学最大代表的周作人，正是从这个既充满黑暗痛苦，又充满自由气息的时代找到自己的精神家园的，他的思想、个性以及风度的形成统统与魏晋六朝文学的熏陶和滋养分不开。他常爱说他自己像明末人，我看，从他的某些思想气质来考察，说他也有点像魏晋人，不也是可以的么？

除了思想上的趋同之外，艺术趣味的相通，也是周作人亲近魏晋六朝文学的一个重要原因。自然界有种现象每每让人叹为神奇：当我们爬山越岭时，有时会惊喜地发现在岩石的缝隙里居然钻出一棵青翠的小树或是一丛烂漫的山花来，它们虽然长得曲曲弯弯，貌似纤弱，却显示出顽强的生命力，并以其少见的冷艳之美给人留下难忘的印象。我觉得用这种自然现象来比喻魏晋六朝文学倒是十分贴切的。众所周知，魏晋时代政治环境极其恐怖，文人动辄得咎，命如薄纸，不少有才华、敢直言的文人都惨遭杀害，孔融、嵇康就是最突出的例子。在这种形势下，许多文人不得不采取回避政治的态度，玄读老庄，纵情山水，日夜以饮酒、服药（五石散）来麻醉自己，其实他们的内心是很痛苦的，于是赋诗作文便用一种隐蔽的手法来发泄对现实的不满和悲愤，作品从而有了一种感人至深的凄冷之美，阮籍的《咏怀诗》是这样，陶渊明的许多诗文更是这样。陶渊明在五十七岁时写过一首诗《述酒》，词意非常隐晦，题目是谈酒，却无一字涉及酒，讲的尽是些鸟鸣秋草、旧朝烟云，全然不着现实，但骨子里却是直指当道，对刘裕篡晋谋杀零陵王（即为刘裕所废的末代皇帝晋恭帝）的行径作了深刻的揭露和抨击。鲁迅一针见血地指出，《述酒》就是谈当时政治的，“可见他于世事也并没有遗忘和冷淡。不过他的态度比嵇康阮籍自然得多，不至于招人注意罢了”（见《魏晋风度及文章与药及酒之关系》）。由此看来，既不敢面对现实，又不能忘怀于现实，隐秘曲折地表达他们的忧伤和愤懑，便成了魏晋文学的一个十分动人的艺术特色。周作人从五四落潮，特别是一九二七年白色恐怖弥漫全国以后，他的散文也开始进入低迷状态，许多作品为一种平和静穆、委婉低回、苦闷淡出的气氛所笼罩，十分明显，周作人散文的这一基本特色正是与魏晋文学一脉相承的。不过令人惋惜的是，魏晋文学的一个重要遗产——文人风骨，周作人却学得并不太好。例如，他一生仰慕陶渊明，并且也曾当过一阵子的“隐逸”文人，却又不能贯彻始终，在一个最该隐退的时期，却偏偏要“老而为吏”，最终落了个可悲的下场。正如鲁迅早就指出的，“他（指陶渊明）的态度是不容易学的”。

现在，让我们把视线更多地关注一下颜之推，因为这位南北朝的大人物从思想到文章给予周作人的影响实在不容忽视。这位颜公的经历颇不简单。他生活在战争不断、易代频繁的南北朝后期，最早在梁朝为官，梁亡后，先后到了北齐和北周，最后死于隋。他的《颜氏家训》就完稿于入隋之后。

周作人对颜之推和《颜氏家训》可说是佩服得五体投地，收在《夜读抄》里的一篇读书记《颜氏家训》集中反映了他的观点，激赏之情跃然纸上。周作人开篇第一句就是：“南北朝人的有些著作我颇喜欢……其中特别又是《颜氏家训》最为我所珍重，因为这在文章以外还有作者的思想与态度都很可佩服。”颜之推的文章的确写得漂亮，《颜氏家训》一反常规，全书几乎全用散体写出，其间偶以骈句点缀，文字显得十分活泼质朴，内容既有明达训见，又多人情世态，给当时形式主义泛滥、以浮艳空谈为美的文坛带来一股清风。从周作人散文的平和冲淡、雍容大度和理性通达等特色上，都不难看出他对颜氏文字意境的追求。但是，周作人欣赏颜之推的绝不单纯是辞章文字，他从颜之推身上感受的东西要比这些深刻得多，这正是周作人上面那段话的要害所在。《四库全书总目提要》云：“今观其书（指《颜氏家训》）大抵于世故人情深明利害，而能文之以经训。”周作人在引述了这段话后说：“所谓世故人情也还说得对，因为这书好处大半就在这里。”他接着指出，大家都知道六朝是个乱世，颜之推由梁入北齐，再入北周，正如《观我生赋》所自道："予一生而三化，备荼苦而蓼辛。"随后，周作人一段最要紧的话脱口而出：颜之推"积其一身数十年患难之经验，成此二十篇书以为子孙后车，其要旨不外慎言检迹，正是当然，易言之即苟全性命于乱世之意也"。这些话说得实在透彻不过，为我们透视周作人的内心世界（尤其是后期的）提供了最有说服力的注脚。周作人生活在一个内忧外患、危机四伏的动荡时代，他为了避祸求安，从反帝反封建的战斗行列分离出来，一头扎进安谧清冷的苦雨斋读书写作，他那寂寞苦涩的心境正好从颜之推的思想和人生感受中找到安慰和寄托，而颜之推身处乱世的经验，更为他顺时应变、出仕伪朝的选择提供了一个活脱脱的榜样。当他不顾一切迈出这一步，受到来自左翼阵营和爱国传统观念的谴责和批判时，也正是从颜之推那里得到抵御这一切压力的精神力量的。陈思和先生曾就周作人附逆问题提出一个新见解，即："思想上的超越气节与性格上的实利主义，我觉得是周作人下水的重要原因构成"，"否定礼教与气节，正是中国自由主义知识分子的一个思想特征"（见《关于周作人的传记》）。这不是没有道理的。颜之推三亡其国，四朝为官，支撑他的不正是这种超越气节的功利主义么？看来，周作人学陶渊明不像，但从这位颜公身上却学到不少东西，于是一条很长很长、若明若暗的线把颜之推和周作人联系到一起，这是旷世的感应，也是历史的必然，是无可奈何的。

（二〇〇三、十一）

周作人的一首狱中诗

周作人于一九四五年十二月因汉奸案被捕后，在狱中写了大量被他统称为“老虎桥杂诗”的旧体诗（他先是在北平关押，一九四六年五月被转到南京老虎桥监狱）。钟叔河依据周氏交给新加坡学者郑子瑜的一部手稿（系郑氏手抄本，非原稿）编订的《知堂杂诗抄》（一九八七年岳麓书社出版）收录的狱中诗有两百零四首，而止庵近年校订的《老虎桥杂诗》(《周作人自编文集》之一，二〇〇二年河北教育出版社出版）则达两百三十六首。但这些都不是周作人狱中所作诗的全部。为什么我们至今难以见到周作人狱中诗的全貌呢？这里有多种原因，如被他自己遗忘了的，或认为是“应

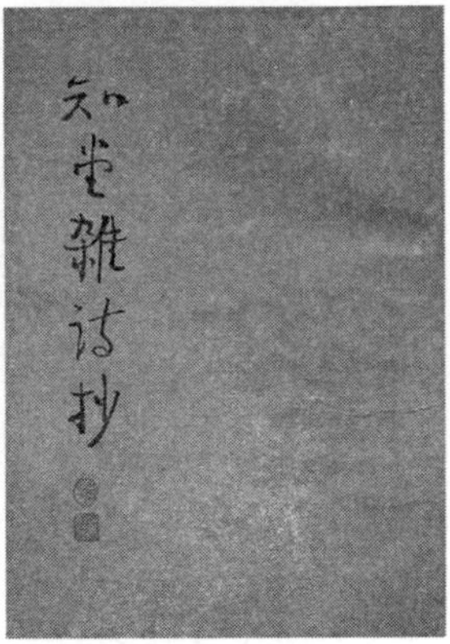

◎《知堂杂诗抄》

需之作”，无保留价值的，等等。但还有一个特别值得注意，也最耐人捉摸的原因，那就是他出于某种深层考虑而自行删剔舍弃的。周作人在《忠舍杂诗》前言中道出了个中秘密，他说：“前录杂诗多所遗弃，近日重阅，觉得亦是前尘梦影，遗弃亦属可惜，因复加甄录数首，其比较尖刻者仍在删薙之列，唯首尾二章悉仍其旧，盖所谓箭在弦上之势也。”（这段颇为重要的文字见于岳麓版《知堂杂诗抄》，而止庵校订的《老虎桥杂诗》却缺无，是否疏忽遗漏了，不得而知。）周作人所说的“首尾二章”，系指《骑驴》与《拟题壁》两首。前者是讽刺时任北平文教接收大员傅斯年的，后者则是他一九四九年一月出狱后写来嘲讽行将坍台的蒋家王朝的，这些都是他心中“箭在弦上”，不得不发的话语，于是被他保留下来了。那么，究竟有哪些诗是属于“比较尖刻”，必须加以剔除的呢？周作人的狱中诗距今已有半个多世纪，历史的尘埃早已把它们淹没得无影无踪，要想再见到这些诗几乎已不可能。不料，去年竟在一部以五折价购到的旧书《老新闻——民国旧事》（天津人民出版社出版，全套十一册）发现了一首各版周作人诗集（除前述两种外，还有王仲三笺注的《周作人诗全编笺注》）均未收录的狱中诗，大概可以算得是“比较尖刻”的一例。

◎《老虎桥杂诗》

这首七言诗的诗题是《偶作寄呈王龙律师》，是一九四六年十一月三日上海《文汇报》发的一则题为《周逆作人狱中赋诗》的消息中披露的，现将全诗与周作人附写的一段文字照抄如下，愿同好一览共析之：

偶作寄呈王龙律师

但凭一苇横江至，风雨如磐前路赊。是处中山逢老特，(《中山狼传》：狼欲啖东郭先生，问老树老牛特，皆左袒狼。)不堪伊索话僵蛇。(伊索寓言，樵夫见蛇冻僵，纳之怀中，乃为所啮。)左庑立语缘非偶，东郭生还望转奢。我欲新编游侠传，文人今日有朱家。

鄙人于去冬被逮，于今已十阅月。寒门拙老，素鲜亲族，三十年来不少旧学生，有三数人尚见存问，而下井投石，或跳踉叫号，如欲搏噬者，亦不无其人。昔读《中山狼传》，虽知人世常情，不足为怪，而近年中一再见之，亦不能无所感慨。今年夏来南京受讯，在法院邂逅王天瑞先生，言谈数语，慨然允任义务辩护，侠情高谊，不知所报。近闻某生又复叫号，此声余固已谂闻，未免毛戴，唯想起王君，有如中山道中之遇老叟，更深致感激之意。计在法院相见之日将三月，因作一诗以为纪念，并寄呈天瑞先生，以博一笑。

三十五年十月十五日，知堂

这首《偶作寄呈王龙律师》写得相当露骨，把他锒铛入狱后的心境与想法毫无掩饰地表达出来，愤激之情溢于言表。这首诗有两处值得注意：一是诗中提到的“朱家”。朱家即《史记·游侠列传》中的“鲁朱家”，是鲁国的一位侠客，与汉高祖同时。司马迁称赞他“专趋人之急，甚己之私”。周作人把王龙律师比作游侠朱家，言外之意，王龙律师自愿为其做义务辩护乃是一种正义行为，“汉奸”之罪当然也是莫须有的了。二是附言中提到“某生”，说的就是身居要职的傅斯年，傅氏到北平后曾力排众议做过一个决定，即日伪时期的北大教员一概不予录用，周作人对此一直耿耿于怀。在周作人看来,傅斯年及所有对他“下井投石”的人都是中山狼一号的人物,是极可鄙视的。《文汇报》刊登的这首诗后面还有记者写的一大段《附言》，介绍了王龙律师的一些情况，对其人其行颇有微词，因限于篇幅不再抄录。

最后还有一点相关的事也附带讲一下。谷林先生在去年八月二十九日《文汇读书周报》上发表了一篇颇有意思的短文《周作人“杂诗”佚篇》，读后感触良多。谷林翁首次披露的这首佚诗（《胡逸民以〈幽兰诗〉见赠并索和，倒用原韵写得百字，用以奉答。一九三七年十二月六日，在南京》），各版周作人诗集也均失收，此诗虽然不属“尖刻”的那一类，但却是周作人狱中诗中不容忽视的一首。周作人在这首感怀诗中不仅表述了他一以贯之的人生理念与处世哲学，同时还隐隐流露了他的劫中哀思与自嘲自勉，诗句质朴而沉郁，十分耐人寻味。为了让谷林先生也来与我同享“发现”的喜悦，我很快给他写了封信，并将《偶作寄呈王龙律师》的复印件送给他。谷林先生接到信后十分高兴，说这首诗他也从未见过，并想叫止庵也看看，“谅必为所乐闻”云。

（二〇〇四、九、十七）

附：

也谈一首周作人狱中诗的发现

陈益民

周作人与鲁迅一起，向来被誉为中国现代文学史上的“重镇”，因而每当新发现他们的片言只语，都为学界所珍。鲁迅从他逝世之日起，就一直被世人所关注并研究，在新出版的《鲁迅全集》以外，如果还能发现他留在世间的别的什么文字，那是难上加难的。周作人则不然。尽管已有十卷本《周作人文类编》《周作人集外文》及《周作人诗全编笺注》等问世，但散佚世间的知堂文字仍然难计其数——其缘由主要在于周作人自一九四五年被捕后，直到上世纪八十年代中后期，他一直处在被世人乃至学界淡忘的状态中。一代现代文学大家，尽管活到了八十三岁，却最终在清冷落寞中散佚了多少诗文信笺。

九月十七日《文汇读书周报》上发表了林谷先生的《周作人的一首狱中诗》，言及从天津人民出版社出版的《老新闻·民国旧事》中发现了周作人的《偶作寄呈王龙律师》诗，非常兴奋。

其实，这并不是今年的新发现。一九九八年，在我主编《老新闻》一书时，从一九四六年十一月三日《文汇报》上发现那篇谈周作人佚诗的文章，我便早兴奋过了一回。我一直很喜欢钱理群先生写的《周作人传》，然而该传写周作人狱中的一段，却总让人觉得过于简单。这可以理解，不能怪钱先生在此惜笔墨，实在是狱中一段时光的资料太缺乏，当时周作人留下的文字也太少。为此，我写了《“忠舍”佚诗与狱中的周作人》一文，希冀对此能有所补充。文章发表在《鲁迅研究月刊》一九九九年第三期上，并被人大报刊复印资料转载。我还以为是我首先发现这首佚诗的呢。随后我却在陈子善先生的《文人事》（一九九八年八月出版）一书中，看到他的《知堂佚诗集录》一文，该文最早发表于一九八九年一月香港《明报月刊》。文中早已提到上述周作人佚诗，并说：

“两年前，香港中文大学张珆于小姐寄给笔者一篇介绍这首佚诗的《周逆作人狱中诗》，但未注明出处。笔者后来终于查明此文原载一九四六年十一月十九日香港《华商报》。据作者殷温魁说，他也是根据上海某报所载《周逆作人狱中赋诗》一文转录的。”

可见，早在八十年代后期香港的学者即已发现此佚诗，陈子善先生查到了香港转载该诗的报纸，只是未进一步查证“上海某报”究系何报。当然，陈子善先生发表在香港报纸上的文章，内地学者难以见到；后收入他的《文人事》集子，也未必能引人注意，因而周作人佚诗被发现十余年后，还有人（包括我在内）会为“发现”该诗而欣喜不已。二〇〇〇年，天津人民出版社出版《周作人年谱》，也收录了此佚诗。看来，此后再不能把它作为新的“发现”了。

（二〇〇四、十）

灯下常伴《夜读抄》

周作人在《苦竹杂记 · 柿子的种子》里引用过清人叶松石的一句话："少年爱绮丽，壮年爱豪放，中年爱简练，老年爱淡远。"我觉得讲得很好，虽然这是谈诗的，但正如春、夏、秋、冬四季更替那样，它也反映了读书的一种规律。我的阅读兴趣也是大致顺着这条路子渐渐趋于简练和淡远的。年轻时我如醉如痴地朗读《约翰 · 克利斯朵夫》和《叶甫盖尼 · 奥涅金》的激情早已烟消云散，如今读的书大部分是故纸堆里的东西：正史、野史、笔记、书简、日记及题跋等。近些年来兴趣越来越浓的则是读书随笔，也就是人们常说的书话。

民国以来善写读书随笔的名家高手颇多，名字可以开出一大串，但我最喜欢的还是鲁迅的胞弟周作人，亦即知堂是也。谈起我之读知堂，也有个历史转化过程。大约上世纪八十年代以前，我偏爱周作人的早期闲适小品，如《苦雨》《鸟声》《故

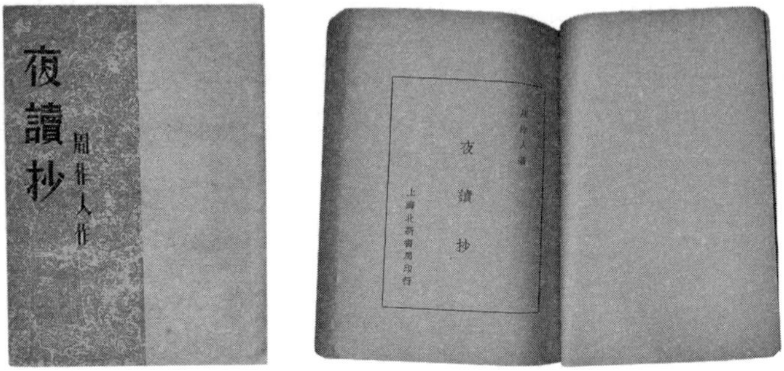

◎《夜读抄》

乡的野菜》《北京的茶食》《喝茶》与《乌篷船》等名篇，我不知读了多少遍，简直喜欢得了不得。可能是因为我还多少有些浮躁气，对他那些大量抄书之作却浅尝辄止，读不进去，并认为那是他精神日益颓废的结果。到了九十年代以后，随着年龄的增长，读书渐多起来，也由于舒芜、刘绪源等先生的相关著述（特别是绪源君的《解读周作人》）对我的影响，我的阅读趣味也发生了一些微妙变化，对周作人那些被人认为“文抄公”的文章有了一些新认识、新感受。如今，作为知堂中期代表作的《夜读抄》已成为我晚年须臾不离的枕边书了。尤其在夜阑人静、淡淡灯光下读它时，竟也会在朦胧中产生一点点“欧阳子方夜读书”那种让人陶醉的意境来。

《夜读抄》于一九三四年九月出版，这是一部在特定历史背景下产生的读物。一九二七年蒋介石发动“四 · 一二”政变，国内形势大变，知识分子进一步分化。个性比较温和的周作人走上一条不同于鲁迅的人生道路，即远离政治，关起门来读书的生活。他在一九二八年十一月写的《闭门读书论》（见《永日集》）就是他向世人表明他这一选择的宣言书。他在文中说："宜趁现在不甚适宜于谈话做事的时候，关起门来努力读书，翻开故纸，与活人对照，死书变成活书，可以得道，可以养生，岂不懿欤？"《夜读抄》就是他在这一特殊环境下埋头读书的成果，并成为其散文创作进入一个成熟时期（即所谓中期）的重要标志。那么，他读的都是些什么书，又是怎样读的呢？对此，他在《闭门读书论》中也有明确交代。他说："敢问读什么呢？……重要的还是在于乙部，即是四库之史部。老实说，我虽不大有什么历史癖，却是很有点历史迷的。我始终相信《二十四史》是一部好书，它很诚恳地告诉我们过去曾如此，现在是如此，将来要如此。历史所告诉我们的在表面的确是过去，但现在与将来也就在这里面了。"周作人的《夜读抄》就是以史为鉴，来观察现实生活并加以批判的思想结晶。

《夜读抄》除《小引》《后记》外共收文三十七篇，其中比较正规的书话有二十四篇，几乎占全书的三分之二，如《颜氏学记》《性的心理》《清嘉录》《五老小简》《颜氏家训》《五杂俎》等，都是专谈一本书的，而其他各篇如《厂甸》《鬼的生长》《太监》等，则或谈景物，或谈鬼神、习俗，也大都与书有关，具有很浓的书卷气。周作人的中期散文以抄书为特征，而且抄引的书籍多得惊人，《夜读抄》就是一例。我初步统计了一下，《夜读抄》各篇抄录的中外书籍达一百一十二种之多！过去有人认为，周作人的文章大量抄别人的书，是他散文创作走向衰退的表现，这种看法未免有些简单化（当然中后期也有比较枯涩乏味的，如写于一九三七年的《野草的俗名》)。其实，周氏在文中大量抄书还是颇费精神，自有甘苦的。一九六三年十月二日他在给鲍耀明的信中指出：“其实拙文之不行本不待论，即‘文抄公’的非难自古已然，最所敝帚自珍之《夜读抄》亦是如此，文中十分之七八是抄来的，惟抄亦煞费工夫，亦需要一点手段耳。”这段话有两层意思，一是天下书籍浩如烟海，选哪本来抄实在不易，非下苦工夫不可；二是一本可抄之书中选哪一部分来抄也颇费斟酌,是要靠眼力来挑选的,即“披沙拣金”之功也。关于抄引的标准他讲过一段十分精辟的话：“我的标准是那样的宽而且窄，窄时网不进去，宽时又漏出去了，结果很难抓住看了中意，也就是可以抄的事。不问古今中外，我只喜欢兼具健全的物理与深厚的人情之思想，混合散文的朴实与骈文的华美之文章。”(见《苦竹杂记 · 后记》) 周作人在这里实际上给了我们一把打开阅读之门的钥匙，健全的思想与深厚的人情，就是他苦苦抄书的秘诀，也就是《夜读抄》及其中期诸多优秀书话的两大看点了。

古罗马大批评家朗吉弩斯在《论崇高》里说：“一篇文章的思想和文词是相互依存的……就真正的意义来说，美的文词就是思想的光辉。”读《夜读抄》的总印象就是与其特色文字自然糅合在一起的健全合理的思想。说民俗，谈风物，一向是周作人最感兴趣的,《夜读抄》里涉及民俗风物的文章即有十三篇，但这些文章并不只是让人感到有趣，它们在介绍知识当中也向你输送了一种健全合理的思想，让你深刻地意识到人与动物的根本区别在于文明与道德。《猪鹿狸》一看题目就很吸引人，文中几种动物的生命状态确是有趣得很，不过当你看到周作人描述野猪的强悍生命力时，你却不由得产生了一种人的自省："鹿在山上逃走的时候如一枪打中要害，他就如推倒屏风似的直倒下来，觉得很痛快。可是到了野猪就不能如此，无论打中了什么要害，他决不像鹿那样的跌倒，中弹之后总还要走上两三步，然后徐徐的向前蹲伏下去……这猪实在堪为我们的师范。"周作人显然用了一种象征手法，向我们揭示了人类也有某些不及野兽的弱点，是颇含深意的。

《蠕范》是《夜读抄》中特别值得留意的一篇书话，因为除了知识和趣味引人入胜外，他还结合对生物天性的赞美，提出了一套美好的人生理念。他说："万物之灵的人的生活的基础依旧还是动物的，正如西儒所说过，要想成为健全的人必须先成健全的动物，不幸人们数典忘祖，站直了之后增加了伶俐却损失了健全。"这些话说得很有意思，似乎到今天也未过时。《蠕范》是清乾隆时人李元写的一本笔记，内容多谈造化奇闻，颇有情趣，周作人称之为"可以说是一部生物概说"，对它颇是喜欢，于是不惜广征博引（抄引的书籍多达十种，居全书之冠）来介绍它。古代中国谈花鸟虫鱼的书不少，但大多数局限于奇闻异说，极缺科学的真实性，《蠕范》也未能脱此窠臼，如关于啄木鸟曲爪画符、蜾蠃养螟蛉幼虫为子等等仍沿袭旧说。周作人是一向疾虚妄、尊科学的，他当然不会放过批驳谬说的任何机会。他广泛引用了古人某些比较明达的说法（如晋陶弘景《本草经集注》），并穿插他在北平和童年时的经历，来证实那些旧说的臆断与诞妄，不仅具有说服力，而且颇有亲切感。

太监早已退出了历史舞台，现在只有在电视播放历史剧时，人们才会看到这种怪人的身影。他们在皇帝老子面前奴相十足，极尽谄媚奉迎之能事，但在大臣面前却是狐假虎威，能量不可小估。所以，周作人这篇以《太监》为题的随笔就很有能引人一读的兴趣。太监是中国古代社会的一种丑恶现象，因此这篇文章的批判色彩也就来得特别强。文章一开始周作人就明确告诉我们："中国文化的遗产里有四种特别的东西，很值得注意，照着他们历史的长短排列起来，其次序是太监、小脚、八股文、鸦片烟。我这里想要说的就是第一种。"那么，太监究竟始于何时，他们是干什么的，帝王家都是用些什么手法来制造这一特殊人类的呢？周作人在文中动用了八种中外古籍来逐一回答这些问题，摘录下来的文字充分揭露了制造太监的长期性和残酷性。文中引德国列希忒著《古希腊性生活》云，古希腊阉割儿童的风俗还是从东方传过去的，可见谬种流传之远。周氏在文章最后讲了一番很沉重的话，颇值玩味，他说："'太监'是个很有兴趣的题目，却有很深长的意义。说国家会亡于太监，在现今觉得这未必确实，但用太监的国家民族难得兴盛，这总是可说的了，西欧各国无用太监者，就是远东的日本也向来没有太监，他们不肯残毁人家的肢体以维男女之大防，这一点即是他们有人情有生意的地方。中国太监制度现在总算废除了，可是有那么长的历史存在，想起来不禁悚然，深恐正如八股虽废而流泽孔长也。"周作人在这里不但对这种摧残人性的恶俗加以无情的抨击，而且意味深长地告诫人们，某些会阻碍社会进步的老传统还有死灰复燃的可能。

《夜读抄》中有不少将知识、趣味、思想三者完美结合并兼具人情的佳作，但也有几篇人情味特别浓的，读来既感人生的温暖，又掺杂着一丝悲凉，这就是《一岁货声》《甲行日注》《厂甸》及《姑恶诗话》等篇。如《一岁货声》这本笔记是周作人从友人处借来的一个抄本，有光绪丙午年（一九〇六年）序，大概是清末近人所编。如记北京卖硬面饽饽的，书中记其声曰："硬面唵，饽啊饽……"周作人说这种声音"与现今完全相同，在寒夜深更，常闻此种悲凉之声，令人怃然，有百感交集之概"。我来北京定居很晚（一九八〇年），只是在电影里才听过"硬面饽饽"这种叫卖声，但却勾起我的童年回忆。那时我家住在天津的一条老胡同里，每到晚上就由近到远地传来一阵"油炸果仁""炒崩豆"的叫卖声，那声音是清脆的、悠长的。那时我不过十来岁，人生阅历尚浅，是还听不出那叫卖声里的辛苦的。

（二〇〇九、十一）

也读《广阳杂记》

我曾经有过一个奢望，就是把周作人所著读书记涉及的那些书也都找来浏览一遍，后来才渐渐明白，这只是一个不切实际的想法，因为那些书大多十分古僻。经过多年努力寻求，我终于也购藏了十六种之多（如《颜氏家训》《清嘉录》《甲行日注》《五杂俎》《老学庵笔记》《扬州画舫录》《广阳杂记》以及民国商务版的《唐才子传》等等）。周作人的读书记可读性很强，但它们的引人处绝不仅仅是知识和趣味，更不是什么“猎奇”，它们最值得我们注意的一点倒是思想。周作人的中期作品读书记《广阳杂记》，就是一篇重点谈思想的代表作，用的仍然是他擅长的所谓“文抄公”手法。

《广阳杂记》作者刘献廷，字继庄，别号广阳子，清初直隶大兴人，顺治五年（一六四八年）生，康熙三十四年（一六九五年）卒，年仅四十八岁。刘献廷一生不仕，专以教读、著

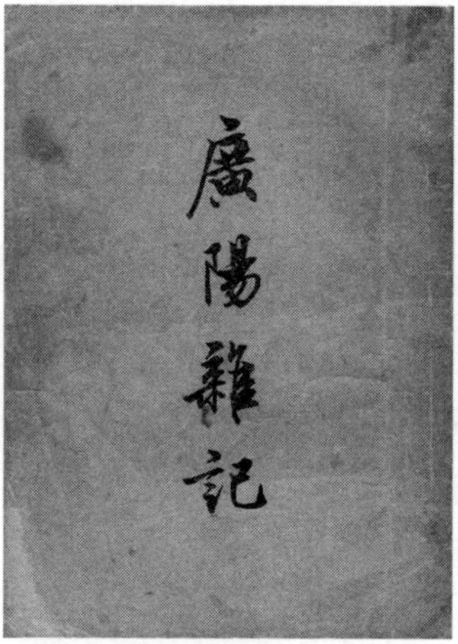

◎《广阳杂记》

述、游历为事。康熙二十六年（一六八七年）曾一度至京参与《明史》《一统志》的编修工作，与万斯同、顾祖禹等人共事，但他很快即离京返南。《广阳杂记》附有王源撰的《刘处士墓表》和全祖望撰的《刘继庄传》，对献廷的学识为人都有很高评价。《刘继庄传》中说，刘的学识颇为时人推崇，万斯同在当时即以博学著称，“于书无所不读，乃最心折继庄”。《刘处士墓表》则称：“处士颖悟绝人，博览，负大志，不仕，不肯为词章之学。”又称：“处士生平志在利济天下后世，造就人才，而身家非所计。”认为刘献廷的气魄与顾亭林相似。至于刘献廷学问之博大，墓表则赞曰：“处士于礼乐、象纬、医药、书数、法律、农桑、火攻器制，旁通博考，浩浩无涯矣。”到了周作人笔下，对刘献廷的认识又有了一个质的飞跃，达到了最为肯綮透彻的程度。他在读书记《广阳杂记》里说：“但据我看来，思想明通，气象阔大处还非顾君所能企及，还有一点特别的，继庄以北人而终老吴中，与亭林正相反，古诗云，胡马嘶北风，越鸟巢南枝，二君所为，均有志士苦心存于其中，至今令后人思之亦不禁感奋。”最后周作人又强调说：“我觉得可佩服的此外还是其气度之大，见识之深，至少一样的值得称扬。”

周作人撰写《广阳杂记》的宗旨即是突出介绍和阐扬刘献廷的思想与学识，因此，刘献廷人格魅力的另一面，即对那场刚过去不久的易代风暴的悲愤之情及相关轶事只好点到为止，并未展开。

在明亡清兴，朝代更替之际，最遭时人不齿并一直为后世非议的有两个人，一为洪承畴，一为吴梅村。作为一位刚正不阿的明遗民后代、爱国知识分子，刘献廷对这两个人是极其鄙视的，《广阳杂记》中有关洪承畴的三则佚事即充分印证了这一点：

“洪经略入都后，其太夫人犹在也，自闽迎入京，太夫人见经略大怒骂，以杖击之，数其不死之罪，曰：迎我来，将使我为旗下老婢耶，我打汝死，为天下除害，经略疾走得免，太夫人即买舟南归。”洪承畴的这位老母亲真不愧是一位铁铮铮的女豪杰，在痛斥逆子之后毅然南归，所作所为真是可敬可爱得很。

“黄石斋先生被执，拘禁中，洪承畴往视之，先生闭目不视。洪既出，先生举笔疾书一联，曰：笔留芳，虽未成名终可法；洪恩浩荡，不得报国反成仇。盖成仇与承畴同音也，杨于两云。”这位黄先生实在是一位讽刺高手，四句联语将洪承畴与史可法加以历史评比，不知当时洪承畴看了作何感想也。

“郑公三俊，池州建德人，南京户部尚书，转吏部尚书，取入北京吏部尚书，以事充江宁驿徒，公至南京，青衣小帽，至驿首，向驿四拜而去，遂归建德，鼎革时，年九十矣，以老不得出，经略洪公，公之门人也，至池州，以舟迎公，公怒骂不纳其使，经略大哭曰:‘老师弃我矣。’终不得见而去。”看来，洪承畴为之大哭而去，似乎还有一点羞耻心。

吴梅村（即吴伟业），崇祯四年进士，官至翰林院编修，明亡后家居，但最后还是耐不住寂寞，康熙时应召出任清廷国子监祭酒。吴梅村系清初诗作大家，颇有点名气，但在刘献廷眼里，也只不过是一个晚节不忠的渺小文人。《广阳杂记》记载吴梅村的佚事有两则：

“顺治间，吴梅村被召，三吴士大夫皆集虎丘会饯，忽有一少年投一函，启之，得绝句云：千人石上坐千人，一半清朝一半明，寄语娄东吴学士，两朝天子一朝臣。举座为之默然。”这位少年虽然采取的是匿名行为，但其勇气仍颇值嘉许，因为他说出了当时所有不忘故国人士的普遍看法。

“太原王茂京言，吴梅村于壬子元旦，梦两青衣来呼曰：先帝召汝。梅村以为章帝也，急往，乃见烈皇帝，伏哭不能起。烈皇帝曰：何伤？当日不止汝一人也。语毕，命之退，至午门，见悬白牌一面，大书限吴伟业于八月二十二日到此，遂警觉，后果以是年月日病卒云。”这条佚闻颇有趣，虽然有点神秘感，但吴梅村在梦中伏见崇祯时的那副窘态着实令人捧腹。

《广阳杂记》除了那些有助于了解那段历史的逸闻轶事，还有一些是专写作者本人的内心活动与感情世界的，由于是心灵实录，我们至今看来还会引起一丝同情与感伤。如有一次他寄寓在一座寺庙里，突逢一场“狂风怒号，雨如覆盆”的极恶天气。他静坐室内听风雨声，不禁想起故人“死已过半”，而今尚存者，也如“深秋败叶，零落萧条，天各一方，不能聚首”，不禁悲从心来，于是，他当即拿起笔墨，在雨窗前将他这些新老朋友（三百余人）的“性情学问”一一记录下来，以备来日“暇时披阅”，“以代把晤”。全文写得字字有情，感人肺腑。于是我想，刘献廷所写的这部《广阳杂记》绝非一时消闲之作，从其整体来看，是带有那个风雨交加的特殊年代的斑斑痕迹的。

（二〇一二、四）

知堂草木虫鱼文之再欣赏

草木虫鱼文是周作人十分偏爱的一个散文品种，但是周作人是一位思想家型作家，他一生最关注的是社会改良与思想道德，所以他的写作重点一直是所谓正经文章，至于闲适文章只是为了一时“消遣”和“调剂”偶尔为之，因此草木虫鱼文在其大量散文作品中所占比重很小。我做过一次初步统计，从上世纪二十年代起，他写的草木虫鱼文总共只有一百零二篇，其中早期（从《自己的园地》起）有十一篇；中期（从《夜读抄》起）有七篇；晚期（从一九四九年十一月为《亦报》写随笔起）写得比较多，有八十四篇，而且写得都很短，除少数过千外，一般每篇只有五六百字，最短的才三百字。

周作人的草木虫鱼文乍看似乎只是一种文艺性知识小品，但他们包容的思想内涵却不可小看。他在《秉烛谈后序》（见《立春以前·几篇题跋》）里就说：“大致由草木虫鱼，窥知人类之事”。

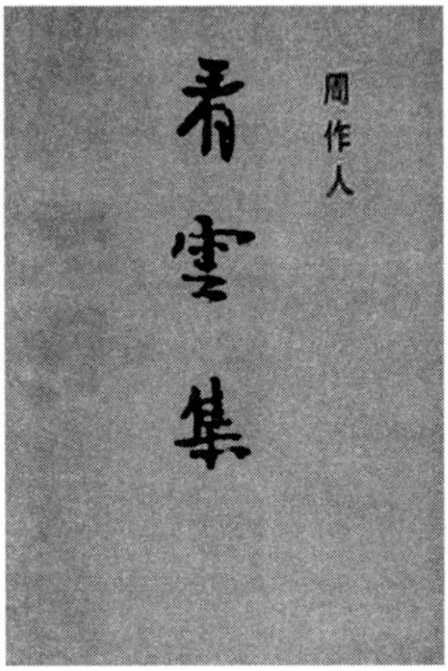

◎《看云集》

可见他的草木虫鱼文绝不只是介绍一点知识趣味那么简单，而是别有深意存焉。为了能够深入理解周作人的草木虫鱼文，有两篇文章不可忽略：一篇是一九三零年十月写的《草木虫鱼小引》（见《看云集》），另一篇就是大名鼎鼎的《两个鬼的文章》（见《过去的工作》）。《草木虫鱼小引》好像就是特意留给我们的一篇辅导文。他在文中坦诚披露了他在当时政治环境下的复杂心境与写作动机。他说："现在实在无从谈起，不必说到政治大事上去，即使偶然谈谈儿童或妇女身上的事情，也难保不被看出反动的痕迹，其次是落伍的证据来，得到古人所谓笔祸。"他百般无奈地承认文学是无用的，"我觉得文学好像是一个香炉，他的两旁还有一对蜡烛台——左派和右派。……文学无用，而这左右两位是有用有能力的。"那么，在左右两派都不敢得罪的语境下，他该讲些什么写些什么才能苟全性命以保安全呢？于是他终于宣告只好写草木虫鱼了："现在便姑且择定了草木虫鱼，为什么呢？第一，这是我所喜欢；第二他们也是生物，与我们很有关系，但又到底是异类，由得我们说话，万一讲草木虫鱼还有不行的时候，那么这也不是没有办法，我们可以讲讲天气罢。"相信每位善良的读书人看到这里，都会发出同情的苦笑。《两个鬼的文章》则写于一个特定历史时期。一九四五年八月十五日，日本宣告无条件投降，周作人很快写出了三篇回顾和总结自己的文章，即《凡人的信仰》《过去的工作》与《两个鬼的文章》(均见《过去的工作》)，其中《两个鬼的文章》特别值得我们研究。文中有这样一段话:“我的学问根底是儒家的，后来又加上些佛教的影响，平常的理想是中庸，布施度忍辱度的意思也颇喜欢，但是自己所信毕竟是神灭论与民为贵论，这便与诗趣相远，与先哲疾虚妄的精神合在一起，对于古代道德学问的传说发生怀疑，这样虽然对于名物很有兴趣，也总是赏鉴里混有批判，几篇《草木虫鱼》有的便是这种毛病。”这些话不但有助于了解他的学问构成和道德信仰，而且道出了他写作草木虫鱼文的秘诀，那就是在鉴赏中对那些反科学的妄言谬说加以批判，正是有了这点与知识、趣味、回忆水乳交融的批判精神，才使周作人的草木虫鱼文具有一般知识小品不可比拟的高品位。下面就挑选几篇代表作来赏鉴一番。

金鱼是一种常见的观赏动物，它的活动天地就那么一个小小的玻璃缸。金鱼终其一生就在这个水牢般的小圈圈里转悠，不停地摆动他那金光灿灿的身姿，来招引主人的玩赏，除此再无其他可供遐想的地方。尤其是它那对始终朝天瞪着，长得有点畸形的大眼，实在难以引起人的美感。周作人在他早期草木虫鱼文《金鱼》(见《看云集》)就直率表示了他“很不喜欢”金鱼的态度，而且按不喜欢的程度，名次还排在巴儿狗的前边。作为一位自由主义者，周作人对自然界的生物也抱有十分体贴爱护的感情。他在《谈养鸟》(见《瓜豆集》)一文中就提到他很佩服佛教“鸟身自为主”的信条，认为鸟的性情唯在林木而不在笼中。“鸟身自为主”就是说鸟就是它自己的主人，它想往哪里飞，就往哪里飞，它想怎么唱，就怎么唱，不可人为地加以约束和限制，任意捕杀就更不应该。周作人主张：“如要赏玩，在它自由飞鸣的时候可以尽量地看或听，何必关在笼子里，擎着走呢？我以为这同喜欢缠足一样的是痛苦的赏鉴，是一种变态的残忍的心理”（见《谈养鸟》）。他在《金鱼》中说；“我每见金鱼一团肥红的身体，突出两只眼睛，转动不灵地在水中游泳，总会联想到中国的新嫁娘，身穿红布袄裤，扎着裤腿，拐着一对小脚伶俜地走路”，表达了他对豢养金鱼的厌恶。那么，他究竟欣赏生活在哪种环境里的鱼儿呢？他用一大段形象活泼的描绘，展示出在一个自由环境里愉快游动的鱼竟是如此美妙的画面；“一个大池，里边如养着鱼，那最好是天空或水的颜色的，如鲫鱼，其次是鲤鱼。身体又不可太大，人家从水上看下去，窥探好久，才看见隐隐的一条在那里，有时或者简直就在你的鼻子前面，等一忽儿却又不见了，这比一件红冬冬的东西渐渐地近摆来，好像望那西湖里的广告船（据说是点着红灯笼，打着鼓），随后又渐渐地远开去，更为有趣得多……此外有些白鲢，细长银白的身体，游来游去，仿佛是东南海边的泥鳅龙船，有时候不知为什么事出了惊，拨刺地翻身即逝，银光照眼，也能增加水界的活气。”《金鱼》确实是一篇很好看的草木虫鱼小品，它的成功处就在于运用了既形象活泼，又合乎人情物理的话语来打动人，使我们读后自觉自愿地接受了一种健康的审美观。

周作人中期写的几篇草木虫鱼文最是耐人寻味，因为从中

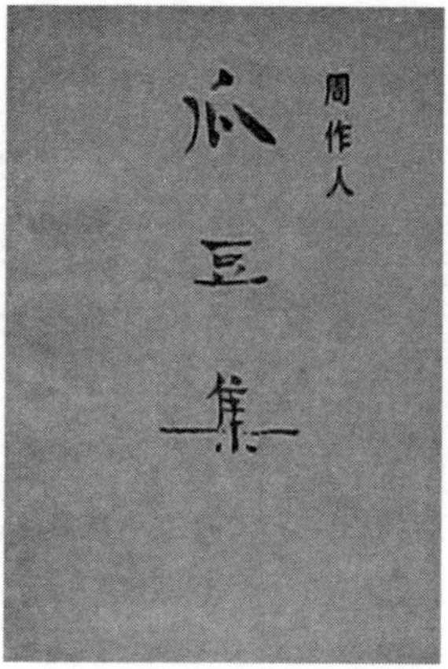

◎《瓜豆集》

可以看到他是怎样做到一边鉴赏一边批判的。这几篇就是《猫头鹰》(见《苦竹杂记》),《谈养鸟》(见《瓜豆集》),《蚯蚓》(见《立春以前》)与《萤火》(见《立春以前》),其中尤以《猫头鹰》最能体现这一特点。

周作人对猫头鹰这种小猛禽似乎特别寄予同情，除《苦竹杂记》中这一篇外，他在晚期还写过两篇，也都是给猫头鹰洗冤正名的。《猫头鹰》一开篇就举出晋人陆玑的《毛诗草木鸟兽虫鱼疏》，在“流离之子”条下，陆玑是这样给猫头鹰定性的:“流离,枭也,自关而西谓枭为流离。适长大还食其母,故许慎云,枭不孝鸟,是也。”许慎就是文字学经典《说文解字》的作者，东汉人，陆玑把这位老前辈抬出来为他作证，可见，猫头鹰的不孝自古就是定论。紧接着,周作人又引出赵佑的《校正》一书。这位赵先生对猫头鹰的说词更加具体,说猫头鹰“母老不能取食以应子求，则挂身树上，子争啖之飞去”。在赵佑笔下完全是一幅血淋淋的子食母图，猫头鹰的名声可谓坏到极点了。乾隆年间名士姚元之写的《竹叶亭杂记》还记下这样一段经历；“一日喧传涂岑有大树自鸣，闻者甚众，至晚观者亦众；以爆驱之，声少歇；少顷复鸣，如此数夜。其声若人长吟，乍高乍低，不知何怪，言者俱以为不祥，后亦无他异。有老人云，鸮鸟生子后即不飞，俟其子啄其肉以自哺。啄时即哀鸣，数日食尽则止。”周作人对猫头鹰蒙受的不白之冤深感不平，他说：“其实猫头鹰只是容貌长得古怪，声音有点特别罢了。除了依照肉食鸟的规矩而行动之外，并没有什么恶行，世人却很不理解它，不但十分嫌恶，还要加以意外的毁谤，中国文人不知从哪里想出来地说它啄母食母，赵鹿泉（即赵佑）又从而说明之，好像是实验过的样子。”

为了彻底给猫头鹰平反洗冤，周作人还借用两位洋人的书来帮忙。一是英国怀德写的《塞耳彭自然史》，一是斯密士的《鸟生活与鸟志》。这两部著名的外国科普书籍大大增强了《猫头鹰》一文的说服力。怀德在《塞耳彭自然史》中记载有他于一七七三年七月八日给巴林顿的一封信，信中说：“讲到猫头鹰，我有从威耳兹州的绅士听来的一件事可以告诉你，他们正在挖掘一颗空心的大秦皮树，这里边做了猫头鹰的馆舍已有百十来年了，那时他在树底发现一堆东西，当初简直不知道是什么，略经检查之后，他看出了是一大团鼷鼠的骨头，这都从多少代的住客的嗉囊中吐出，原是小团球，经过岁月便积成大堆了。……他说树底下这种物质一共总有好几斗之多。”周作人抄录到这里，十分感慨地说：“姚元之所记事为乾隆六十年，即西历一七九五年，为怀德死后二年，而差异如此，亦大奇也。据怀德说，猫头鹰吞物而吐出其毛骨，可知啄母云云盖不可能。”斯密士的《鸟生活与鸟志》有一章还记录了猫头鹰吃老鼠的方法也十分生动有趣，不仅为猫头鹰作了有力的辩护，而且还称赞猫头鹰是益鸟：“它不但很有益于人类，而且向来人家说它所犯的罪如杀害小竹鸡小雉鸡等等它也完全没有。”周作人在文章最后发出一通由衷的感慨："中国关于动物的谣言向来很多，一直到现在没有能弄清楚……但在英国的乡下绅士见了便不然了，他知道猫头鹰是吞食而又吐出毛骨的，这些又都是什么小动物的毛骨。中国学者如此格物，何能致知，科学在中国之不发达盖自有其所以然也。"对周作人发出的这番议论，相信读者都会予以认同，特别是关于只有科学发达了才能格物致知的道理不是至今也没有过时么。

周作人的草木虫鱼文到晚期发生了一次风格大变，中期惯用的"文抄公"写法从此退出舞台，又回归到早期散文那种冲淡平和、朴实自然的境界。他在一九二三年十一月曾就他的写作有过一段重要的表白，他说："我近来作文极慕平淡自然的境地，但是看古代或外国文学才有此种作品，自己还梦想不到有能做的一天，因为这有气质境地与年龄的关系，不可勉强。"（《雨天的书 · 自序二》）经过他的执着追求，他终于写出了《苦雨》《鸟声》《故乡的野菜》《北京的茶食》《喝茶》《乌篷船》以及《山中杂信》等一批脍炙人口的名篇。一九四九年他开始为《亦报》写随笔时，他已是六十五岁的老人，饱经沧桑的人生经历，新时代的环境影响，把周作人的散文写作又推向一个更加炉火纯青的新高峰。新中国成立后，他的散文有哪些变化呢？

周作人晚期散文除保持了冲淡平和、朴实自然的基本特征外，还有以下三个特点。第一是力求文字的通俗化。文言成分几乎绝迹，即使必须引用古籍，也往往报个书名，不再照抄原文，而是用自己的语言加以复述。其二是篇幅力求短小，但这个短不是简陋的短，而是小文章里有大内容，用极其简练的文笔把一件事一个道理深入浅出地讲明白，并不因为篇幅短小而有局促感。最后一点是文章的情调趋向宁静与明朗。过去常有的苦涩味已很难察觉出来，特别是时而爆出的幽默话语，更使这个时期的小品平添一种健康欢快的气氛。

草木虫鱼文在周作人晚期小品中虽然只占一小部分（据倪墨炎先生统计，周作人晚期小品总数达九百五十余篇），但却是最有趣味的一部分。其中如《萝卜与白薯》《罗汉汉》《爱竹》《闲话毛笋》《种花与种菜》《蝉的一生》《乌鸦与鹦鹉》《冬天的麻雀》《鸟声》《秋虫的鸣声》《犀牛》与《猫打架》等，更是让人百读不厌，常读常新。

萝卜与白薯是中国老百姓一向爱吃的菜蔬，似乎已无什么话好说，但在周作人笔下却成了一个颇有新意的话题。《萝卜与白薯》发表于一九五〇年一月二十日《亦报》，全文只有五百字，就讲了五层意思，而且层层衔接，浑然一体。第一层讲中国人吃菜蔬的历史与习惯，与外国料理相比，中国的烹饪尤为特殊，而且用筷子夹着吃十分方便；第二层讲萝卜、白薯的食用方法，并着重介绍了明代人对这方面的总结；第三层转入作者的经验，讲作者最爱吃的就是萝卜炖豆腐，以及另外两种小吃——家乡戏台下的萝卜丝饼与南京的萝卜腌萝卜鲞；第四层主要讲白薯的吃法，或煮或烤都很好吃，并说玉米糊加白薯是台州人通年食用赖以活命的东西，作者小时候跟女佣人曾吃过多少回，至今不能忘怀；最后一层所讲是全文的灵魂，作者调侃地说，希望人人都能吃上猪排牛排加白面包当然很好，但还要努力，在现时还是吃苦最要紧。周作人十分恳切地说："我想假使天天能够吃饱玉米面和白薯，加上萝卜鲞几片，已经很可满足，而一天里所要做的事只是看看书，把思想搞通点，写篇小文章，反省一下，觉得真如东坡在临皋亭所说，惭愧惭愧。"这最后一段自勉的话大概有两层意思：一是生活上的知足感，要能吃苦；二是精神的歉疚感，要多做事回报社会，也回报自然。从萝卜、白薯那么普通的东西，竟能引出一番涉及人生态度的大道理，但讲出来的话却是这么亲切有趣，宛如谈心，这种小文章里装大思想，化高深为平凡的功夫，非大手笔莫能为也。

（二〇一六、七）

（周作人晚期散文见陈子善编《知堂集外文·〈亦报〉随笔》，《知堂集外文·四九年以后》，止庵编《周作人晚期散文选》）

卷 三

书边撒豆有微盐

或许是由于年龄和兴趣的缘故吧，我在读书的选择上也变得更加挑剔起来，尽管当前的图书市场显得十分红火，我总觉得让人读后不忍放手的好文章还是不多，因此我常常感到不满足，并随而产生一种淡淡的失望。听说黄裳先生就常常摇头叹息说："没有书看。"我当然没有黄裳先生那么高的文学鉴赏水平，但作为一个受文学熏陶多年，并愿多保留一点独立个性的老读书人，我的鉴别和欣赏能力还是有了一点点提高，因而对黄裳先生那种文学的寂寞感,那种"总是默默的,闷闷的"样子，我是十分理解和感到亲切的。

值得高兴的是，幸好我并不总是失望，我毕竟也有感到充足和快慰的时候。那种既能启人心智，又能怡人性情的好文章有时还是会破土而出，让人为之一喜，我想说的就是谷林先生那本散文集——《书边杂写》。去年夏天，止庵问我正在读什么

◎《书边杂写》

书时，就热情向我推荐过这本书，叫我一定看它一看。这样，在今年酷热难当的日子里，品读《书边杂写》便成了我消暑取静之一法，而效果确实不错。谷林的文章仿佛有种魔力，它好像在你面前竖起一道隔音墙，把那鼓噪不休的声浪推开了很远，使我竟能在闹市当中静下心来，沉醉到作者精心营造的、令人应接不暇的文学胜境中去，尤其是读到我最喜爱的那些篇章（如《譬如食蜜》《煮豆撒微盐》《湘西一种凄馨意》）时，真像从书页间吹来拂拂清风、丝丝凉意呢。

《书边杂写》共收文六十篇，几乎是清一水儿的读书随笔，谈到的书目有:《雪泥集——巴金书简》《忆事珠》《天竺旧事》《清华园日记·西行日记》《书廊小品》《胡适的日记》《雅舍小品选》《北京城杂记》《湘行记》《儿童杂事诗图笺释》以及《伊利亚随笔选》等数十部，涉及的现当代著名作家、学者则有：巴金、冰心、沈从文、杨绛、萧乾、柯灵、陈寅恪、施蛰存、聂绀弩、胡风、张中行、周作人、胡适、梁实秋、台静农等等，此外还有大家熟悉的英国作家兰姆和吉辛。这是一叠多么招人读的好书，一串多么有吸引力的名字啊！周作人在《书房一角 · 自序》里讲过一段很有意思的话：“从前有人说过，自己的书斋不可给人家看见，因为这是危险的，怕被看去了自己的心思，这话是颇有几分道理的，一个人做文章，说好听话，都并不难，只一看他们读的书，至少便颠（掂）出一点斤两来了。”谷林老人我早闻其名，但从未登门拜见过，当然他的书房也就没得机会去观赏了，但是“且当它书房一角看”，打开谷林这本篇篇珠玑，让人着迷的集子，不也有那么一点潜身入室、得窥一角的味道么。一篇篇佳作，使我们这些门外客认识了一个嗜书如命、心地温良、有爱有憎，唯独没有一点低级趣味的老人。

谷林不但文章美，标题也作得好看而富有诗意，有的标题就像一句小令，一句七绝，让人爱不忍释，一看这样的标题，那一行行的文字就会自动地往你眼里跳。有篇文章的题目就颇有点奇趣，叫什么《胡适散文半选》。选则选矣，何谓半选？原来这是作者煞费苦心给读者出的一道谜。百花文艺出版社出版了一本《胡适散文选》，但编者却是位固守某种正统观念的人，入选的文章只收到一九三六年前。胡适卒于一九六二年，一九三六年以后的二十六年间所写的文章一概不选，编者如此说明原委云：“胡适后来依附国民党政权，反对人民中国，铸成晚年的大错，他这方面的文字不少，本书自当摒弃，毋庸多论。”好一个“毋庸多论”，真是理直气壮没商量。显然，谷林对这种拦腰切断的编辑手法是不以为然的，然而他的批评却来得那么温和得体，不仅没些子火气，还有点幽默感。古人云：“谈言微中，名士风流”，说话委婉而又切中事理，向来被视为一种美德而为人推崇，谷林是深知这一点的。现在且看他怎么个说法：“只是因此未免稍杀了这本选集原来也许会产生的如当年《翼教丛编》曾经产生过的作用。或曰，胡适平生好写上卷书，此选殆即以其道报之，然则谓之半选，可乎否耶！”苏东坡尝言："善滑稽，巧发微中"，真想不到，东坡居士这句妙言，在事隔九百年后，竟在我们的谷老先生身上验证了，这可真让我们为谷林感到庆幸！

谷林的散文有一种清冷的美，按郁达夫的说法（见《闲书·静的文艺作品》），大概可以归入"静的文学"一类吧，但它绝不是那种"静如止水似的遁世文学"，与英国前现代那些经典散文作家不同的是，在谷林平静、淡泊的文字下面隐含着一股炽热的忧患意识和悲悯之情，不过是经过浓缩和淡化了的，因此也就特别沁人心脾、低回动人。正如陈原所指出的，谷林抒发的感情"有着受炼狱洗炼过的那么真挚"。《独为神州惜大儒》《如烟非烟》《卅年无限悲凉事》堪称表达这种炼狱情怀的代表作。《独为神州惜大儒》是谈《吴宓与陈寅恪》一书的随笔，文章一开首就全文引录了吴宓一九七一年九月八日写给广州中山大学革委会的信。其时吴宓也正处在艰苦逆境中，他自己已属于"反动学术权威"，此后又戴上"现行反革命"的帽子，每月只领三十元的生活费，在批斗中被架他的人狠狠推倒，造成左腿骨折。有道是，"大难到来各自飞"，谁还顾得上谁？但情深义重的吴宓还念念不忘他的好友，在冥蒙中写信去询问陈寅恪的近况。他哪里知道，陈寅恪夫妇的命运更惨，早在一九六九年十月、十一月就已相继含恨去世了。如今重温过去，遗绪绵绵，不禁深惜"尊重知识，尊重人才"的时刻来得太晚。谷林最后写道："'大梦谁先觉，窗外日迟迟'，这样一个圆融和美的文化生存环境之至终形成，毕竟不比得顷刻开花，有待一代代人坚持不懈的奋斗，则自然不在话下了。"通篇文章既无声讨也不悲戚，作者只像个白头宫人说故事那样，不动声色地娓娓道来，但听者却会掩卷而思，立感肩上多了一层沉重的历史责任感。

《书边杂写》可说是一部趣味读书的记录和范本，谷林的文章可能与主旋律不太搭界，他只是凭自己的良知和兴趣去读书，去思索，但写出的文章却是那么平实、隽永、有益。书边撒豆有微盐，还有什么比读这样的文章更有滋有味呢。

（一九九八、二）

谷林赠我《答客问》

过去，当我得到一部朝思暮想的好书时，也会像吉辛买到一部装潢精美的第一版《罗马帝国衰亡史》那样天真地“欢喜若狂”（情节见吉辛《四季随笔·春》），但随着事过境迁，这种热烈情绪也就渐渐淡化，有的书放进书橱后竟会好几年未去光顾它。然而，最近一次经验却很有点不同，正如一位古人所说：“读书不独变人气质，且能养人精神”（明陈继儒语），在一阵由衷的欢喜之后，我又很快沉静下来，仿佛书中流出一股甘冽的清泉，把我身上的灰尘污垢洗涤一遍，我的气质好像变得不再那么浮躁，精神也似乎变得纯净一些了。这本书就是谷林先生寄赠给我的新著《答客问》。这是一部由张阿泉问、谷林答、止庵编的答问体自传，由东方出版社出版。书印得实在是漂亮，从封面设计到文图编排，处处表现清淡雅致的特色，书能编印得“书如其人”，《答客问》堪称范本。

近些年来，文化人撰写回忆录的似乎多了起来，较早的有夏衍《懒寻旧梦录》,近来最负盛名的当属杨绛先生的《我们仨》。前几天在书店还见到周而复写的一部大型自传《往事回首录》,篇幅之长（三大卷一百万言）,让人为之咋舌。然而像《答客问》如此精短（只有三四万字），并颇具小品趣味的答问体自传却极为罕见。张阿泉只知道是内蒙古电视台的记者兼作家，更多情况不甚了了，但凭他身居边陲，又年纪轻轻，却对北京一位不见经传的淡泊老人情有独钟，可见此兄的品格也很不一般。阿泉为了打开老人的记忆宝库，不惜挖空心思，从笔名由来一直到晚年境界，四十五道题目，环环入扣，具体而微，谷林也只好欣然答卷，一问一答地道出如许有趣的话儿来。阿泉有时还灵机一动，突发“奇兵”，让老人真有点招架不住。一个十分有趣的例子是：他问过谷林的婚姻和夫人情况后，突然提出请谷林再谈谈婚姻之外是否还有情感经历。谷林回答得也很妙，先是虚晃一枪，给你一点失望感，然后又让你转嗔为喜，娓娓道出童年时期一段让人遐想的“初恋”往事来。天涯海角，世事茫茫，当年那个宁波石库门史家小姑娘如今安在哉？当然像这样“奇袭”式的问题在这部自传中并不是主要的，最值得反复吟味并给人启示的还是那些涉及文学与人生的话题。

我是从谷林先生零星发表在《读书》上的小品文，特别是后出的《书边杂写》开始知道和喜爱上谷林的文字的。因此,《答客问》里有关散文写作与评议作家的内容尤能引起我的兴趣。第十二题问谷林喜欢哪些散文、杂文作家时，谷林不加迟疑地承认，周作人是他最注意的一位散文作家，并坦诚讲了一些他对周作人的看法。谷林先生说，他对“一面倒”地指责周作人“闲适”的观点并不很认同。他认为周作人并没有遗世独立，也未尝对天理人情视而不见或存心闪避。他举出一个可为佐证的例子:在周作人的《苦茶庵打油诗》里，第一首就提到见于《老学庵笔记》里的“李和儿”，第二首又提到陆放翁的“家祭无忘告乃翁”，“此时此地作此吟咏，不应不另眼看待”。紧接着他又谈到鲁迅，他说鲁迅也是他崇仰的作家，对其作品更喜欢晚年三本以“且介亭”为名的杂文。不过，鲁迅批判梁实秋和施蛰存的文章也对他产生影响，以至于迟迟到了近十几年间，他才开始接触这两家的作品，“却是被鲁迅耽误的了。”自上世纪八十年代以来，研究周氏兄弟的专著、文章层出不穷，谷林先生年事已高，估计他已无精力去写什么周氏评传，但答问中这点平和切实的见解却自有其存在价值。

我是在一九九八年二月七日《文汇读书周报》上发表了一篇谈《书边杂写》的读书记（即《书边撒豆有微盐》）之后才开始结识谷林的。第一次陪我去看他的就是热心好友止庵。此后虽然还去他家会晤过几次，但终因来去匆匆，我们的交谈难得进入深层的话题。这次读了《答客问》，我才算较为深入地认识了谷林，原来他的精神世界竟是如此的宽宏、透彻，一片宁静。他那以高度凝练和充满机趣的语言表达出来的人生感悟，正是这位清寒老人最可宝贵的财富，如今无私奉献给了读者。在我看来，这些出自一位平民书生之口的沉思话语，比某些大人物的豪言壮语要可亲得多，也有益得多。《答客问》中关于人生体验的内容大多集中在第十六（关于处世

◎谷林

态度）、三十七（关于养身之道）、四十二（关于做人准则）、四十四（关于个人愿望）和四十五（关于如何看待衰老）诸题中。因为我也是一个年逾古稀的老人，所以很想知道谷林先生在老年问题上是怎样想的，并且希望从中得到一点启悟。当阿泉在最后一道题（四十五）问他如何看待衰老，对屠格涅夫那种充满忧伤的情调可有同感时，他说，当他终于面对最后一问时，感到一种完满的轻松，他认为生命的整个历程亦复如此。“老年当然有一种绚烂过后复归平淡的静谧安详，回望苍茫，内心清凉如水。”谷林先生甚至把老年睡眠减少也视为上帝的着意安排，于是他把早起当做青春的恢复，而不像“高老头”那样，在花钱时刻老在斤斤计较那还留在钱袋里的“余存”那般，一味地痛惜悲伤。读到这里，我不禁羞愧难当。一年来我为疾病缠身时暗自神伤，甚至忧心忡忡，害怕过早地去见上帝，我的心态不也有点近似“高老头”么。

谷林是位饱经沧桑的过来人。八十多年的风风雨雨，尤其是近半个世纪无尽无休的政治斗争，在他的内心一定留下不少历史的痕迹，可惜，阿泉的提问竟很少触及，仅在三十一题中问到谷林对“文革”有何切身感受，这多少让我感到一点不满足。不过，谷林老人也给了我们一次意外的惊喜，在这段唯一涉及政治的文字中，却让我们领略了谷林那种颇类果戈理“含泪的微笑”的绝妙讽刺。他没有一句正面抨击的话语，仅仅举出阿Q闹“革命”的例子来，可真是让人叫绝。谷林说，如果有人想写什么“文革”大传，最好参考一下《阿Q正传》，在那里，阿Q的“革命”经历还真有用，静修庵的老尼姑说：“革命革命，革过一革的……”然后老尼姑又定了定神，对庵里的物件又检点了一番，发现龙牌固然已经碎在地上，却不见了观音娘娘座前的那个宣德炉。这就是谷林对这场史无前例“文化大革命”的独特批判，看到这里，真是要让我笑出泪来。

（二〇〇四、一）

最后的书简

在市场大潮冲击下，人们的心态也变得浮躁起来，尤其是那人见人爱的“伊妹儿”满天飞的今天，谁还有心思去濡墨摊纸写什么信呢，更不用提周作人说的那种文情并佳、意味悠长的文学书简了。我曾以为，叶圣陶、俞平伯两先生的通信集《暮年上娱》的出版标志着传统文人书简的告终，想起来总有点怅怅的。不料天公作美，就像一件珍宝突然从地下冒出，一位多年隐居京城的古稀老人却奉献出一批古意犹存，可叹绝响的书信来。大概是二〇〇四年末吧，有一次与止庵通电话交谈时，他告诉我一个消息，说谷林先生（一九一九至二〇〇九）在《答客问》之后还有一部书信集要出版，那就是《书简三叠》，担当编辑的还是止庵。我一向爱读谷林文章，得知他的书信也将问世，我的喜悦可想而知。果然，二〇〇五年国庆节前北京各书店就开始上市出售了。我也顾不得等先生会寄赠一本，就迫不

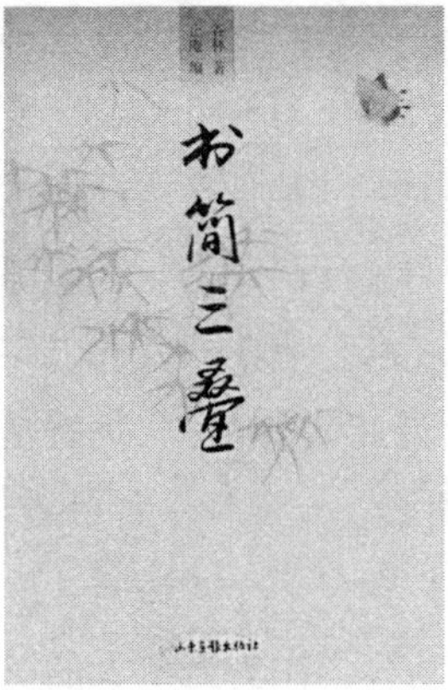

◎谷林《书简三叠》

及待地买来一本先睹为快。

《书简三叠》是谷林写给扬之水、止庵、沈胜衣三人的书信。一位八五老翁能与年龄相差悬殊的三位年轻人结成忘年之交，并写出了一封封如此多情、多趣、富于文化蕴涵的书信，这件事本身就是一道很有意思的人文景观。它昭示人们，尽管世风日下，令人担忧，但传统文化中那些美好的东西（如儒家的交友之道）并未泯灭，并不时从某个角落里发出耀眼的闪光，而谷林就是这些传统美德的一个坚守者。谷林是位多情多义的人，在信中，他几乎从语言库中动用了最美好的词句来进行表述，从而为我们展示了他那极具魅力的感情世界。在《书简三叠》中有一封写给扬之水的信大概是全书中最动人的文字。扬之水算得是谷林的一位异性知己，从上世纪八十年代谷林给《读书》写小品起，他们之间就结下了深厚的书友之缘，谷林的成名之作《书边杂写》的出版就是扬之水大力促成的。因而，谷林对这位相知甚深的异性朋友，除了赞赏、认同和相互激励外，还格外多了一层温柔。一九九三年十一月二十九日写的一封信最能体现这一点。谷林在信中说："跟你，则相交之日浅，不敢贸然地说'视君如弟兄'，'托子以为命'，却又的确不同寻常。一则是合志同方，喜好相近，观点相近，水平也相近；二则因为你略似憨湘云，朴厚而豪爽，无机心，所以可谈愿谈，不管是面谈或笔谈，我们的谈是交谈，我说你听，你说我听，是相互接受，又是闲谈，与听雨赏月喝茶看花属于一类，所以能游目骋怀。”谷林膝下有一外孙，宠爱有加。他很想对这个小孩施加一些好的影响，“让他能逐渐培育起对书的爱好，对求知的热情”。但他又自度年事已高，于是想到把这件“塑造”外孙的任务托付给扬之水。他在一九九二年四月二十六日信中说：“‘世缘已渐忘，爱此犹骨肉’。我就是想灌输给他那么一种感情，而你也许有机会，有那样一种可能，接替我，在将来继续对他施加那种影响。”这是一个至诚老人发自肺腑的声音，我们外人听了都会为之动容，作为当事人的扬之水是怎样一种感受就不用说了。止庵曾用一种钦羡的口吻说过：“这个人太富有了。”对此我深有同感，但我所羡慕的除先生满腹经纶外，还羡慕他一人享有那么多爱他的朋友。他是一个满装满载无价友情的富翁。

谷林爱读书，亦爱读书之人。古训曰：“君子以文会友，以友辅仁。”（《论语·颜渊》）唐人祖咏诗云：“以文常会友，唯德自成邻。”三位年轻人以书为缘与谷林结成君子之交，正是这一古老传统的延续。所以，书就成了《书简三叠》的中心内容。在信中，他们谈诗，谈文，谈读书，也谈文坛风云，走进谷林书简，仿佛走进林徽因时代的文化沙龙，闻到的是一片袅袅书香。谷林在文化圈内并不被称为学者，但他那些聊天式的议论话语却比某些吓人的高头讲章要高明得多。在《谷林书简》中关于人物的议论我也备感兴趣。谷林谈到的人物有钱牧斋、鲁迅、周作人、胡适、郭沫若、废名、巴金、叶圣陶、梁实秋、丰子恺、沈从文、郑振铎、胡风、丁玲、钱锺书、杨绛、张爱玲、张中行、舒芜、周汝昌、孙犁、黄裳以及陈寅恪、李慎之、黄万里等三十多人，排列起来宛如一座长长的人物画廊，令人目不暇接。其中对钱牧斋、胡适、周作人、舒芜这些争议较多的人物也能给予心平气和的评说，表现了谷林老人在知人论世上一种仁厚宽容的胸襟。

张中行在一篇题为《信》的随笔中把书信按风神分为两股，一股是王荆公式的万言书；一股是苏东坡式的抒情小简。但两者又可以合一，用简淡之笔发议论，或加点眼泪。谷林的书简写得都较长（据说有一次写给沈胜衣的信竟长达四十九纸），从风神上来看，谷林的信正是张中行所说的合二为一的那一种，用清简活泼的文字抒感情，发议论。不过，我倒有幸得到过谷林一封极有趣的小简（一百多字，见《谷林书简》）。那是二〇〇一年元旦前我给先生寄去一枚贺岁卡，可能我写在信封上的字迹太潦草，惹得先生回赠贺卡时把我的住址（我家住址为岭南路 ×× 号）连续写错两次，结果闹出一卡三寄的笑话来。先生在第三次重寄的信中告诉我，他把邮局退回的信拿给老伴“审察”，究竟错在哪里，“室人长我一岁，耳已重听，而目犹能灯下看报，既承委托，欣然持放大镜接过邮片，居然解纷，片言立决，笑谓误在第一字也，重复凝眸，果然，看‘山’成‘口’，误‘岭’作‘哈’，不知天文，犹可说也，不知地理，不可恕也，更忧老年痴呆，其已寸寸逼进也欤？兹加封重寄，博先生一笑，自亦喜上加喜之祥瑞也。”我看了不禁大笑，而且一连高兴了好几天。

（二〇一三、十二）

止庵舍我结缘豆

自然法则的无情，终于把我也抛进了老年人的行列，虽然不愁温饱，亲情为伴，但还是有一种莫名的孤寂时时袭来。每当此刻，我最期盼的是，能与一个什么人结点缘，在切切磋磋，如沐春风之中，得到一点充实，一点启迪，一点蕴藉。

我与止庵的相识，就是这样一种让我欢喜的缘。去年的一个秋日，我骑车去琉璃厂附近的京味书屋访书。由于我一向爱读知堂散文（但愿不会被人误解为：欣赏其人文章就有想为其人翻案的嫌疑），因而当我发现书架上插着一本新出的《周作人晚期散文选》（湖北人民出版社出版）时，马上把这本书抽了出来。编者的署名叫“止庵”。一个不太熟悉而又有点禅味的名字，我翻阅了一下书的篇目，又粗略看了一下长达十三页的编后记，便很快意识到这是一本用心精细、编排得体、较好地反映知堂晚期散文风貌的选本。书籍的装帧印刷也颇佳，恰可用“眉清目秀”四字形容，使人看了有种舒展感。于是，我便买了这本书。后来，一个偶然的机会，我在北京的一种小报上看到止庵写的一篇谈张中行《留梦集》的文章，文笔老练而且耐读，看来这位止庵先生还不仅仅是位选家。我请这家报纸的编辑给我转去一封给止庵的信，表示了我对他编书的赞赏。真是苍天不负苦心人，缘竟这样结上了，去年12月初，我终于接到止庵的回信，紧接着又寄赠给我一本他著的散文集，这就是作为“游心者笔丛”之一种的《樗下随笔》。

◎《樗下随笔》

捧着这本带点仿古和民间艺术装帧趣味，颇招人喜爱的小书时，不禁自然地想起知堂写的那篇《结缘豆》来，手心立即感到有点热乎乎的。知堂在《结缘豆》里说：“人是喜群的，但他往往在人群中感到不可堪的寂寞，有如在庙会时挤在潮水般的人丛里，特别像是一片树叶，与一切绝缘而孤立着。”因而，他对寺庙里的僧人在佛祖的诞日，广舍盐豆以结善缘的做法，就有一种由衷的向往和感应，不过知堂舍的不是豆，而是文章。他说：“古人往矣，身后名亦复何道，唯留存二三佳作，使今人读之欣然有同感，斯已足矣，今人之所能留赠后人者亦止此，此均是豆也。”止庵的选本和这本《樗下随笔》不也是这样的结缘豆么？去年十二月十三日，北京下了当年冬季的第一场雪，我在日记里写道："天降初雪，不宜早行，乃于床上拥被读止庵。"我就是在这样一个十分惬意的时刻开始接触他的文章，咀嚼他舍给的这粒结缘豆的滋味的。

止庵本系学医出身，但可能是由于家学熏染（他是已故老诗人沙鸥的儿子），或是天性使然，他却选了一条弃医从文的道路。不过我觉得他不大像鲁迅那样，是在一种深沉热烈的济世思想激发下迈出的那一步，倒是有点像俄罗斯的契诃夫，是出于对文学的纯真执着的爱，和对人生的温柔的悲悯。人对人的理解本来要有一个渐进的过程，但有时也简速得离奇，我与止庵的交往时间很短，甚至尚未谋过一面，但从读他的文章，看他的来信，听他电话里的话语，就已能把握他的秉性八九不离十了：最怕拘束，不好功利，爱慕自然，以及对艺术、学问如醉如痴的追求，这就是我想象中的止庵。《樗下随笔》有篇殿后之作《止庵说》，虽然短到只有百余字，却最能见其精神。这篇短文一开头就引出《庄子·德充符》里的一段话："人莫鉴于流水而鉴于止水，惟止能止众止。"这是一句充满东方智慧的真言，意思是说只有静止的水才能留住人的面影，它启示一种清静无为，当止则止的人生态度。止庵说："我喜欢这个意思，后来写文章就取它作笔名，我是想时时告诫自己要清醒，不嚣张，悠着点儿。"人生是艰难的，世事是变幻无穷、错综复杂的，处世做人冷静一点，含蓄一点，对人对己的确都较有益。止庵也最讨厌浮华，他喜欢活得随意简单一些，他认为"轩""堂""斋"等对他都不适合，"我想象中读书的所在只是一处'庵'——荒凉里那么一个小草棚子而已。”这篇《止庵说》虽然是解释他的笔名来历，其实也可说是他为自己制订的一个人生指南，用此来指导写作，就自然去了浮躁，全然是旷远淡泊一路了。《樗下随笔》包括自序、后记在内，共收文六十六篇，所谈内容大致涉及人生、文学、人事、读书四个方面。止庵对中国古代贤哲的思想情有独钟，他爱谈孔子，更爱谈庄子和禅宗，在他的文章里还时而可见知堂老人的影子。但是，止庵毕竟是个正在经历着当代中国历史变革，受过西方现代思想洗礼，并被称为“新生代作家”之一的年轻人，因此他的文章没有陈腐气和消沉感，他像是一个在茫茫原野上踽踽独行的思想者，姿态是沉静的，也是鲜活的。

（一九九六、九）

止庵的庚子百年思考

这几年，我对历史似乎有点着了迷，大部头的经典名著竟连续读了好几部（非通读），例如最近读《晋书》，就很为魏晋时一些人物的奇言瑰行感慨过。但是，在悠悠数千年的历史长卷中，有两段历史我却一直不太喜欢，一个是太平天国，一个就是义和团。尽管那个时代的英雄们被史书和文艺作品（如去年隆重播出的电视剧《太平天国》）吹得比天高，可还是一点也提不起我的劲来。因此，当听止庵说他要写一本谈义和团的书时，就不免在心里打起鼓来，止庵能用怎样的观点去看义和团呢？去年八月，止庵终于把刚刚出版的《史实与神话——庚子事变百年祭》（中国对外翻译出版公司出版）给我寄来了。现在我得坦白承认，他这本花了不小气力写出的历史随笔，却被我冷落了好多天没有去看，直到有一天他在电话里问我看了没有，并说他这本书只赠送给少数几位师友（其中有谷林翁）时，我才下决心读它一读。令人高兴的是，止庵果然没有让朋友们失望，他还真的看出点道道来。

止庵并不是历史学家，但他一向有一种不同寻常的学者眼光。他在《史实与神话——庚子事变百年祭·后记》里写道："我看历史，觉得史家述说起来总是放过虚幻的一面，把握实在的一面，这当然没错，但是对当事人来说，现在看来是虚幻的起初也许反倒是实在，而实在的则要很久以后才能为我们所知道。"这句话乍听起来似乎有点玄，但仔细一琢磨，就觉得确有点道理。这里说的"虚幻的一面"，指的就是当事人的心态、动机和思维，以及最终体现的某种文化本质。多少年来，那种教导人的史书我们已读得太多，但它们大多是按照外加的政治意义去诠释历史（止庵称之为"意义的历史"），这样的文本历史实在很难反映历史深层的内涵，因而无法达到高度的真实。因为当事人在历史舞台上并不是按照后人赋予的意义行事的，他们自有属于他们自己的动机、想法和意义在。止庵的《史实与神话——庚子事变百年祭》就是试图从理解义和团运动当事人的本来动机出发来揭示历史，从而成就了一部别开生面的著作。我以为，他这种研究法是对传统的一个否定，显示出一种可贵的学术勇气。

那么，止庵究竟发现了些什么呢？他对大约七百万字的史料进行一番研究后发现，这场历来被称作"爱国反帝群众运动"的义和团，却是一场最痴迷、最愚昧，也是最具破坏性的造神运动。义和团的所作所为都是在诸神的名义下干出来的，这些行为不论表现得多么惨无人道，多么荒谬绝伦，统统都是神圣的，天经地义的，他们是在打一场神对鬼的圣战。例如，在义和团的眼里，教民已不再是人，而是鬼："遇有天主教及耶稣教均不能放过，俱以乱刀剁之，后又开膛，其心肝五脏俱同猪羊一样，尸身任其暴露，犬鸟啐吃，目不忍视。天桥坛根一带尸横遍野，血肉模糊。"（包士杰辑《拳时北堂围困，某满员日记》，载《义和团史料》）不仅如此，义和团还大搞杀人扩大化："华人之与洋人往还，通洋学、谙洋语者，用洋货者，其间分别差等，共有十毛之目"，十毛之人，"必杀无赦"（佐原笃介、浙东沤隐辑《拳事杂记》，载《义和团》）。在盲目排外情绪的驱动下，凡是与"洋"字沾边的人都成了刀下鬼："当拳匪起时，痛恨洋物，犯者必杀无赦。若纸烟、若小眼镜，甚至洋伞、洋袜，用者辄置极刑。曾有学生六人仓皇避乱，因身边随带铅笔一枚，洋纸一张，途遇团匪搜出，乱刀并下，皆死非命。"（佐原笃介、浙东沤隐辑《拳事杂记》）尤为荒唐的是，义和团为了指证处死对象，还实行一种所谓"焚表"仪式，他们在街上或住家里遇到可疑之人，就拉到坛上，强令烧香焚表，如纸灰飞扬，就证明此人不是"二毛子"，可以放过不杀；如果连焚三次，纸灰不起，即被视为教民，"不容哀诉，登时枪刀并下，众刃交加，杀毙后弃尸于野，因是负屈误死者不可胜数"。（仲芳氏《庚子纪事》）此外还有一种类似"焚表"的审判方式，即"辨认十字"："有人尝问拳匪曰，老师搜杀教民，何以知其为教民而杀之？曰，凡是奉教者，其脑门皆有一十字，汝等凡眼不能见，我等一上法，即能辨别清楚。"（刘梦扬《天津拳匪变乱纪事》，载《义和团》）这个"头顶十字"，不过是神乎其神的一种传闻，却作为一项检查措施在各处实行，为此，不知冤杀了多少人。总之，这一切反理性、反人道的过激行为，他们都干得那么随意，那么痛快，又那么理直气壮，其依据不是别的，正是因为他们代表神，或者干脆他们自己就是神。

过去我看义和团，多少受传统观念的影响，认为义和团不过是些带有朴素民族感情，很英勇壮烈，但也很愚昧迷信的普通农民，文化与他们根本不搭界。如今，止庵把义和团与一场文化冲突联系在一起，就觉得很有点意思。义和团从一开始就具有强烈的反洋意识，他们除了杀洋教士、烧洋教堂外，对一切洋人制造的东西（诸如铁路、电讯、轮船、西药、日用洋货等）一概视若仇敌，加以破坏。但这不仅仅是一种物的现象，而是有其深层底蕴的。止庵认为,这个“洋”字就是一个文化概念(即代表了西方先进生产方式与物质文明)，站在它的对立面的义和团，就成了另一种文化（即中国传统文化中最落后、最隐秘的那部分)的代表者。这样,就使义和团运动有了文化冲突的意义。但是，由于义和团只能采取原始的、低级的反抗方式，几乎不具备一次文化冲突的任何内涵，只是笼统地排外而已。

“忌讳系统”作为一种文化现象，在中国自古有之，在义和团时期则达到登峰造极的地步，从语言到色彩无不在忌讳之列。“团多忌讳，以拜与败同音，帮所分捐帖不曰‘同拜’，而曰‘同胜’。”“是夕败归，犹群呼大得全胜，并索得胜饼。……自时厥后，每出必败，每败必呼大得全胜，四字成口头碑矣。”（侨析生《京津拳匪纪略》）义和团最忌“洋”字，于是，凡是原来带“洋”字或带洋味的器物一律改换名称，如洋药改土药，洋货改广货，洋钱改鬼钞，洋炮改鬼铳，铁路改铁蜈蚣，电线杆改千里杆，连东交民巷也改称切洋鸡鸣街了。更有甚者，他们还胡造新字，如改“洋”为“火”，其意为水火交攻，改“清”为“青”，意为扶清，做法与太平天国如出一辙。义和团就是用这种荒谬可笑的武器参与这场文化冲突的，效果如何，可想而知。

止庵对义和团运动无意作全面评价，对以古例今也觉得无啥意思，但对当时起主导作用的思维方式却给予特别的关注。我以为，这就是他这本《史实与神话——庚子事变百年祭》中最有价值的地方。每个时代都有它那个时代的主流意识（包括思维方式），这对引导社会朝什么方向发展起着关键的作用。对一个统治集团来说，在处理国家大事上最重要的是理性与智慧，是对形势的正确分析和把握，从而作出摆脱困境、转危为安的决策来。但以慈禧为代表的清政府却适得其反。他们孤陋寡闻，愚蠢无知，既不了解世界，也不洞察国情；他们思想片面，以耳闻为实，义和团的神奇“哄传”，把这些满腹经纶的王公大臣搞得神魂颠倒，真以为义和团就是天降神兵，足以用来扶卫大清。再加上他们本来也有盲目排外情绪，因而点火就着，很快就与义和团合流了。作为统治集团的核心人物——慈禧太后，也并不更聪明一些。她与戴漪一样，各怀鬼胎，她想保权位，戴则想让“大阿哥”（他的儿子）尽快登基，权欲与野心，不能使这个女人头脑清醒。因此，当她听说列强要她“还政”时，就一下子忍无可忍、孤注一掷了。慈禧逃到西安时曾对一个名叫吴永的地方官讲过一些心里话，她说：“我本来是执定不同洋人破脸的，中间一段时期，因洋人欺负太狠，也不免有些动气。”

后来，吴永在《庚子西狩丛谭》里评论说："试想彼（指慈禧）深居宫闱，一向与外间情势不相接触，一旦遭此巨变，前后左右，都是一样狂迷，如醉中闹架，欢呼盲进，意兴勃勃。她毕竟是个女流，易于迷信，平日与洋人交涉，受了不少委屈，难得有此神人协助之机会。欲其凭一人判断，独排群议，尽遏众狂，此绝不易得之事。"吴永的话倒是说得实在，他把慈禧的心态、思想描述得再明白不过了。大清帝国就是靠这样一个女人来领航，哪有不触礁翻船的。

止庵对义和团时代主流思维的基本特征有一大段概括性论述，十分值得玩味：

当时起主导作用的思维方式，在分析、综合、判断、推理各个环节，都不是以事实为依据，而是由想象与传闻支配的。这一思维方式缺乏实证性，拒绝承认不利的事实；缺乏逻辑性，摒弃别人的理智推论；缺乏自我怀疑精神，排斥所有针对它的置疑；缺乏可变性，无法脱离自己的既定轨迹；最终又缺乏真正意义上的自己意识，满足于人云亦云，随波逐流。一切参照系数都丧失了，浮想联翩和观念的戏剧化替代了现实世界。（见《史实与神话——庚子事变百年祭》页九五）

读到这里，我不禁怦然心动，掩卷而思，并产生一种历史的畏惧感。我想，历史或许不会重复，但思维却是可以传代的。

（二〇〇一、一）

卷四

尘埃落定水更清

在现代中国文化人当中，胡适大概是所受争议最大的一个了。由于人们思想观念的不同，对胡适的看法往往是针锋相对，各执一端。例如，对胡适抗战前关于日本问题的言论究竟怎么看，似乎至今也未能达到一个共识。我曾带着这个问题，翻阅了几种不同版本的《胡适传》，发现作者对胡适某些对日言论的看法就很不一致。有的温和，有的尖刻；有的观点还比较公平，有的持论几乎还是当年痛斥投降派的调子。现在，历史的尘埃早已落定，我们总可以平心静气来评说一番了吧。

“九一八”后，胡适公开发表的关于日本问题的言论文章很多，但由于他恪守“我的理智与训练都不许我主张作战”这一信条（一九三三年四月十一日《我的意见也不过如此》），讲了许多不合潮流的老实话而屡遭非议，其中被骂得最苦的，当属一九三三年三月十八日对新闻记者的那次谈话（见一九三三年三月二十二日《申报·北平通讯》)。胡适在这次谈话中说:“有一个方法可以征服中国，即悬崖勒马，彻底停止侵略中国，反过来征服中国民族的心。”胡适此论一出，国人为之大哗，当即受到鲁迅的迎头痛击。鲁迅在《出卖灵魂的秘诀》(此文实为瞿秋白执笔，发表于一九三三年三月二十六日《申报·自由谈》，鲁迅后来收入《伪自由书》)里说，中国小百姓实在愚昧，原不懂什么叫民族性，所以他们一向只会仇恨。如果日本陛下大发慈悲，果纳胡适的条陈，“忠孝仁爱信义和平”的中国固有文化就可以恢复，日本不用采取暴力，只需用软功的王道，中国民族就不至于再生仇恨，自然也就不会再抵抗，而且变得更和平，更忠孝，中国民族的灵魂也就被征服了。鲁迅最后论定:“胡适博士不愧为日本帝国主义的军师。但是，从中国小百姓方面说来，这却是出卖灵魂的唯一秘诀。”以后，鲁迅在《算账》(《花边文学》)《关于中国的两三件事》(《且介亭杂文》)《田军作(八月的乡村)序》(《且介亭杂文二集》)等文章里,继续究追不舍，予以抨击。鲁迅一贬，力重千钧。从此，这件事就构成胡适卖身投靠，为敌人征服中国出谋划策的一大罪名，直到今天似乎也难以洗得清。如前几年出版的一本《胡适传》仍然是老调重弹，说什么“实际上是向侵略者献计，乞求饶恕”云云。

其实，胡适的本意是大大地被歪曲和误解了。我们只要细读一下胡适写的《日本人应该醒醒了》一文(载一九三三年三月十九日《独立评论》第四十二号)，就不难得出完全相反的结论。《日本人应该醒醒了》是胡适在一九三三年三月十二日夜里写出的，比三月十八日那次谈话要早六天，这可以证明一点，胡适对记者的谈话是经过深思熟虑，有所准备的，不是那种不负责任的随意之谈。通览这篇文章，我们可以清楚地看到，所谓“征服中国民族的心”，正如曾彦修先生《立此存照》（见二〇〇一年二月十日《文汇读书周报》）一文所指出的，不过是一句反话。胡适的意思是，只要日本放弃侵略，转而采取和平友好的睦邻政策，是可以赢得中国人民的心，化“九世之仇”为“百年之友”的。文中有一段话对正确把握胡适的思想十分重要，他说：“即使到了最后的一日，中国的‘十八九世纪之军队’真个全被日本的新式武器摧毁到不复能成军了，即使中国的政府被逼到无可奈何的时候真个接受了一个耻辱的城下之盟了，——我们可以断言：那也只是中国人的血与肉的暂时屈服，那也决不能够减低一丝一毫中国人排日仇日的心理，也绝不会使中日两国的关系有一分一寸的改善！因为中国的民族精神在这种血的洗礼之下只有一天一天的增长强大的；也许只有在这种血的洗礼之下我们的民族精神才会真正猛烈地变成日本的永久的敌人！”在这里我们实在找不出一点奴颜媚骨的影子，有的只是凛然正气的宣告：中国人民是永远不可屈服的。

一九三六年四月十二日胡适在《大公报》上发表的《调整中日关系的先决条件——告日本国民》一文，在社会上造成的冲击波也是前所未有的。文章一面世，立即引起各方面的强烈反应，褒贬尖锐对立。有的高度赞扬道：“此真近来论坛上极有价值之文字，可与千架飞机、百艘军舰争勇武矣。”有的则斥之为“奴才的梦想”，“抹煞了民众的意志”，“喊出了放弃已失土地”，直称胡适是“民众的敌，国家的敌”。同时，日本报纸和日本军方收买的华文报纸也纷纷跳出来进行攻击，说胡适是“日本的敌人”“中日两国的敌人”。天津一家汉奸报纸公然主张“驱逐胡适出华北”。天津《大公报》也因胡适这篇文章受到日本驻屯军的“严重警告”。有讽刺意味的是，事隔六十多年后，又出现一种颇为新鲜的见解，一位传记作者认为，由于胡适这篇文章也受到敌人的反对，“可见胡适的言论并非完全亲日的汉奸之论”。既然不是“完全”的汉奸之论，那么，至少也有“部分”的汉奸之论了。胡适就是这样的可悲，一顶汉奸的帽子就像幽灵一样老是在他头上游荡着。现在，就让我们冷静地分析一下，看看胡适与所谓“汉奸之论”究竟沾不沾边。

正当日本步步紧逼华北的危急时刻，日本政府忽然放出“调整中日关系”的空气，这显然是个极其虚伪的口号。为此，胡适在文章里首先对“调整”的意义给以正确的界说。他严正指出，中日关系之所以需要调整，“是日本对中国的无制限的侵略和不可容忍的优越感造成的中国人仇恨日本的局势。这个仇恨的心理一日不解除，中日的关系一日不能调整；合作与亲善更谈不到”。接着他逐条批驳了妄图迫使中国屈服的“广田三原则”，对其第二条（即“中国对于‘满洲国’事实的存在必须加以尊重”），胡适毫不含糊地指出：“‘满洲国’的造成，是中日仇恨的一个重要原因；强迫中国承认这个伪国的存在，当然只有增加仇恨的结果。”由此可见，反对者两眼只盯着胡适提出的七条先决条件中没有一条涉及东四省被侵占的问题，就指责他出卖祖国，这不啻为丢了西瓜，捡了芝麻。针对这些反对意见，胡适在“五四之晨”，又写了一篇文章《关于〈调整中日关系的先决条件〉》（见一九三六年五月十日《独立评论》第二〇〇号）予以回答。他进一步说明他提出的七个条件只是调整中日关系的“先决条件”，而且“这些都还不够根本解决中日问题”。最后他说：“负责任的言论是平心静气的为一个国家设想……至于握着‘空心拳头’，‘慷慨激昂，气吞山岳’，这一套本领，我惭愧不曾学得，也不愿任何青年人去学。”可惜的是，他的这一忠恳劝告有多少人能够领会并去实行呢？

为了进一步弄清楚胡适的所想所思，我们不妨暂且撇开言论问题不说，再来观察一下他的行动。抗战前后，胡适为国事奔走呼号，绞尽脑汁，尽了一个书生报国的责任。特别是在他出任驻美大使期间，他为推动美国放弃孤立主义，投入太平洋战争，从而使中国抗战局势为之一变，做出了他人无法替代的特殊贡献，是值得史家大书一笔的。但胡适的战时故事太多，就只谈谈胡适在战前的一个小插曲吧，或可帮助我们更好地认识他。一九三三年五月，傅作义的五十九军在怀柔阵地上英勇抗击了日本飞机大炮的进攻，付出了很大的牺牲。日军撤退后，傅作义派人在战场找到了二百〇三具阵亡官兵的遗骸，全部运回了绥远。绥远人民将他们埋葬在大青山下，并树碑永远纪念。怀柔之战使胡适受到很大鼓舞，一九三四年五月初，他欣然应傅作义之请，撰写了一篇一千五百多字的碑文，最后有四句铭文如此写道：

这里长眠的是二百零三个中国好男子！
他们把他们的生命献给他们的祖国。

我们与我们的子孙来这里凭吊敬礼的，

要想想我们应该用什么报答他们的血！

四句铭文，依然保持着平白如话的诗风，却有一股深沉的悲壮感流溢行间，表达了他对抗日英雄的无限敬仰。

一九三五年七月，按照《何梅协定》，何应钦命令所有抗日纪念物都要掩藏起来，以免刺激日本人。傅作义只好用涂料将胡适写的碑文遮盖住，在上面另刻了“精灵在兹”四个大字。胡适感慨之下，又写了一首《大青山公墓碑》（一九三五年七月五日）的诗：

雾散云开自有时，暂时埋没不须悲。

青山待我重来时，大写青山第二碑。

诗的调子十分明朗，短短四句道尽了他的豪迈之情。一个对国家民族前途完全悲观的人是写不出这样的诗句来的。

（二〇〇三、一）

从胡适与梁启超的论战中学点什么

中国有句古训，叫做“君子爱人以德”，指的是对待他人态度上的一种崇高境界。但由于人们思想修养的缘故，要想真正做到这一点，还真是不那么容易。我觉得，在现代学人当中，胡适是做得较好的一个。例如，他在与梁启超讨论学问上所表现的一种风度就是很值得我们学习的。

梁启超是胡适少年时期最重要的一位思想启蒙者。光绪甲辰年（一九〇四年）胡适（这年他才十二岁）来到上海一所新式学校（梅溪学堂）读书。一次，老师在黑板上出了一道作文题：原日本之所由强，这可使胡适犯了难。虽然他在家乡已读了不少经典和小说，但对当时风行全国的新潮书刊却还没有接触过。日本究竟是怎样从弱变强的呢，这是那个时代广大爱国者普遍关注的问题，而他对这个问题却还懵懵懂懂，无从下笔。胡适的二哥为了让弟弟开窍，便给他带来一大篮子新书，其中就有当时最热门的读物——《新民丛报汇编》。梁启超关于改造民族，革新政体，并向西方寻求振兴之路的新思想，还有他那笔端常带情感的激昂文字，一下子把胡适迷住了。他仿佛从一间黑屋子突然跑到一片光天之下，开始用一种新眼光来观察世界了。胡适后来在《四十自述》里详细记述了他在各方面得益于梁启超的经过，承认“自己受了梁先生无穷的恩惠”。

那么，胡适一举成名并成为现代学坛新盟主之后，又如何看待他这位启蒙老师呢？从戊戌变法失败以后，梁启超已不再是当年叱咤风云的人物了，但胡适对梁启超仍然抱着十分敬重的态度。一九一八年十一月二十日，胡适借准备赴天津讲演之机，给梁启超写了一封充满敬意、企望谒见一面的信，“一以慰平生渴思之怀，一以便面承先生关于墨家之教诲”。可惜，因一九一八年的胡适日记空缺，我们已无法知道胡梁二人初次会面的情景。胡适除在学问上不时虚心向梁启超请教外，在学术讨论上也与梁启超发生过多次交锋，其中比较重要的有两次：一是关于梁启超批评胡适著《中国哲学史大纲》（上卷），一是关于胡适批评梁启超著《墨经校释》。两次交锋的论辩话语，两位主人公的个性表演，构成中国现代学术舞台上让人神往的一幕。

一九一九年二月问世的《中国哲学史大纲》是中国思想史研究上的开山之作，为胡适的学术地位奠定了一块不可撼动的基石，很快得到北大校长蔡元培及全国学术界（少数顽固派除外）的首肯和赞赏，连满腹经纶、比胡适年长十八岁的梁启超也对胡适刮目相看，称他为“胡适老兄”了。胡适的《中国哲学史大纲》虽然具有划时代的意义，但毕竟是部早期草创之作，并不是天衣无缝、无懈可击的。一九二二年三月四日，梁启超应哲学社之邀，到北大三院讲演，讲题就是《评胡适的〈中国哲学史大纲〉》。这次讲演一连讲了两天。头一天讲演胡适未出席，但事后看过记录。到第二天胡适亲临会场恭听梁启超的讲演。梁启超对胡适这书既有肯定，也有批评，而且措辞犀利，很不客气。梁启超首先对《中国哲学史大纲》作了很高评价，指出这书自有他的立脚点，他的立脚点很站得住，这书处处表现出著作人的个性，他那敏锐的观察力，致密的组织力，大胆的创造力，都是不废江河万古流的。然后重点地提出自己的不同看法，在结论中他强调指出："讲墨子、荀子最好，讲孔子、庄子最不好。总说一句，凡关于知论方面，到处发现石破天惊的伟论；凡关于宇宙人生观方面，十有九很浅薄或谬误。"梁启超讲完后还留下一段时间让胡适当场答辩。胡适的答辩不仅批驳有力，而且表现出包容异见的大家风度，说："中国哲学史正在草创时期，观点不嫌多"，"我希望多得许多不同的观点，再希望将来的学者多加上考虑的工夫，使中国哲学史不致被一二人的偏见遮蔽了。"（一九二二年三月五日《胡适日记》）据曾参加过这次讲演会的陈雪屏回忆，胡适仅用了短短四十分钟就轻松地把梁的论点一一批驳了，当时的会场就像海边上的潮水来回翻涌一样，一开始听众还觉得梁启超讲得有理，但听了胡适的答辩后，又忽拉拉一片倒向胡适这一边了。陈雪屏说："如果用'如醉如狂'来形容当时听众的情绪似也不算过分。"（一九七六年五月《传记文学》第二十八卷第五期）

在胡适批评梁启超这件事上，则显示了胡适性格豁达开通的一面。一九二一年梁启超将他用十多年所作的《墨子》笺注辑为《墨经校释》四卷，送请胡适作序。胡适在这篇长序里首先赞扬了梁先生二十年前提倡墨子研究的贡献，并说自己就是受梁氏的影响而爱上墨子的。但胡适本着吾爱我师，吾尤爱真理的精神，直率地对梁著提了不少批评意见。梁看了不太高兴，虽然也赞许胡适这种“极纯笃的学者风度于学风大有所裨”，但在编写书稿时，却反常地把胡适的序排到书的末尾，而把自己反驳的文章放在书前。对梁启超这种有失礼貌的做法，胡适只是泰然处之，并不耿耿于怀。一九二九年一月十九日梁启超不幸病逝。次日胡适与陈寅恪等人一道参加了梁先生的入殓仪式，他为恩师的早逝（梁享年仅五十六岁）悲痛地落下泪来。胡适在这一天的日记里对梁启超的个性有一段讲得非常好的评语：“任公为人最和蔼可亲，全无城府，一团孩子气，人们说他是阴谋家，真是恰得其反。”日记里也提到过去那两次学术交锋的事，但他却说：“这都表示他的天真烂漫，全无掩饰，不是他的短处，正是可爱之处。”他就是这样以无比宽厚的胸襟来知人论世的。面对胡适，今日某些缺乏尊重意识、惯以贬损他人为快事的先生们，或许也会感到一点羞愧的吧。

（二〇〇四、九）

且当一部《论语》看

有一次，我去天津大理道看望李霁野先生，在闲聊当中又自然谈起鲁迅来。我说，鲁迅去世后，他的亲友、学生们都写了不少回忆文章，其中不乏具有一定深度的佳作，但却少了一本由最接近的人写的鲁迅谈话录。这种谈话录能把鲁迅日常生活中的言谈、举止，包括饮食起居、喜怒哀乐，甚至一些生活琐事如实记录下来，这对深入认知和研究鲁迅的思想、性格与为人都大有用处。李先生对此也有同感，他说，其实许广平最有条件做这件事，但不知为什么没有做，是很可惜的。然而，“失之东隅，收之桑榆”，在鲁迅那里得不到的，在胡适那里却得到了，这就是台湾学人胡颂平先生编写的《胡适之先生晚年谈话录》。作者以朴实可信的文笔，把一个现代圣人的形象活灵灵地展现在世人面前，读来亲切感人得很。《胡适之先生晚年谈话录》于上世纪八十年代在台湾出版，大陆版则一九九三年由中国友谊出版公司出版，一次印刷五千本。但很遗憾，这样一本好书却很长时间没有再版，一直等到二〇〇六年十月，才由新星出版社重新出版，而且近年来一些文摘报刊，如《作家文摘》《读书文摘》也在纷纷转载这本好书的篇章，可见胡适在我国读书界经久不衰的地位。

◎《胡适之先生年谱长编初稿》

胡颂平曾是胡适任中国公学校长时期的学生，对胡适的思想、学问和人品一向非常敬仰。一九五八年四月，胡适从美返台就任“中央研究院”院长，充当胡适秘书和助手的，正是这位已有五十多岁的老学生胡颂平。这真是一次“天赐良缘”，正是有了这次师生契合的机会，才有了胡颂平后来的两部传世之作，一部是研究胡适不可不读的《胡适之先生年谱长编初稿》，另一部就是《胡适之先生晚年谈话录》了。当时“中央研究院”总办事处设在南港，胡颂平家住台北。他每天下班回家就想胡适白天讲的那些话，觉得非常有趣，而且也很重要，如任其随同时光消失，实在可惜。这时他想起马相伯先生（一八四〇至一九三九，中国教育家）九十九岁生日时，胡适对新闻记者讲的一番话。胡适说：“马相伯是我们的‘国之瑰宝’，他的一言一行，应该有一个人在他身旁随时随地把它们记下来。”胡颂平从胡适这段话豁然有悟，于是下决心从一九五八年十二月恢复中断了二十年的日记，开始逐日记录胡适先生的日常言行，从一九五八年十二月五日起，一直记到一九六二年二月二十四日胡适逝世那一天。

胡适是现代中国文化思想史上一位非常了不起的人物，尤其是他的道德品性更受到海内外人士的衷心赞扬，被尊称为“圣人”和“人伦楷模”。徐志摩在给梁实秋的一封信中就有“胡圣潘仙”（潘光旦只有一条腿，可跻身八仙）一语。苏雪林则说：“胡先生的温良恭俭让及其休休有容的气度，尼山（即孔子）之后一人而已。”我读《胡适之先生晚年谈话录》，就觉得这本书如同记录孔子言论的《论语》一样，记述的是二十世纪一位新孔子的珍言和德行。因此，我是把《胡适之先生晚年谈话录》（以下简称《谈话录》）当做一部新《论语》来看的，而且也像司马迁到鲁地瞻仰孔子遗迹后发出的感慨那样，也对这位新孔子油然产生“高山仰止，景行行止，虽不能至，然心向往之”的感觉。

胡适是个有很高德性的人，特别是在做人这个人生根本问题上表现得尤为突出。胡适去世后，他的朋友和学生在缅怀他的文章中对他的为人之德无不赞颂备至，有些无私助人、不求回报的故事更是感人至深。林语堂在一篇回忆文章（《我最难忘的人物——胡适博士》）中就讲到他亲身体验的一件事：一九二〇年林语堂获得官费到美国哈佛大学做研究生，不料到了美国，官费却迟迟未能汇来，使他顿时陷入困境。他便立即打电报向国内告急，结果很快收到两千美元，使林语堂得以顺利完成学业。林语堂回北平后就向北大校长蒋梦麟先生面谢汇款事。蒋先生诧异地问：“什么两千块钱？”原来解救他摆脱困难的是胡适（当时任北大文学院院长）。那笔在当时近乎天文数字的钱是胡适从自己腰包里掏出来的，而且从不向人提及。

或许有人要问：胡适待人这么好，他究竟图的什么？是什么思想促成他这么做的？有一次胡适与胡颂平的对话可以为我们解答这个问题。胡颂平对胡适说："我读《论语》，在先生身上得到了印证。"胡适先是"哦"了一声，然后平平淡淡地说："大概是多读《论语》的缘故吧。"过去有些保守派学者往往攻击胡适"数典忘祖"，背叛中国传统文化，这真是大大的误解和冤枉。胡适虽然是"五四"时期打倒孔家店的挂帅人物，但他从来没有对祖国传统文化全盘否定过。他整理国故，其实是一种去伪存真、淘汰糟粕的工作，对祖国传统文化中的精华一点也没有舍弃过，抛弃的只是那些妨碍中国进步的东西。他所说的"全盘西化"，实质上是"充分西化"之意，这一点他曾详细解释过。在如何做人这样一件大事上，他终身奉行的也一直是中国儒家的伦理道德思想，其核心内容就是孔子提出的人生最高理想——"仁"。"仁"的观念包涵很广，最根本的一条就是："己欲立而立人，己欲达而达人"，胡适的人格魅力主要来源于此（当然也不排除西方人文主义对他的影响）。

孔子的"仁"，是一种很高境界的爱，它主要不是物质的，而是精神的，是要帮助所有的人成为有德、有智、有才的人。作为孔子思想的继承者，胡适也是这样做的。他不仅慷慨解囊从经济上帮助别人，更多的是随时随地从思想教育上帮助人，他希望所有的人（尤其是青年）都能成为有思想、有知识、有才干的人，来共同建设一个科学、民主、富强的国家。在

《谈话录》里，这方面的内容颇多，如一九六一年四月二十一、二十六两日所记的一件事就很能说明问题。二十一日这一天胡适在报上看到一家戏院正在上演一部电影《雄才怪杰》，他就向胡颂平推荐说，这部电影很值得让孩子们看一看。胡适接着介绍了这部电影是讲在美国发生的一件轰动全世界的案子。三十五年前，美国田纳西州还认为达尔文的生物进化论不符《圣经》教义，不许学校教生物进化论。当时有个中学教员叫史东生的，认为这种做法是反科学的，他决定以身试法，以引起全世界的关注，故意在中学里讲人是由人猿演进来的，又授意学生的家长来检举他，这样他就可以走上审判台来揭露那些保守势力的错误了。这件案子在当时影响很大，很快引起世界各地公众的义愤。四月二十六日，胡适又问胡颂平："你的孩子都看过《雄才怪杰》的电影吗？"胡适还告诉颂平，这个故事中有位新闻记者叫曼铿（H. L.Mencke），真是个了不起的人，说他在美国读书时，曼铿正在办《太阳报》，后来又办了一种叫《水星》的杂志，对美国的种种现象进行批判，报纸一出来很快就卖光了。史东生被控的案子发生后，《太阳报》全力支持他的一切费用，即使将来败诉后被罚款的话，也由《太阳报》来负担。胡适强调说："曼铿是这件案子中一个重要人物，不知道你们的孩子注意到没有？"胡适为什么这样不厌其烦地向人推荐这部电影呢？这是因为：其一，胡适一贯重视西方进步文明，并不遗余力地进行宣传；其二，胡适一贯坚持对旧观念和保守势力的批判，他不仅自己做，也鼓励别人这样做；其三，胡适热情赞扬曼铿见义勇为的斗争精神，他希望人们及他们的下一代也能发扬这种支持正义、勇于斗争的精神。

孔子讲“仁”的含意除有“己欲立而立人,己欲达而达人”外,还讲到“仁”的另一面:“己所不欲,勿施于人。”这句话流传至今,已成了家喻户晓的老生常谈,但真正做起来可不那么容易。胡适对人的体贴入微随时可见。一九六一年二月二十五日晚七点半,胡适心脏病复发,脉搏每分钟一百四十跳,呼吸困难,冷汗如雨,马上送医院急救。二月二十六日记：清晨四时以后脉搏降到八十八跳,渐渐恢复正常。八点半,颂平进入病房,先生若无其事地躺在床上,笑着说：“昨夜可能要出大乱子,把你们吓坏了吗？惊动了大家,我心里不安。”颂平连忙请他不要说话。他又说：“我对心脏是有经验的,我自己会知道,你们不要怕。”胡适就是这样的人,自己病得那么厉害,却不忘安慰别人。因为他待人一向温和有礼,自然也会得到别人发自内心的回报。一九六一年十二月二十四日所记胡适在医院里过圣诞节的情况让人备感人间温暖：今天阴历十一月十七日,是先生的阴历生日,又是圣诞节,先生穿上前些时钱诗亮等十二人合送的织锦晨衣,坐在床上看报。胡颂平到了房间,就向先生祝贺。先生拱起双手回拜,慈祥而又愉快。这时房内圣诞树上的彩色小电灯明亮闪烁,映着各种装饰品,特别热闹。先生说：“这大概因为我是个 heathen（即不信教者）的缘故,曾护士长们几个人把它装得特别漂亮。”我每次读到这里,内心就会久久不能平静,一个有着伟大灵魂,为中国的进步和人类幸福而殚精竭虑的好人,离开这个世界实在是太早,太早。

在中国,胡适享有的崇高声誉很少有人可与他相比,但是,从各种不同动机出发的批评与攻击也从未停止过，“誉满天下，谤亦随之”，正是他一生的写照。在对待各种批评的态度上，胡适也为我们树立了典范。除了为辩明真理必须予以反批评外，对某些有欠公允的指责和谩骂，他往往一笑置之，不予计较，“容忍比自由更重要”，就是他的座右铭。胡适曾挨过鲁迅不少骂，但他却一次没有反击过。鲁迅逝世后，苏雪林愤然讲了一些过头话，胡适立即写信加以劝阻。他在信中说：“凡论一人，总须持平。爱而知其恶，恶而知其爱，方是持平。”他认为鲁迅的长处与成就还是应该肯定的，并明确为鲁迅《中国小说史略》的所谓抄袭辩诬。《谈话录》一九五九年三月二十二日记：今天夜里，先生对王志雄（胡适另一助手）说：“有些人真聪明，可惜把聪明用得不得当，他们能够记得二三十年前朋友谈天的一句话，或是某人骂某人的一句话。我总觉得他们的聪明太无聊了。人家骂我的话，我统统都记不起了，并且要把它忘记得更快更好！”一九六一年九月五日又记：毛子水、吴大猷来。先生想让吴大猷当研究院院长，吴大猷说：“我不行，我会被人骂的。”先生说：“我已被人骂了四十多年。我觉得应该做的，只要百分之六十对国家有利，百分之四十被骂，我还是不怕骂的。”

胡适是个读书种子，也是位大学问家，虽然他关心政治和天下大事，但他的人生趣味主要还是来自读书和学术。因此，在《谈话录》中自然少不了有关读书、写作、治学等方面的内容。胡适酷爱读书，即使去住院也不忘记带书。一九五九年四月九日，胡适因背部肉瘤手术后出去演说，无意中挥动手臂，致使刚拆线的伤口迸裂出血，于是又住进医院，随身又带去了一本英文书。四月十四日记他开始读《基度山恩仇记》(现通译《基督山恩仇记》)后说的一句话:“我觉得闲着可惜，所以有空就看书”，并讲他在美国时，就是在坐地下电车或上厕所时把一部袖珍本《莎士比亚戏剧集》读完的。接着又讲起欧阳修的“三上”:马上、枕上、厕上，说欧阳修的文章多在“三上”构思的。四月十六日，有位来医院看胡适的朋友劝他要节劳，少看书，认为他的睡眠时间太少。胡适却说:“晚上可爱。那是我最好的时间。我可以任意的东摸摸，西摸摸，做我自己要做的事情。”胡适曾给一位青年朋友写过一首互勉诗，很有意思。诗曰:“不做无益事。一日当三日;人活五十年，我活百五十。”怎样才算是“一日当三日”？原来他是连晚上睡觉的时间也要用来读书和做事的。胡适写的文章观点明确，直白如话，既好看，又好懂。谷林先生在《答客问》里谈到他喜欢哪些作家和作品时，除提到周作人与鲁迅外，还提及胡适，他说:“再有一个胡适，令人望而生畏的哲学甚至禅学，到了他的笔下，就生动、亲切了，简直独一无二,难以企及。”对谷林翁这一看法我完全赞同。在《谈话录》中，胡适谈到写诗做文大概有八九次之多。一九五九年五月十六日记台大侨生六人来见先生。他们组织了一个海洋诗

◎《胡适之先生晚年谈话录》

社，还带来了《海洋诗刊》。先生对他们说："你们学做诗，要分两部来说，一部是'我'，一部是'人'。你们做的诗如果不预备给别人看的，你做好了就烧了，那就随便怎么做都可以；如果要给别人看，那么一定要叫别人看得懂才对……我的主张，第一要明白清楚；第二要有力量；第三要美。文章写得明白清楚，才有力量;有力量的文章，才能叫'美'。如果不明白清楚，就没有力量，也就没有'美'了。"一九六〇年四月二十一日又对颂平讲了他自己做文章的切身体会，先生说："我的文章改了又改，我是要为读者着想的。我自己懂了，读者是不是跟我一样的明白？我要读者跟我的思想走，所以我写文章是很吃力的。这是一种训练，这种训练是很难的。别人写文章，只管自己的思想去写，不为读者着想，我是处处为读者着想的。"胡适的这些话把古今文章的成败得失分析得再透彻不过，有志于写作的朋友不妨在这些地方多看它几遍。

胡适在学术研究上最重视治学方法。从杜威的实证主义与乾嘉学派的考证学出发，他提出的两句治学格言："大胆地假设，小心地求证"，"有一分证据，说一分话"，在中国现代学术史上有很大影响。但到了晚年，他似乎更多地关注治学的态度问题，这在《谈话录》里也有多次记录。一九五八年十二月三十日记，上午姚从吾来访，大概是谈院士候选人提名问题，先生在谈过这个问题后接着说："做学问切不可动感情，一动感情，只看见人家的错，就看不见自己的错处。"一九五九年六月十三日记，先生看见一位熟人做的研究工作，有点走入迷途而不能自拔，便说："我也知道入迷的人是不容易劝导出来的。"但仍指出这篇研究论文里有好几点都是“很入迷”的说法，不敢不说几句劝告的话。一九六一年十月十四日记：先生发现一件录稿上有一个错字,因谈起朱子《小学》上教人做官的方法是“勤谨和缓”四个字，先生于是将它们借用过来注入了全新的内容：勤，就是不偷懒，就是傅孟真所谓“上穷碧落下黄泉，动手动脚找东西”——这样去找材料,叫做勤。谨,就是不苟且,要非常的谨慎，非常的精密，非常的客观，叫做谨。和，就是不生气，要虚心，要平实。缓，就是不要忙，要从从容容地校对，宁可迟几天办好，不要匆忙有错。这可真是化腐朽为神奇，四字做官诀到了胡适手里，却成了四句言之成理、行之有效的治学要诀。仅从这一点，就不能不佩服他对传统文化整理改造、推陈出新的功夫。

读《谈话录》，由于文章的亲切和生动，往往会有身临其境之感。胡适似乎有一种魔力，说着说着就把你引入一种炉边闲话的意境，让你陶醉其中，乐而忘返。尤其是那些关于民俗、风物、掌故以及中西文化比较的话题更是引人入胜。胡适交游广，阅历深，因此一提起某个历史人物，就会告诉你一套套鲜为人知的故事来。例如王国维之死，他讲的一些情况就很新鲜。他说王国维的自杀与梁启超有关。那时正是北伐军兴、节节进逼的局势，梁启超很害怕，曾计划出逃。王国维觉得梁启超可以逃，他有不少门生故旧可以投靠，但他自己没有这么多的门生，往哪里逃呢？于是决定投湖自杀了。我觉得胡适讲的这个情况为研究王国维之死提供了一个新的线索，不知专家们以为然否。对郭沫若的评价，似乎近些年来才逐渐有点共识，其实胡适对他早有定评，而且讲了一件郭沫若的故事，真是让人大开眼界。一九六〇年六月二日记：

今天先生说："郭沫若这个人反复善变，我是一向不佩服的。大概在十八九年之间，我从北平回到上海，徐志摩请我吃饭，还请郭沫若作陪。吃饭的中间，徐志摩说：'沫若，你的那篇文章（是谈古代思想问题，题目忘了），胡先生很赏识。'郭沫若听到我赏识他的一篇文章，他跑到上座来，抱住我，在我的脸上吻了一下。我恭维了他一句，他就跳起来了。"这真是一场极具戏剧性的表演，我们看后大概不会只是哧然一笑而已罢。

（二〇〇七、九）

也谈胡适拜谒溥仪

一九二二年五月，在胡适生活中发生了一件颇有趣的事：五月十七日他突然接到逊帝溥仪从紫禁城打来的电话，约他到富里来“谈谈”。这件事很快传了开来，并引起社会各界的强烈反响。富里那帮老臣听说皇上私下见了这位“危险人物”，都气急败坏得“像炸了油锅似的”，而“左派”人士则群起而攻之，痛斥胡适想当“帝者师”，是“民国叛徒”。

胡适与宣统的会见虽然引起轩然大波，但在胡适本人看来，实在算不得什么了不起的事，他不过是偶尔会见了历代帝王的一位最后代表而已，而且谈的无非是诗文与学习，是不值得大惊小怪的。但是胡适是新派领袖人物，社会影响大，他的一言一行都会激起议论纷争。在现代中国的文化人当中，胡适大概是争议最多的一个。进入新时期以来，对胡适的研究开始解冻，并发展成为显学，关于胡适的传记、专著也出版了不少，像胡适见溥仪的事那是必谈的。议论的调子大致可分两路：有比较公允的，也有很偏激的。例如，有一种《胡适评传》在谈到胡适见溥仪以及在处理清室待遇的问题上，竟把胡适说成与梁启超、王国维一样的保皇党。最近，《北京晚报·五色土》副刊（二〇〇九年四月二日）就发表了一篇随笔，题目就叫《胡适拜谒逊帝溥仪》，其观点与八十多年前的批胡言论可说一脉相承，没什么新意。但在作者笔下，胡适给描绘成满脑子封建遗毒，一心梦想着“经筵侍讲”，以充当“御用文人”，一旦被“召见”，便“心痒难禁”，“喜出望外”，“当他拜谒完毕，从神武门里走出来时，兴奋，意外，惊喜，轻松，连走起路来也脚底生风”，而且“事后还相当张扬了一番”。

但是，一生追求科学与民主的胡适，果真像作者想象的那样吗？胡适有常年写日记的习惯，让我们看看他在日记里是怎样陈述见溥仪这件事的吧。

五月十七日：“今天清宫宣统帝打电话来，邀我明天去谈谈。我因为明天不得闲，改约阴历五月初二日（即阳历五月三十日）去看他。”

为了慎重起见，胡适先去拜会了溥仪的英语老师庄士敦，想了解一下溥仪的近况和宫中规矩。五月二十四日日记写道：“我因为宣统要见我，故今天去看他的先生庄士敦（Johnston），问他宫中情形。他说宣统近来颇能独立，自行其意，不受一班老太婆（指隆裕皇太后等人）的牵制。前次他把辫子剪去，即是一例。上星期他的先生陈宝琛病重，他要去看他，宫中人劝阻他，他不听，竟雇汽车去看他一次，这也是一例。前次庄士敦说起宣统曾读我的《尝试集》，故我送庄士敦一部《文存》时，也送了宣统一部。这一次他要见我，完全不同人商量，庄士敦也不知道，也可见他自行其意了。”

五月三十日胡适如期进宫见了溥仪，他的日记对会见的全过程记录如下：

今日因与宣统帝约了去见他，故未上课。

十二时前，他派了一个太监，来我家接我。我们到了神武门前下车，先在门外一所护兵督察处小坐，他们通电话给里面，说某人到了。……他们电话完了，我们进宫门，经春华门，进养心殿。清帝在殿的东厢，外面装大玻璃，门口挂厚帘子，太监们掀起帘子，我进去。清帝已起立，我对他行鞠躬礼，他先在面前放了一张蓝缎垫子的大方凳子，让我坐，我就坐了。我称他“皇上”，他称我“先生”。他的样子很清秀，但单薄得很；他虽只十七岁，但眼睛的近视比我还厉害；穿蓝袍子，玄色背心。室中略有古玩陈设，靠窗摆着许多书，炕几上摆着今天的报十余种，大部分都是不好的报，中有《晨报》，英文《快报》。几上又摆着白情的《草儿》，亚东的《西游记》。他问起白情，平伯；还问及《诗》杂志，他曾作旧诗，近来也试作新诗。他说他也赞成白话。他谈及出洋留学的事。他说：“我们做错了许多事，到这个地位，还要靡费民国许多钱，我心里很不安。我本想谋独立生活，故曾要办皇室财产清理处。但许多老辈的人反对我，因为我一独立，他们就没有依靠了。”

他说他有许多新书找不着。我请他以后如有找不着的书，可以告诉我。我谈了二十分钟，就出来了。

五月三十日这次会见，使胡适对这个仍被关在深宫，渴望自由的年轻人产生了些许同情，为此他作了一首诗：

有感

咬不开，捶不碎的核儿，
关不住核儿里的一点生意；
百尺的宫墙，千年的礼教，
锁不住一个少年的心！

短短四句，写得十分凝练而有意味，生动表达了胡适对这个少年逊帝的关切之情。

为了回应沸沸扬扬的社会舆论，胡适在第十二期《努力周报》上发表了一篇短文《宣统与胡适》，文中除如实介绍了与溥仪见面的情况及个人感受外，还对当时的社会心态进行了批评。七月二十二日日记就附了这篇短文的剪报。文中说：

一个人去见一个人，本也没有什么稀奇。清宫里这一位十七岁的少年，处的境地是很寂寞的，很可怜的，他在这寂寞之中，想寻一个比较可算得一个少年的人（案：胡适时年三十一岁）来谈谈，这也是人情上很平常的一件事，到新闻记者的笔下，便成了一条怪诧的新闻了。

自从速事发生以来，只有《晨报》的记载（我未见），听说大致是不错的；《京津时报》的评论是公允的；此外便都是猜谜的记载，轻薄的评论了。最可笑的是，到了近半个月之内，还有人把这事当做一件新闻看，还捏造出“胡适为帝者师”，“胡适求免拜跪”种种无根据的话。我没有工夫一一更正他们，只能把这事的真相写出来，叫大家知道这是一件很可以不必大惊小怪的事。

胡适向来不喜打妄语。多少年后读他的文章和日记，我们还能感受到青年胡适那颗宽大、仁爱和助人为乐的心。但历史似乎给胡适开了一个大玩笑。他最终未能把这位少年逊帝从那个“咬不开，捶不碎的核儿”里救出来。由于种种复杂的历史原因，溥仪后来竟坐上伪满洲国的皇帝宝座，成了民族的罪人。但即使如此，我们仍不能想当然地把胡适写成巴结“皇上”的小丑，因为这种抹黑的笔墨太没有历史依据了。说心里话，几十年来，对这种抹黑的套路，我们早已看熟了，也早已看厌了。

（二〇〇九、六）

附：

胡适拜谒逊帝溥仪

李国文

辛亥革命以后，住在紫城里的溥仪，已是一介平民。否则，“五四”新文化运动的领袖人物，与满清政府这位皇帝的见面，应该称作“觐见”才是。

胡适曾经灰暗过很久，不过，如今相当走红，被追捧者敬奉为当代圣人。其亮度，与日月同光；其高度，与星辰同辉。不过，从他屁颠屁颠、跟头把式地跑去拜谒溥仪，那种说不好是宠召，还是幸会；是高看，还是重用；是偶然，还是必然；是风头，还是身价倍增的甜丝丝、热烘烘的盛觉，溢于言表。虽不露声色，但得意之情还是写在脸上的。这也许就是“伟大”人物，也免不了的“伟小”之处了。

在中国，农民对于皇帝，想造反者多；文人对于皇帝，求御用者多，这是两个极端。凡“豁出一身剐，敢把皇帝拉下马”者，多为大字不识几个的农民。自觉排队，自动靠近，自作多情，自我献媚，冀求挤进御用文人行列之中者，多为饱读诗书、满腹经纶的知识分子。道理很简单，凡能被御用者，有官可当，有车可坐，有赏可得，有福可享，什么都有；凡不被御用者，无职无权，无车无房，无钱无势，无门无路，什么都无。所以，逼得中国历代的文人们，不得不拼命巴结，拼命表现，拼命炒作，拼命兜售自己，拼命攀附要员，拼命贴紧官方，心痒难禁，做青云直上之梦，眼红不已，作一步登天之想。

说白了，就是幻想着皇帝打来电话，小车开到门外，一张大红请柬，恭请阁下进宫——成为经筵的侍讲，成为御用的笔杆，金殿赐座，引为上宾；成为穿黄马褂的作家，成为戴纱帽翅的诗人，金榜题名，宠幸有加。从此，主宰文坛，领袖群伦，引导潮流，所向披靡；从此，荧屏露脸，媒体曝光，记者包围，网络追踪；从此，大众情人，风流种子，美女追求，老板送钱；从此，官方色彩，身价腾贵，帝王知己，无比荣光。

这就是可爱又可恨、可怜又可嫌的中国文人，埋藏在心底里一个永远的梦！

民国初年，准确的日期为一九二二年五月十七日，在北京的胡适先生，就有过这样一次意想不到的梦境实现。一天，他当真接到爱新觉罗·溥仪的一通电话，

“你是胡博士吗？”

“Yes!”

“你知道我是谁吗？”

“I don' t know!”

等到终于弄清楚电话对面是逊帝时，胡适也按捺不住亢奋之情。

无论如何，他曾是满清王朝拖过辫子的臣民呀！虽然那是一位末代皇帝，约他进紫禁城一晤，岂有敬谢不敏之说。他不但去了，事后还相当张扬了一番。这也是人之常情，终究不是北新桥的骆驼祥子，或者三河县的老妈子约他会面。胡适在一九二二年五月三十日的日记里，欣欣然记道：“今日因与宣统帝约了去见他，故未上课。十二时前，他派了一个太监，来我家接我。我们到了神武门前下车，

先在门外一所护兵督察处小坐，他们通电话给里面，说某人到了。”

从鲁迅先生调侃他的文章里读到，好像有人问过，你见到逊帝，是不是跪下来磕头呢？好像还有人问过，你见到逊帝，是不是向他宣讲杜威主义呢？他笑而不答。这种无声胜似有言的表情。显然这次逊帝的召见，有点喜出望外，使他那中国文人的御用情结，得到了大满足。如果溥仪不死，还健在，还在紫禁城里做他的逊帝，还可以关起门来做万岁爷的话，顺应当前胡适行情疯狂看涨的势头，下一道圣旨，将其牌位放在孔庙里配享，也许是适时之举。

中国文人，努力削尖脑袋盼着被御用，然而，在嘴上却绝对讳言御用。所有已被御用的，未被御用的，想被御用的，都做出一副蔑视御用的清高神气来。不过被溥仪顽童似的恶作剧，打了一通玩笑似的电话，胡适为进紫禁城，着实手忙脚乱地筹划了一番，还专门找溥仪的英文老师庄士敦请教礼数，唯恐失敬。当他拜谒完毕，从神武门里走出来时，兴奋、意外、惊喜、轻松，连走起路来也脚底生风。无论如何，那是皇帝在召见他，对御用文人来讲，这就是最高境界了。

胡适先生拜谒逊帝，那张中国文人无比幸福的脸，值得一观。

（载二〇〇九年四月二日《北京晚报》）

卷五

西谛书跋近人情

书跋是我近年来爱读的一种文字，其好处大致有三：一是短，读起来省时省力；二是可以得到一些关于书籍的知识；三是还能随同作者一道领略一下苦乐人生的玩味，而这第三点正是书跋最招人喜爱的地方。黄裳先生就曾说过，题跋种类五花八门，有涉及考证、校勘的，有广告性的，也有杂记琐事有如日记的，“总之，大别之不外两类，即学术性的与文学性的两大类。我所喜欢的则是后者。”（见《榆下说书·谈“题跋”》）对黄裳先生这段话我颇有同感，不过我想补充的一点是，这两者有时也难分得清，往往是一篇题跋兼而有之，凡是读后欲罢不能的题跋大都是一种完美的结合体，一种既带点学术味又带点文学味的小品。西谛的《劫中得书记》与《劫中得书续记》就是两者兼备的好题跋。我甚至认为，从其独特的内容来看，西谛的这两部题跋是前无古人后无来者的。

《劫中得书记》与《劫中得书续记》诞生于一个不寻常的年代——上海“孤岛”时期。上海滩已沦为虎狼当道、鬼魅横行的世界。民族的苦难、抗日的烽火深深激动着这个爱国学者和读书人。于是，当不少著名文化人如茅盾、夏衍、郭沫若等纷纷撤离后，西谛却令人奇怪地留了下来。他后来回忆说：“从‘八·一三’以后，足足的八年间，我为什么老留居在上海，不走向自由区去呢？时时刻刻都有危险，时时刻刻都在恐怖中，时时刻刻都在敌人的魔手的巨影下生活着，然而我不能走。……我不能逃避我的责任。”（见《求书目录》）这个神圣的责任就是千方百计地寻求和抢救行将流失殆尽的祖国文献。这是对敌人进行的一场特殊的、艰苦卓绝的战争。因此，这两部得书记的最最动人之处，就是忧国伤时、悲欣交集的真实感情。《劫后得书续记》里有两篇题跋：《帝京景物略》与《燕京岁时记》，最具代表性。如《帝京景物略》：

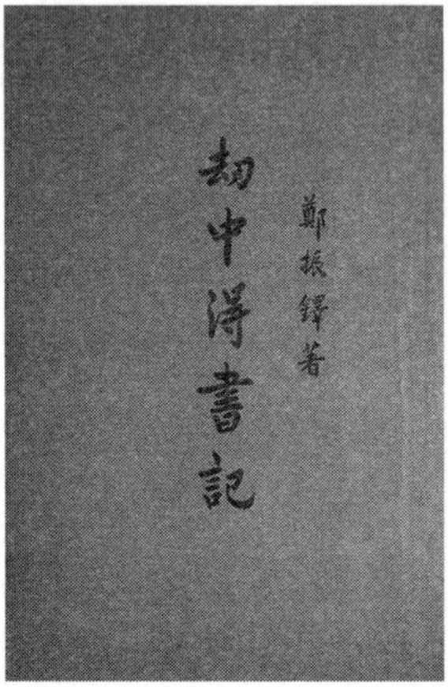

◎《劫中得书记》

余甚喜读刘同人帝京景物略；亦若余之喜读张宗子文也。朱竹垞日下旧闻杂辑他书以成之，不若景物略之轻茜窈渺，体物入微。前在北平，曾得景物略一部，以其价昂，复退还某肆。然实念念不忘此书。劫中，于中国书店见南海康氏散出书中有此书一部，惜为平贾某所夺去，未能收得，怅惘不已。顷过树仁书店见其架上有此书，亟取下。然其价竟较康氏藏本倍昂，而与平肆前时所索者略等。以不欲再失去，乃挟之而归。灯下披读，如见故人。不厌数回读之书，斯其一已。故都沦陷，未知何日得重游。在在皆足触动悲楚之感。东京梦华，武林旧事，低徊怆恻，倍增怮怛。然中兴非梦，恢复可待，他日挟书北海，朗声长吟，为乐殆无量也！

全跋不足三百字，但内容却十分丰富，谈到了他对此书的爱好与评价，买书的经过，特别是失而复得，拿回家来灯下展读的心情，最后还淋漓尽致地表述了怀念故都，遥盼收复的一腔情思。尤其可贵的是，这两篇题跋都充溢着一种昂扬的乐观精神，远非某些一味呻吟感叹的题跋所可比。那个噩梦般的年代已经过去了半个多世纪，现在再来读它，还不能不为之怦然心动。

西谛对他的《劫中得书记》曾经打过一个比方。他说，人们读它就像翻开一本古老的照相簿子，会惹起不少欢愉和酸辛的回忆。这话当然是不错的。但是，他或许没有想到，恰恰是这本“照相簿子”，也把他自己当年的面影留了下来：在恶劣的环境下，他那苦苦寻书，书到手后又欣喜若狂的情态，须眉毕现地映照在上面。西谛是一位世上少有的痴情人，而且总是表现得特别坦率真诚，有时简直天真得像个大孩子。从他的题跋里，我们仿佛能隐约听到他那畅快的笑声，或是无奈的叹息，而最多的则是宛如涓涓细流的絮语，就像一位久违的老书友，在冬夜炉火旁将他的传奇故事向你娓娓道来，让你一道分享他的欢乐与苦辛似的。请看看下边这一串句子，读来实在令人神往：

余久不购书，见之，不禁食指为动，乃毅然收之。（《春灯谜》）

余大喜过望。竭力筹款以应之。殆尽半月之粮。然不惶顾也。斗室避乱，有此“豪举”，自诧收书之兴竟未稍衰也。（《古今女范》）

时日色黯淡，西风凄厉，衣衫单薄，渐觉凉意侵人，然挟书臂下，意甚自得。（《唐十二家诗集》）

十载相思，一旦如愿以酬，喜慰之至，至于数夕不能安寝。（《十竹斋笺谱初集》）

余念，此次不能再交臂失之矣。遂毅然留下。所费几尽一月粮。自笑书癖之深乃至于此。劫火弥天，黄流遍地。报国无方，乃复抱残守阙，聊以自慰，亦可哀也！（《瑞世良英》）

余夜睡甚早。于微酣后，尤具“吾醉欲眠君且去”之概，不问客为何人也。盖疏懒成性，早眠早起惯矣。昨夜，乃乾来，挟以与俱者为钱遵王今吾、笔云二集。余一见狂喜。兴奋异常，竟谈至深夜。（《今吾集笔云集》）

西谛对书跋有个很好的见解，他说：“余所见诸家书目序跋及读书题跋，唯此书（指《澹生堂藏书训约》）及黄尧圃诸跋最亲切动人，不作学究态，亦无商贾气。最富人性，最近人情，皆从至性中流露出来之至文也。”当读过上面引录的这些句子后，你不觉得这正是那种最富人性，最近人情的至文么，其中有的还颇带点魏晋风韵呢。

西谛收藏古籍的目的很明确，那就是为了研究和应用。因此，他的题跋自有扎实的学术内容在，并且时而闪现敏锐的眼光。例如《程氏墨苑》就是一篇颇值称道的版画小考证。此书系明程大约撰,六卷十二册,明万历间彩印本。跋文第一段就是:“此‘国宝’也！人间恐无第二本。余慕之十余年，未敢作购藏想。不意于劫中竟归余有，诚奇缘也。”我们都知道，西谛对古籍图谱一向有浓厚兴趣，因而他对这方面的研究也格外下工夫。这部珍贵图书到手之日，他就约集了好几位同好来家一起展玩到夜晚。事后他又与其他墨苑细细比较。经过这番研究后，他终于发现了彩版印刷史上的一个秘密，他兴奋地说 :“我人谈及彩色套版，每不知其起源于何时。得此书，则此疑可决矣。”西谛读书之志趣由此可知。

西谛作书跋不局限于就书谈书，他往往跳出框框，进一步触及人物与历史，而且谈起来情理有致，爱憎分明。特别是他品评的人物大都是生于乱世或换代之际，就更能引起我们的牵挂与共鸣。例如《瑯嬛文集》与《渭南文集》是最能体现他这一风格的。在前者，西谛对张岱这位明末大家的身世、才情，表达了深切的同情和欣赏，而在后者，则尽情抒发了他对陆游这位七百多年前的爱国诗人的倾心与赞扬。跋文最后说 :“余幼时即喜诵放翁诗，今置‘全集’案头，几日日快读数十百首。每不觉悲从中来，泪涔涔下，渍透纸背。然念今时局面，决非昔比，则又自壮！”请问，从古到今，从谁家题跋中可以找到这样有血有泪，感人肺腑的文字！

去年在家养病期间，伴我消除寂寞的几本书中，就有三联

◎《西谛书话》

版的《西谛书话》。我在十二月十一日日记中写道："晨卧读《劫中得书续记》。其中《燕京岁时记》一则殊佳,几无一字不可圈。不是那个时代，那个环境，和西谛那种特有的情致，不会有这样的文字。"《劫中得书记》的出现的确不是偶然的，它是一位真正的战士在一个伟大的战斗年代里用满腔热血创作出来的一种精神产品，是他的诸多著作中最有希望传世的。

（一九九五、五）

日记无奈总难全

人到老年，只爱做些轻松愉快的事。譬如读书，像几十万、上百万言的鸿篇巨著，我只好敬之畏之，不敢碰它，日常一读再读的倒是些短小的耐人咀嚼的文字，如散文随笔之类。读上一篇上好的散文，就像一个长途跋涉，筋疲力尽的人，忽在荒村野岭旁发现一爿茶棚酒肆，于是欣喜若狂地坐了下来，一边倚窗观景，一边慢慢品茶，顿时有了一种说不尽的畅快和适意感。这种感觉有时竟会让你陶醉好几天，人间一切烦恼似乎全都忘掉了。近年来，我又有了一个可喜的体验，读名人日记便是一件颇为有趣的事。

日记最可贵的品质当属“去伪存真”四字，人们之所以爱读它，大半也是为此。但是汗牛充栋的历代日记品位不一，良莠不齐，因此，读日记也要有点鉴别功夫才行，以免被某些掺假的货色把你引入迷巷里去。鲁迅就曾指出，看日记或书简有时也极容易产生幻灭感的。他说，读《越缦堂日记》就会感到很不舒服，因为一是爱抄上谕，老提防有一天蒙“御览”；二是日记上常常涂来抹去，显然有些话不愿意让人家知道；三是随写随抄，并且装订好给别人传看，以为这也是一部行世著作了。鲁迅说:“我觉得从中看不出李慈铭的心，却时时看到一些做作，仿佛受了欺骗。”（《三闲集 · 怎么写》）由此可见，只有那种能见作者真面目，写出真性情的日记，才算得日记的正宗。

日记好比古屋的一扇小窗，又像是老墙上的一道缝隙，从这里可以窥视到被正史掩饰的点点真相，和人生舞台上的种种表演。态度坦率的日记，还会把作者自己的隐私和真情赤裸裸地泄露给你，引起你一次次叹惋和同情，如郁达夫的日记，郑振铎写于上海沦陷时期的日记就是。请看郑振铎一九四四年的两篇日记：

十二月二十一日

晴，无风而暖和。晨，舒来，在此午餐，盘桓终日，至暮霭重重，方送之归。今日为予四十七岁生辰，贺客仅舒一人，倍珍视之，室内空气，尤为温和；我们精神、兴趣均甚佳，殆为数月来所未有。夜，八时许，归。九时半，睡。

十二月三十一日星期日

晴。晨，出购物。舒来，在此午晚餐，谈甚畅。烧了好几壶开水，傍晚，偕归，点了红烛守岁。至午夜，始互道吉祥语而别，舒云:“幸福是自己的手造成的。”夜月明甚，人声俱寂，闻狮吼。一时许，睡。

舒，即舒岱，名徐微，是郑公暨南大学教书时的学生。这两段日记十分坦白地告诉我们，郑振铎不仅是个满怀报国之心，英勇无畏地去执行一项神圣使命的战士，同时还是一个对美好人生深深爱恋着的性情中人，而这正是一个更让人亲近的，完整的郑振铎。

但是，日记的主要价值还是在于它对历史的可贵补充。我曾看过明末朱祖文的日记《北行日谱》的一些片断，联想起民国以来的政治迫害史，就深为历史的重演与相似感到震惊。朱祖文字叔经，他虽出身世宦之家，却是位有侠胆热肠，富于正义感的汉子。天启时，他的朋友，苏州人周顺昌（曾任文选员外郎，以清正不畏权贵著称）因公开痛骂魏忠贤横遭逮捕并押送北京。朱祖文仗义营救，秘密随行到京城，然而他的一切努力均告失败，周顺昌还是被魏党严刑处死在狱中。最后朱祖文护送周顺昌棺柩返乡，不久他自己也在悲愤交加中死去。《北行日谱》就是在天启六年（一六二六）作者从北京南还后在病中所记。日记详细叙述了作者秘密进京后，一边躲避奸党耳目，一边走权门，使赂金，四处奔走营救周顺昌的情况。这时的北京正处在魏忠贤厂卫的严密控制下，爪牙密布，侦骑四出，杀机暗伏，恐怖气氛笼罩全城。日记对这一特定的历史环境做了真实的记录。日记有一段如此写道：

十八日。晚抵都门，念都中戒严，必先得藏身之所乃可。有宗都督者，其父讳礼，于世庙（指明世宗）时死国难，先都督（作者祖父）因与定交。文与宗氏有世讲谊，妄意此可暂为居停。

十九卯刻及其门，诡以他事往求为信宿。于时都督伯子宦游，惟仲子太医，叔子文学在舍。两君相对颦蹙告曰：“此间大非昔比，即戚里侯门，无不惴惴危惧。倘客非其人，十家连坐。君以异乡入吾门，比邻已有密为觇伺者，君其务就逆旅乎！即求一宿且不可，即欲行装暂入其门亦不可。不得已，主仆三人反扬鞭长安道上，索客肆而解征鞍焉。”

朱祖文主仆一行刚到北京，就在他这门世交家感受到一股血雨腥风，人人自危的气氛。凡是在恐怖政治下生活过的人，对朱祖文笔下的种种世态是不会感到陌生的。

读日记虽有这许多佳处，但我还是会常常感到某种失望，这又是为什么呢？朱光潜先生说：“我们都是人，了解人性是人性中一个最强烈的要求，我们都有很浓厚的好奇心要窥探自己的深心的秘密和旁人的深心的秘密。”（见《艺文杂谈·日记》）我之所以产生失望正是那种想窥探旁人内心秘密的好奇心得不到满足而引起的。尤其令人困惑的是，有的作者并不是没有在日记里泄露他的秘密，他确是如实地写过的，但却由于种种忌讳被隐藏起来，甚至永远“失踪”了。近年来，大概由于我也有过某些类似的遭际，或者也可说是一种“同病相怜”吧，一些著名文化人的命运格外引起我的关心。例如俞平伯的《红楼梦》研究遭到不公正批判后，这在俞平伯及其同代人心灵上究竟产生过何等影响，我是很想知道的，而最为可靠的消息来源就是日记或书简。俞平伯在《壬戌两月日记》跋语中写道：“余不常作日记，外出则书之，有事则书之。零落不全，亦罕刊行，外出有记者，微示内子也，若初婚时京津间‘别后日记’，余昔游欧美亦各有记。家居不记，大事之来则记之，如七六年地震是。”一九五四年对《〈红楼梦〉研究》的大批判，在俞平伯一生中是再大不过的“大事”了。这是一场政治上的“大地震”，但是令人奇怪的是，除了他给挚友王伯祥写的两首诗流露过一点凄凉无助的心境外，我们再也找不到与这一事件有关的记录。难道先生违背了他自己“大事之来则记”的初衷？还是在“文革”劫难中散失了呢？这将永远是一个谜。从俞平伯的日记里找不到一九五四年那场风暴的痕迹，于是我只好把视线转向了叶圣陶。俞叶情同手足，是长达数十年的莫逆之交，过从一向十分亲密，特别是叶圣陶又是位日记大家，想必会在日记里留下一点蛛丝马迹。叶圣陶从二十世纪初至八十年代末，整整写了六十年日记，九十年代出版的二十六卷本《叶圣陶集》中第十九至二十三卷就全是他的日记作品，共收一百九十七万字。据说，叶圣陶的全部日记当为此数的四至五倍，数量之大可想而知。一天，我兴致勃勃地跑到北京图书馆，把《叶圣陶集》这几本日记卷全借了出来，就像沙里淘金一样，我一页一页地细心翻检，连出去吃午饭的时间都忘了，然而竟是毫无所得！难道叶圣陶对他这位好友的飞来横祸会如此无动于衷么？我是绝对不会相信的。去年，皇皇十卷本的《吴宓日记》也出版了，这对研究吴宓一生及他经历的时代堪称一件善举。但是，这部拥有三四百万字的日记巨著，仍然是残缺不全的，日记一九一〇年开始，印到一九四八年就戛然而止了。据整理者称，吴宓从一九〇六年即开始记日记，一九一〇年以前无存，直写到“文革”后期。全部日记“文革”中在西南师范学院被抄没，一九七九年归还时还有缺失。现在整理发表的是作者于解放前（一九一〇至一九四八）所写日记（中间有些年份仍有缺失）。而最最让人遗憾的是，一九四九年日记竟被作者委托保管的一位教授于一九六六年焚毁了。一九四九年正是大陆易代之际，在这个政治大动荡的年代里，吴宓肯定会有许多不宜为外人道的内心活动记在上面。可惜这份弥足珍贵的思想资料却由于人类的脆弱性被付之一炬了，这是多么让人痛心的损失！

日记难全，中外同一。十九世纪法国《龚古尔弟兄的日记》就是一例。在法国，龚古尔弟兄虽然够不上一流作家，但都有很高的文化修养，而且家资丰厚，热衷交游，当时许多著名作家、艺术家都是龚古尔府上的座上客，龚古尔的文化沙龙俨然成了巴黎盛极一时的文坛中心。《龚古尔弟兄的日记》从一八五一年写到一八九六年，生动记述了许多著名文化人的言谈、风貌及轶事珍闻，内容极为丰富，对研究十九世纪法国文坛具有很高的参考价值，但由于这部日记巨制牵涉他人隐私太多，不便全部发表，因而世上通行的《龚古尔弟兄日记》，不论是法文版还是外国语的译文版，统统是经过删节的。看来，日记读起来的确很有趣，但也不得不为它的自古难全再去领受一番苦涩的滋味。

（一九九九、九）

观望俞平伯

今年是俞平伯先生一百周年诞辰。我们愿借林谷先生《观望俞平伯》一文，以表达对这位前辈文化人的由衷的怀念。

——编者

我读书一向很杂，极少围绕一个专题或一个人物系统地读些书，因此我的知识至今也是七零八碎的。今年好像有了点长进，竟一连气地读了好几本有关俞平伯的书，如《俞平伯日记选》《俞平伯家书》《我的外祖父俞平伯》，以及孙玉蓉编的《古槐树下的俞平伯》，甚至连那本给他惹来大祸的《红楼梦辨》，我也跑到北京图书馆去翻了一通，而这股兴趣却是由偶然看到的一幅俞平伯照片引起的。

早春三月，我冒着乍暖还寒的天气，骑车去朝外大街访友，返回时又依着积习去了隆福寺那家门脸寒酸得可怜的古旧书

◎俞平伯

店，在这里我曾淘到好几本称心的旧书,像李贽的《初潭集》，唐弢的《鲁迅论集》，还有李霁野著的《鲁迅先生与未名社》等。这次我又意外买到一大册香港三联书店出版的《中国文化人影录》，索价只要十五元。作者邓伟的黑白摄影技术颇高，每幅人物照都拍得相当传神，其中俞平伯那幅全身肖像照给我的印象尤深：先生端坐在一把旧式木制圈椅上，两眼凝视，眉头微蹙，嘴唇有力地向下抿着，穿着一身中式裤褂，赤足蹬着一双圆口布鞋，背后则是一张大案上层层摞起的线装书，神态非常庄严、儒雅，但又平凡得像个老农，特别是眉目间传出的那股士不可辱的凛然正气，让我看后久久不能忘怀。

一九五四年九月，由两位“小人物”首先发难，在全国掀起那场批判俞平伯《红楼梦》研究思想的运动时，我刚刚从大学毕业。那时我还很幼稚，对那两位一鸣惊人的“小人物”还颇为钦佩。但由于我的工作隔行如隔山，对这场大批判的过程及其政治背景，特别是俞平伯先生后来的命运我都不甚了了，不过那时也有一点模糊的怀疑。我想，《红楼梦》不过是一部家喻户晓的古典小说，俞平伯只是一位纯粹做学问的文弱书生，为什么要这样大张旗鼓地搞他，而且要把他与被定成“战争罪犯”的胡适连在一起？后来我才明白，当时那么兴师动众地批俞平伯，只是玩的一种“项庄舞剑，意在沛公”的把戏，上面的最终目标却是那位号称现代中国最大自由主义者的胡适博士！

祖国大陆改革开放以后，许多被尘封多年的名家著作纷纷开禁。因为我爱读以周作人为代表的闲适派散文，也就自然地涉猎到一点俞平伯的作品，但他在历次政治运动中是怎样熬过来的，仍然知之甚少。

这回由一幅照片激发起来的读书热，终于给我打开了一扇观看俞平伯的窗子，通过这些书籍揭示的蛛丝马迹，使我看到一个更加完整的俞平伯。特别是《古槐树下的俞平伯》中一篇题为《俞平伯先生二三事》（编者注明原载《德清文史资料》一九九六年第五期，但我查了一下我的剪报，才知道此文的最早发表时间当在俞平伯逝世后不久，当时虽然剪贴下来，却并未引起我的注意）的短文，更使我获益匪浅。文章首次披露了俞平伯在“文革”时期的一件奇事。原来，这个为了避祸躲灾而一向沉默寡言的老人也会表现出如此惊天动地的勇气，这使我为之惊愕不已。这段文字写得十分精彩，为了让读者能完全地领略这段妙文，我只好也当一次“文抄公”，将它原原本本抄录如下：

一天，我们文化站（属北京市南郊农场）组织他们（指文研所来农场参加劳动的学者们）到农场几个单位参观，俞先生也去了。在牛场、鸡场，俞先生都远离人群，静静地看着，嘴唇紧闭，一脸神情专注的样子。后来，一行人到了团河宫遗址。

团河宫是清朝乾隆年间修建的，方圆九里，具有江南景色。旧时殿堂楼阁，雕梁画栋，异常秀丽豪华。我们参观的时候，只剩下光秃秃的土山和些许古杉松柏及几座残轩旧台，而那座“罪碑亭”却硕果仅存，保存尚好。一开始，俞先生已是无精打采，面容疲倦。可一看到《罪己诏》，他忽然振作起来，分开众人，快步来到碑前，手扶石碑，前后左右，聚精会神地端详起来。只见他忽而起身，忽而弯腰，碑上的文字，有些已经模糊不清了，他就低低地垂下头来，用心地辨认着，半天过后，他才拍了拍手，直起腰来，看了看周围的人群，不慌不忙地说出到南郊后的第一句话：“连封建皇帝还知道做个自我批评呢！”他面无表情，但声音倒很响亮。当时，全场肃然，仿佛大家的呼吸都停止了。

这正是鲁迅诗中说的“于无声处听惊雷”呵！沉默表面上静如止水，但其内核却潜藏着一种伟大的力量，一团奔突不息的活火，它总要找到一个突破口，势不可遏地喷涌出来，“不是在沉默中爆发，就是在沉默中灭亡”（鲁迅：《记念刘和珍君》）。俞平伯在“罪碑亭”前的奇行壮举正是他“严霜烈日都经过”，经受百般压抑后的一次总爆发。不过这件事现在想起来，我们真要为他老人家捏一把汗，因为单凭这一句话，就足够把他打成现行反革命了。奇怪而有趣的是，事后似乎并没有给他带来什么灭顶之灾，原因说穿了也很简单，那就是：俞平伯并不孤立，周围的听众其实都在暗暗地同情他，这就无形中保护了俞平伯。

近几年来，著名文化人的传记出版了不少，但至今好像还没有一部俞平伯的，李辉写的系列人物散文很不错，但他可能还没来得及写一下俞平伯。现在，俞平伯亲笔留下的日记、家书及其亲属的回忆都公之于世了，这真是读书人的一大眼福。俞平伯一生坎坷曲折，颇具戏剧性，特别是他在新中国成立后历次政治风暴中的精神世界究竟是怎样的，始终是个谜一样的问题。如今这些极具史料价值的书籍所透露的点滴情况，才使我们这些局外人得以看到一点俞平伯内心世界里的东西。俞平伯为人豁达、洒脱，这种性格为他苟活乱世、渡过苦难帮了大忙。他蒙受了那么多凌辱打击，但却像是若无其事，处之泰然，其秘密即在于他善于排解自己，然而可叹的是，他并不是常能成功的。一九八二年七月五日给他儿子俞润民的信中就透露了这一点。他在信中说：

我有五字遣悲法，事实上全不能用，只谈两个字为例。（一）“忘”这个字《玉楼春》末两句已就打破了。名说健忘，依然坠泪。（二）“空”，空则无悲原是对的。但“空”只是空话耳。五字虽无用，另外有两办法：一、把一切人情病理看透了；二、听其自然。

俞平伯在一九二五年曾写过一首诗，其中有两句是：“我们低首于没奈何的光景下，这便是没奈何中底没奈何。”没想到数十年后，几经沧桑，他依然还要“低首于没奈何的光景下”，不得不在难以排遣的悲哀中度日，这实在是对我们这个时代的极大讽刺！

对俞平伯的不公正，莫过于在《红楼梦》研究上的粗暴批判。他对这个问题究竟如何认识的呢？现在我们也可以找到答案了。我们都知道，从一九五四年起，除了在批判会上检讨自己是不得免的之外，他已绝口不谈《红楼梦》了，他当时有句妙言："毛泽东那封信还在，我怎么谈《红楼梦》呢！"即使一九八六年一月二十三日胡绳作了那篇重要的平反讲话后，俞平伯在《红楼梦》问题上仍然是谨慎小心，不敢多言的。他在一九八六年五月十三日给俞润民的信中就说："关'红'事我总不谈，其实可谈者很多，并有新看法，又多空想，不谈为妙。"黄裳先生就十分惋惜地说过："平伯先生晚年不知有多少奇思妙想，都在'惮'与'怕'之中湮灭了，真是可惜。"但是，把学术上的不同观点硬当作政治问题来批，这却是个大是大非的问题，俞平伯除了忍与默外就没有一个想法么？当然是有的，而且清醒得惊人。还是一九八二年给俞润民的那封信，一开始就说："我晚上常有幻想和怪话，如说'我非误在《红楼梦》，而是误在《三国演义》上。'不知你懂否？如不懂，可以加上一句'结果读通，那就更坏'。"这一段话乍听起来真有些云遮雾罩，使人迷离，但是静下来一细想，你就会恍然大悟。历史就是这样无情地重复着，鲁迅和周作人都曾指出，民国的情形似明季，而俞平伯说的却是三国。看来，一向不问政治的俞平伯在观察社会上，也许还真是别有一功呢。

（二〇〇〇、四）

轻歌曼舞细论文

读《论语》，觉得最有意思的就是《先进篇》那段著名的师生对话了。这是一次关于人生大课题的、无拘无束的讨论，孔子逐个询问四个弟子都有什么志向，得到的回答却大不相同。子路等三人的志向或大或小，大多与庙堂意识有关，带有明显的政治色彩，唯独曾皙（即曾点）表现得超凡脱俗，发出一番旷世惊人的奇谈妙论来。曾皙说："暮春者，春服既成，冠者五六人，童子六七人，浴乎沂，风乎舞雩，咏而归。"这是一种多么美妙的活法！连满腹济世思想的孔老先生也不禁"喟然叹曰：吾与点也！"

曾皙、孔子的这段对话具有永恒的魅力，它所反映的一种人文环境，一种生活气氛，一种舒畅自由的心态，两千多年来一直为人们传颂和神往。我还依稀记得四十年代，我的一位语文老师朗读这段古文时那副摇头晃脑、如醉如痴的神态。许渊冲教授在一篇回忆文章（《清华旧影·大师风采》）里，就记下了当年陈梦家先生在清华讲授《论语》这段内容时的动人情景。陈梦家是位诗人学者，因而讲课时的感情来得特别激动而奔放："他挥动双臂，长袍宽袖，有飘飘欲仙之概，使我们知道了孔子还有热爱自由生活的一面。"当然，我无缘亲聆陈梦家的精彩讲课，但仅仅是许渊冲这几笔简略的描述，已足够让我着迷好一阵子了。去年，我有幸借到浦江清先生著的《清华园日记·西行日记》，我一连气地读了两遍，几乎到了废寝忘食的地步。我认为这是一部有很高文学性，又颇有史料价值的好日记，是浦江清用一种浓淡相宜、坦率真诚的笔墨，描绘的一幅现代自由知识分子的生活画卷，在那上面，好像就有曾暂和他哲的伙伴们潇洒的影子。

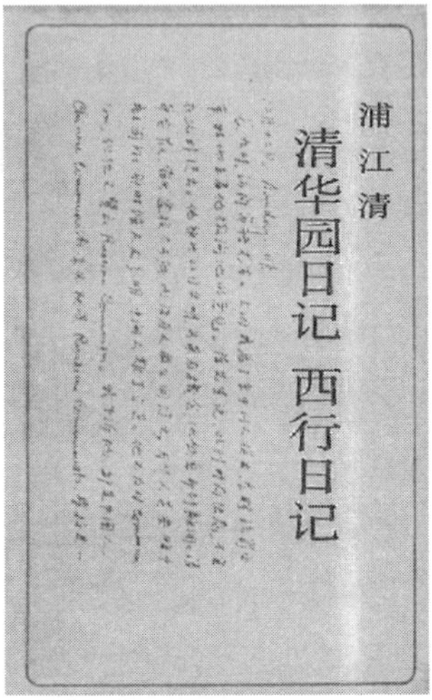

◎《清华园日记》

《清华园日记》分上、下两部分，上部起于一九二八年止于一九三六年（可惜中间有不少短缺）。这期间，抗日战争尚未爆发，清华园里尚能保持一个相对平静的教学环境。浦江清请假去南方省亲时，经常同他的好友王季思谈起北方学者的风气。他说，北大大，各种学派兼容并包；清华清，大家都埋头做学问，没有卷入各种政治派系的斗争。浦江清正是在这样的学风中度过他的黄金时代的。在清华园，浦江清如沐春风，处处留下他那清正俊雅的身影。在他的生活中有琴棋歌舞，闲庭漫步，也有灯下絮语，情波微澜，但更多的还是在宽松自由的气氛中读书问道，评点文章，是那种切磋学问的执着。

浦江清是个读书种子，就让我们先看看他怎样读书。他不仅读得多，而且读得细，他的有些日记就是引人入胜的读书记，其中有褒贬，有分析，也有严谨扎实的考证，时时显示学者的眼力。例如一九二八年九月二十六日这天的日记，足足写了五百多字，全是谈天虚我生《泪珠缘》的。浦江清本来拿它当闲书看，却习惯地作了一番鞭辟入里的分析。他一针见血地指出:“是书开场便学《红楼梦》，殊有得其貌似未得其神之病。”并一连指出小说中好几处疏忽的地方。如第十五回写宝珠与婉香的住处，楼上有廊可走得通，可是在第十四回却写成好像相隔甚远，还得从外边走。浦江清不无感慨地写道：“小说家往往不近情理如此。”看完这段日记，我这个看书常常囫囵吞枣，不求甚解的人，真有点愧然耳热呢。我们不知道浦江清与胡适是否有交往。有一天他从俞平伯处借来胡适藏的脂砚斋评本《红楼梦》，并多次在日记里写下他阅读的经过。一九三一年一月十二日记得尤为详细：“风。读脂砚斋重评本《石头记》。觉胡适之的考证确实不容易推翻。我从前对于《红楼梦》一书有很多特别见解，现在读了这部书，自己取消了一大半。……过半夜，烛完，无以继之，遂睡。”清华园里已夜深人寂，一片漆黑，而浦江清那间小屋里却是烛光熠熠，读书不辍，如果胡博士知情，定会高兴他又得到一个志同道合者。

季羡林先生也是一位老清华。他曾对清华、北大两校的特征打过一个颇妙的比方。他说，清华像李白，北大像杜甫。我曾见过这两位大诗人的古本绣像，有的把杜甫画得愁眉苦脸，好像整天在忧国忧民，而李白总是画得眉清目朗，透着一派风流洒脱。清华学者们的确有点诗仙李白的风度。他们也情系世界，胸怀祖国，但他们离政治似乎总有点远，清华园对他们来说真有些像世外桃源。他们爱生活，多情趣，即使遇到某种困难，也往往能以一副好心境泰然处之。浦江清住的地方是个又冷又小，别人挑剩下不要的房间，但他是人弃我取，经他用书架、床、桌和字画一布置，也变得十分雅致，“搴帏外观，适临广庭，丝柳数株，天然韶秀。”在他眼里，一间简陋的小屋却成了一处别有洞天的佳境。他爱听戏，游太庙，逛厂甸；他爱打听民俗，并时而作些小考证；他热爱大自然，为此他又学摄影，并想在四川谋个位置，好常年去领略苏东坡之故乡和峨眉山之胜景；他还是下棋打桥牌的好手，甚至为了爱情，他夜里去溜冰场学滑冰，免不了要摔多少回跤。而最让他恋恋不舍的还是吹笛子,唱昆曲,俞平伯就是他的好老师。一直到了西南联大时，他还是旧趣不改，以致施蛰存批评他太懒于写文章，在吹笛子、唱昆曲上费时太多。但浦江清却如此回答他的老友：“写文章伤精神，吹笛子，唱昆曲，可以怡情养性。”显然此话有点调侃味，其实他的文章还是写了不少。一九二九年二月二十二日这天日记最是让人拍案叫绝，它不仅是一篇让人吟味不已的美文，更是一面晶莹透亮的镜子，从这里我们看到浦江清那颗宛如一潭泉水，清澄见底的心灵。日记如此写道：

众人去后，潘世宁、孙瑞珩两君独留，谈论社会问题及婚姻问题等，过夜午。余等三人辞归。至中庭，月色甚佳。今日为旧历十三日，皓魄一轮，已完美无缺，此时适在吾人头顶上，极高而小。余谓潘曰："古人言'山高月小'，今在平地，何能若是？"潘云："北方天气洁净，天无纤云，故能如此。"余等遂暂不归室睡，径出学务处大门，在园内绕行一周。全园似均已入梦，绝无灯火，静极，惟闻三人脚步声。路上见一警察，向余等颇注视，月光中不能视其面，当有错讶之色耳。余谓："万事皆有缘，朋友相值，闲谈、闲行，皆有缘分在。"潘云："朋友中有合有不合，不可用理由讲解。我等即出一千块钱，有谁肯陪我们闲谈到二三点钟，又犯寒出门看月耶？"

此时此刻，浦江清三人尘念尽消，渐入化境，这真是一次世上罕有的人生体验。读到这里，恍惚觉得历史在倒转，使我重又见到一千五百年前《世说新语》中的人物风采。

但是，清华园毕竟不会总是一池春水。动荡不定的时局，日益迫近的炮声，使这些与世无争的翩翩学者无法始终活得潇洒。于是，在《清华园日记（下）》里再也见不到浦江清二三十年代那样的音容笑貌了。那是个风云突变的年代，何去何从，成了清华人苦思焦虑的大问题，那么，浦江清除了茫然的憧憬外，还在思考什么？一九四八年十二月十七日日记，多少给我们透露了一点消息。这天他闷着无事，不知从哪里找来一本美国作家史坦倍克著的《苏联行》（贾开基、蒋学模合译），他一下子被吸引住了。《苏联行》是史坦倍克去苏联采访后写的一部关于苏联社会生活的真实写照，“作者的态度既不亲苏，亦不反苏”，“但是书中到处都表现一个自由民主的美国人对于苏联的崇拜领袖好像神明一样以及严厉统制的作风，感觉到奇怪和不习惯。”接着，他大段大段地抄录了这本书的一些重要内容，数量竟达五百余字之多。自由心路本相通，我们从这几页不同寻常的日记里，仿佛听到一阵苍凉、遥远的心声。也许，在这时，他是想到清华园的明天、后天了吧？

（二〇〇〇、九）

一片好看的写生

谷林在一篇题为《先生私衷和时代侧影》的随笔里谈到胡适读日记的一个故事，颇有点意思。事情是这样的：一九二七年七月间，胡适读李慈铭的《越缦堂日记》，先是感到“很有趣味”，继续读下去，“更觉得此书价值之高”，认为“他的读书札记大部分是好的。他记时事也有许多地方可补历史”。于是兴之所至便一气写了九首六言诗题此日记，其中第一首云：

五十一本日记，
写出先生性情；
还替那个时代，
留下片面写生。

胡适的诗都是大白话，读来没什么诗味，但是却把日记这一文体的特点勾画得一清二楚，这就是：一、日记最见作者的感情和性格；二、日记能为时代留下一片历史的剪影。最近我读了一部《叶圣陶日记》（乐齐编，“中国现代作家日记”丛书之一），深感胡适这四句话说得的确在理，叶圣陶的日记就是那种既能见到作者性情，又能让人欣赏一片时代写生的日记佳作。

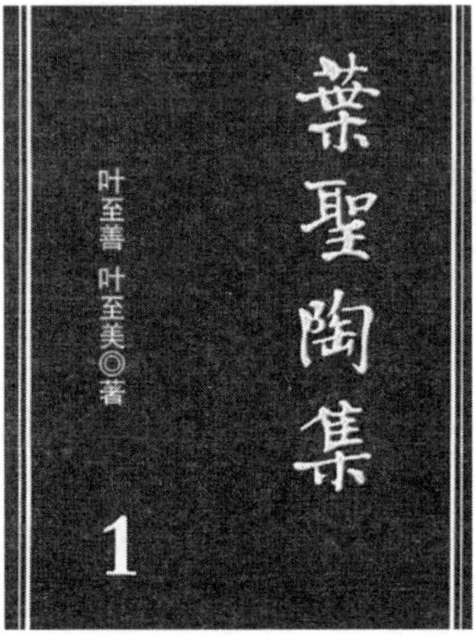

◎《叶圣陶集》

叶圣陶写日记始于一九一〇年十月二日，那时他还是一个刚刚过十六岁生日的中学生，除二三十年代中断过一段时间以外，他的日记一直写到一九八八年一月他逝世前一个月，前前后后总共写了六十年。叶圣陶去世前，曾出版过一本薄薄的《日记三抄》，此外还在《新文学史料》上发表过一部分，直到九十年代出版了二十六卷本《叶圣陶集》，他的日记才得以大量问世，但由于种种原因，这部大型文集所收的日记虽多达一百五十七万字，也还是节选或摘编，据估计，大概还有多于此数四至五倍的日记作品未能收入，可见叶圣陶日记的数量之巨。作者生前曾把他的日记编定为四个集子，即《圣陶日记》《西行日记》《东归日记》和《北游日记》。乐齐编的这部《叶圣陶日记》就是从这四部日记中选编而成，书分十一个部分，二十九万二千字。

叶圣陶少年时期生活在一个风雨飘摇、夜黑如磐的时代，也是中华民族开始走上觉醒的时代。生活在这样一个大环境里，而且很早就接受现代启蒙教育的叶圣陶，自然具有与一般市井子弟迥然不同的思想和气质，这一点，在《辛亥革命前后》日记里看得特别清楚，且让我们看看这两段日记：

开眸隐见晴光，急起视之，西墙果有一角嫩阳也。久雨之后倍觉欣喜，想农家必额手相庆，谓天公不肯绝人矣。（八月三十日）

秋收已有一半绝望，又雨矣，奈何！各处掠米抢薪之举屡见于报纸，常熟有数千人入城抢掠富家，兵士弹压亦归无用。似此举动，将来何堪设想！然亦非暴动者之罪也。仓廪空虚，耕三未余其一，奈何奈何！（九月四日）

这是一个思想早熟少年的心灵写照，天气阴晴变化竟如此使他牵肠挂肚，嫩阳方露，他就立即想到终年劳苦的农家因此可以免灾得救了，而且对发生在江南一带的饥民暴动寄予了深切同情和理解。在这段时期的日记里，除了记述他对民间疾苦的同情，对民族压迫的憎恶和许多人生思考、读书体会外，尤其可贵的是，还记下了他对早期社会主义思想的追求和对民主革命运动的向往和歌呼。武昌起义成功后第三天，他从报纸得知义军攻战武昌的消息，便欣喜若狂地写下了这段日记：

武昌已为革党所据，新军亦起而响应，推黎元洪为首领，则协统也。无耻凶恶之官吏亦杀去无数。此事也，甚为迅速与机密，出其不意，遂以成事。武昌据天下上游，可以直捣金陵，北通燕赵。从此而万恶之政府即以推倒亦未可知也。自由之魂其返，吾民之气当昌，其在此举也，望之望之。（十月十二日）

从这天起，叶圣陶几乎有闻必记，详尽记录了这场伟大革命从胜利到失败的全过程，也记下了这位爱国少年的喜悦、失望和忧思。正如胡适所说，叶圣陶的日记是可以补史的。

抗日战争爆发，叶圣陶举家迁往四川，最后定居于成都，一九四二年四月傅彬然从桂林来成都，邀请叶圣陶去桂林商量开明编辑方针，并拟请叶圣陶主编《国文杂志》。当时桂林由于政治情况特殊，从上海辗转而来的文化人大都集中到桂林，饱经战乱流离之苦的叶圣陶也极想与一别五年的老友们会晤。经过再三踌躇，决定不顾交通困难、耗费巨大，随傅彬然赴桂林一游。正是这样一个契机，叶圣陶为我们留下了一份十分珍贵的文学遗产——《蓉桂往返日记》。日记的内容非常丰富，几乎涉及抗战时期大后方社会生活的各方面，包括政治、经济、军事、交通、文化、民俗、餐饮、琐闻等，由于所记都是闻所未闻，因此像我这样一个没有那种经历的人，读起来真有点像听天方夜谭那么新颖有趣。

叶圣陶的蓉桂之行是从五月二日启程的，从成都到桂林，现在坐火车不过两天工夫，但那时交通落后，竟像坐老牛破车，整整走了“一个月又三天”。在滞留贵阳的五月二十七日，叶圣陶作了一首被王力称为“绝妙”的五言诗《公路行旅》，对这次旅行的艰辛作了生动的描写，诗道：

自古行路难，今难倘有余。
临程谈黑市，过站上黄鱼。
蚁附颠危货，麇推老病车。
抛锚愁欲绝，浑不傍村墟。

叶圣陶从成都出发一路乘坐的都是敞篷载货卡车，只有到了广西金城江才换成火车。那时的交通秩序相当混乱，司机可以一路随意拉客（称为“黄鱼”），而且票价奇昂（黑市价），这样一来，车上的乘客就更加拥挤，人就像一群蚂蚁颠簸在高垒的货物上，随时有被甩下来的危险，汽车一旦出了故障，乘客还得下来一起推车，真是苦不堪言。这一天叶圣陶还专门记了一笔：“作诗一首，咏公路行旅。子恺昔画汽车损坏，多人推之，题曰《病车》，颇觉新颖，故诗中用之。”

《蓉桂往返日记》最有意味的还是对战时文化人的纪实描写。经过了五年颠沛流离，尝够了“相思不相见”的滋味之后，一旦老友重逢，那份“惊呼热衷肠”的喜悦之情可想而知。他的笔就像喷泉一样，汩汩不止地记下了当时欢快相聚的情景，在他的笔下，每个人的性格、风采都显得那么可爱可亲，楚楚动人。如“清癯而健”“年老而精神不老”的沈钧儒；重庆商务被炸后，仍在一间小屋里坚持“治事”“勤奋更甚”的王云五；一人身兼数职，“繁忙特甚”的顾颉刚；“貌清癯，须发萧然”的柳亚子；“五年来行路最多，见闻自广”的茅盾；“状貌严肃，发言颇缓而沉着”的梁漱溟；“上唇已蓄髭，壮健诚恳犹昔”的孙福熙；以及那个口齿不清，“手脚皆抖动不已”，“为科学研究牺牲至此，深可悲悯”的高士其，等等，都给人留下难忘的印象。老友重逢，一番感慨之后，自有千言万语要一吐为快，叶圣陶也都有闻必录，如实记来。在桂林期间，他与茅盾夫妇畅谈的次数可能最多。六月七日下午六时诸友至天然餐馆聚会，“席闻雁冰谈在西北时骑马、射猎，饮马酪，吃烤羊之情景颇动听”。六月九日十一时叶圣陶又至茅盾住所，应其招饮。午后一时忽传来防空警报，未久又传来紧急警报，但茅盾夫妇不惊不慌都不跑，于是叶圣陶也安然留下。就在警报期间，“雁冰为余谈在新疆一年间之所历，颇长异闻。旋飞机声起，隐隐闻投弹声，继见高射炮之烟两朵，复次见敌机四架，飞行甚高。约历一刻钟而寂然。雁冰继续谈说，中气甚足，直至四时半而终止。雁冰夫人复谈香港脱险经历，南北往来行程经历皆可听”。

叶圣陶对老朋友的言谈举止、音容笑貌的记录尽量书之，唯恐有漏，那么他给自己又记下了什么呢？我觉得感人至深的就是他那种为抗战前途时忧时喜的耿耿真情了。五月二十日，他在日记里写道：“无名无目，忽来贵阳闲荡，浪费时日，深悔多此一举。敌人于浙东进犯，将取衢州、金华，而滇省亦告急。东南西南，两皆危急，忧心如捣，复何意游历乎？”凡是在抗战时期生活过的人，读了这段日记，都不会不为之喟然一叹。

叶圣陶日记的可读性很强，这除了内容丰富，真实可信外，文笔好也是一个重要因素。他的日记悉以典雅优美的浅近文言写成，读来韵味十足，令人陶醉，如“夜间读 Sketch Book。户外月光皎如白昼，起视庭中，四壁无声，露滴淅淅堕衣袖间，盖秋气深矣。”（一九一一年十月四日）“夜饭仍小饮。灯下作七绝一首。来重庆后只觉得喧嚣不宁，而昨夜醒来，众响毕绝，惟闻雨声与杜鹃声，此境不可不记也。”（一九四二年五月十二日）“八时归。九时睡。臭虫肆扰，久不成眠。方得朦胧而忽传警报，看表方两点。遂独往文供社，月光下照，诸山生辉，人群如流水而余侧其间，宛然梦境也。”（一九四二年七月三日）佳句可说俯拾皆是，美不胜收。因此，叶圣陶的日记不仅具有弥足珍贵的史料价值，而且具有很高的文学性，像《东归江行日记》（一九四五年十二月二十五日至一九四六年二月九日）就是一部打着时代烙印的，可圈可点的优秀记游文学，如果拿它与陆游的《入蜀记》来对照，是可以依稀看出一点悠远的文脉来头的。

（二〇〇〇、七）

说钱穆

“钱穆”这个名字，我是在解放初刚上大学时就知道了的，不过，那时候它却是个不太光彩的名字。四十年代末，中华大地正面临一次政权更迭与残酷的政治较量，迫使所有的知识分子（尤其是著名文化人）都必须作出最后的抉择。当时，几乎绝大多数人都纷纷站到胜利的共产党一方来，只有极少数人追随蒋介石跑到孤岛台湾去了，其中最赫赫有名的有三位，一是胡适，二是傅斯年，第三位就是钱穆（钱是先去香港后去台北定居）。理所当然，他们被视为顽固不化、死不悔改的一小群。我虽然是外文系的学生，但兴趣却偏杂，有时也爱跑到中文系、历史系去旁听，记得在历史系听课时，似乎已没有人再提起钱穆（宾四）的名字，虽然他很早就是一位史学大师。言随人废，在那样的政治环境里，是很自然的。

令人稍感欣慰的是，历史总算有了一点进步。自新时期以

◎钱穆

来，人们对那些一度被打入另册的人物，开始有了比较公允的看法，出版也相应出现了某种松动。以胡适为例，大本的胡适评传就出了好几部，胡著单行本更是大小书肆里的常见书，颇具规模的多卷本胡适文集，我见到的就有三种之多。据说，将囊括他全部作品的胡适全集也在胡适的家乡安徽积极筹编中。这位长期被人尽情笑骂的“过河卒子”，仿佛一夜之间成了众多学子研读、探讨甚至亲近的对象，这实在是中国现代文化史上一个颇带戏剧性的巨变。钱穆所受的“礼遇”当然不及胡适，但也开始有人用平实而尊重的眼光去评价他的思想和学术。钱氏的学术专著也陆续出版了不少，如商务版的《国学概论》《中国近三百年学术史》《国史大纲》《中国文化史导论》以及巴蜀版的《论语新解》等。据了解，钱穆的成名之作，迄今还在引发争论（即郭沫若是否抄袭钱著）的《先秦诸子系年》，也将重排出版。特别让一般读书人庆幸的是，钱穆著的自传性回忆散文《八十忆双亲·师友杂忆》也作为“三联精选文库”之一与读者见面了。钱穆先生一生著述可谓丰矣（他总共著书七十余部，一千四百余万言），但我觉得，《八十忆双亲·师友杂忆》可能是他著作中最有感染力，最能给学子们以精神启迪，值得一读再读的好书。司马迁在《孔子世家》论赞里讲过一段话：“《诗》有之：

‘高山仰止，景行行止。’虽不能至，然心向往之。余读孔氏书，想见其为人。适鲁，观仲尼庙堂车服礼器，诸生以时习礼其家，余低回留之，不能去云。”我读《八十忆双亲 · 师友杂忆》，就有司马迁说的那种“低回留之，不能去云”的感觉。我感到，站在我面前的，首先不是一位学识渊博，自成大家的学者，而是一位满怀民族悲情，一身浸染儒家风范，而又朴拙可亲，充满人情味的老先生。《八十忆双亲 · 师友杂忆》不算太长，只有二十一万字，但涵盖了几个时代的历史内容，可点可说的地方很多，这里我只想先谈谈与平民百姓关系密切的两件事，即父道和师道，套用鲁迅的话来说，就是我们应该怎样做父亲和应该怎样做老师。

《我们现在怎样做父亲》是鲁迅在上个世纪初（一九一九年）写的一篇名文，从那时到现在已经过去八十多年，中国人的文明程度照理说已有了长足的进步，但是，我们每个人是否都有资格宣称自己已是合格的父亲呢？回答可能是让人难堪的。由于望子成龙之心太切，又不懂得科学的引导方法，于是采取种种不合理甚至暴力手段强制子女就范的事件屡见不鲜。人们经常忘记一个事实（也可说是规律）：一个长大卓有成就的人后面往往有个深明事理、教子有方的父亲（或母亲）。《八十忆双亲·师友杂记》里的钱承沛就是一位深谙教子之道的好父亲。书中有一章专门记述了钱承沛如何教诲幼年钱穆的故事。钱承沛对子女十分钟爱，要求也颇严，但他却是个精心育苗的园丁，孩子偶犯过失，他从不疾言厉色，而是温婉诱导，促使他们自己悔悟。钱穆自幼聪颖过人，受到别人赞扬时难免会得意洋洋，翘起小尾巴来，例如他当众背诵《三国演义》那一次。钱承沛是怎样教育儿子戒躁的呢？有段文字对这件事描写得十分传神有趣，特录其一节以飨读者：

一客忽言："闻汝能背诵《三国演义》，信否？"余点首。又一客言："今夕可一试否？"余又点首。又一客言："当由我命题。"因令其背诵诸葛亮舌战群儒。是夕，余以背诵兼表演，为诸葛亮，立一处；为张昭诸人，另立他处。背诵既毕，诸客竞向先父赞余，先父唯唯不答一辞。翌日之夕，杨四宝又挈余去，先父亦不禁。路过一桥，先父问："识桥字否？"余点头曰："识。"问："桥字何旁？"答曰："木字旁。"问："以木字易马字为旁，识否？"余答曰："识，乃骄字。"先父又问："骄字何义，知否？"余又点首曰："知。"先父因挽余臂，轻声问曰："汝昨夜有近此骄字否？"余闻言如震雷，俯首默不语。

这真是一种绝佳的启发式教育，老杜名句："随风潜入夜，润物细无声"恰可比之。写到这里，顺便向那些为儿女大伤脑筋的朋友进一言：如果你真是望子成龙心切，不妨先研究一下儿童心理学，试试这种潜移默化教育法。

教师永远是个崇高的职业，这是那些专门在人的心灵里栽培善良和智慧的播种者，自古以来受到人们的尊重。我小时同祖父母一起住在天津老家，我还清楚地记得，在堂屋的正面墙上供着一块很大的牌位，那上面不是什么神佛，而是恭恭敬敬书写着五个大字："天地君亲师"。每年春节初一早上，祖父就叫我们兄弟两人穿戴整齐，向“天地君亲师”上香叩头，我的心情既是敬畏又是兴奋的，我很高兴参与这件一年一度的圣事。那时，我对“天地君亲师”的封建色彩尚不甚了了，但看到师的地位如此之高，竟能与天、地、君、亲并列，就觉得师是很了不起的了。所以在我求学时期，能遇到几个既能授业解惑，又能指点人生迷津的好导师，就是我最大的一个愿望。在这一点上，钱穆是很幸运的，他不仅有个如师如友、循循善诱的父亲，而且还遇到不少有真才实学、善于育人的好老师，如最早给钱穆以思想启蒙的钱伯圭，让钱穆豁然明了“人生立身大训”的刘伯琮，对钱穆一生治学产生重要影响的吕思勉等。正是在这些优秀师长的熏陶下，钱穆自己也成了一名备受学生欢迎和爱戴的老师，在中小学如此，在大学亦如此。1919年，钱穆在后宅初级小学当校长时，亲自将一个性格怪异、受大家歧视的学生（叫杨锡麟）教育成一个学习出众，并显示出音乐天资的好学生，就是钱穆教学生涯中颇值得称道的一个事例。

一九一九年秋季，钱穆是抱着一番雄心壮志来到后宅初级小学的。那时候各种新思潮方兴未艾，美国的杜威博士正好来华作教育哲学的讲演，这对青年钱穆颇有吸引力。于是，他决心自己主持一所学校，从接触娃娃们开始，对基础教育进行某些改革和实验。他到校后首先废除体罚，并大力提倡唱歌与体操，他还发了一个布告，叫同学们下课后都得到操场去“游散”，不得在教室滞留。可是当他巡视时却发现有一学生仍然独坐大教室里不出去。经向班长查问，才知道这个同学叫杨锡麟，过去曾犯过校规，前校长决定罚他除大小便外都必须坐在教室里不得离开，处罚几同“禁闭”。钱穆决定取消这道前校长下的命令，让杨锡麟随同学们一道去操场玩耍。可是过了一会，有几个同学跑来向钱穆告状，说杨锡麟在操场旁河沟里抓到一只青蛙，并把这个小动物撕成两半。钱穆却表现得十分冷静，对同学们说，杨锡麟长期不准离开教室，对外面的情形有所不知，你们应随时随地开导他，不得大惊小怪，他犯了一个小错就来告发，这样不好。以后再如此，当先罚你们，不罚杨锡麟，同学听了默默退去。钱穆上课好作两种测验：在黑板上写一段文字，令诸生凝视三数遍，然后撤去黑板，令诸生默写；又口诵一段文字，让诸生默听三数遍，然后让大家默写。在这些测验中，他发现杨锡麟每次都记忆无误，觉得此生听觉必佳。于是一日傍晚散学后，钱穆把杨锡麟一人留下。钱开始弹琴，接着让杨锡麟跟着唱，不料他唱得十分动听，“音节声调果皆祥和，温雅有致”。钱穆为了进一步了解杨锡麟的音乐素质，便有意突然把琴停下来，结果，“琴声息，而锡麟出不意，歌声仍续，意态静定，有佳趣”。钱穆终于发现杨锡麟是个很值得培养的好苗苗，决定让他在班上当众独唱，同学们听了大为吃惊，掌声阵阵不息。后来，一次全校游艺会上，杨锡麟化装演出老渔翁歌，竟赢得满堂喝彩。从此，同学们都对杨锡麟刮目相看，往日的隔阂也没有了，杨锡麟的神态举止也随之判若两人。

八十年代，钱穆已经是桃李满天下的耄耋老人，有一次他在台北听到一位后宅老乡亲谈起杨锡麟毕业后的情况，不禁慨然叹曰：“相隔垂六十年，当时后宅小学诸生独杨锡麟一个尚在其同镇人口中得称道，真出余意料外也”。孟子说：“得天下英才而教育之，三乐也。”（《孟子·尽心上》）而且认为这种快乐是连统治者也享受不到的。钱穆一生淡泊名利，不慕仕途，志趣唯著述、育人两项。杨锡麟从一个几遭人弃的劣童成长为一个有用于世的人，可说是一次成功的教育范例，对钱穆来说，还有什么比这更能使他感到快慰的呢。

（二〇〇一、十一）

秀州一部贩书记

上世纪三十年代，在北平琉璃厂开设通学斋书店的孙殿起写过一本厚厚的《贩书偶记》，这是他辑录多年经营中所见古籍而成的一部版本目录著作，因专收《四库全书总目》以外书目（主要是清代禁书），作用近似《四库全书总目》续编，一向为藏书家所看重。但此书毕竟是部学术性专著，如果你无意收藏古籍，读它还是会感到乏味的。什么时候我们会有一部既有丰富知识（包括信息），又读来津津有味、充满人文气息的新《贩书偶记》呢？

最近我在北京海淀一家新开业的小书店里发现了一本装帧典雅、插图颇丰的书——《笑我贩书》（江苏文艺出版社出版，凤凰台丛书之一）。打开书来一看，原来有萧乾先生生前写的一篇代序《一间门面的“文化交流中心”》。我大致翻阅了两眼，一下子就知道这部书就是嘉兴秀州书局所印行的《秀州书局简讯》的结集了，作者就是店老板范笑我。大概是前年吧，我曾在什么报上得知南方有家书店办了一份内部刊物，由于内容丰富有趣，受到文化界人士的广泛好评。我虽无机会读到它（估计是赠阅，不公开发行），但也是一直心向往之的，如今竟结集出版了，我当然不会放过。买回来后几乎一口气将这部四十万字的书读完了，而且立即产生了一个愿望，恨不得马上到嘉兴一游，去亲自领略一下在秀州书局淘书的滋味，当然还不会忘记去尝尝五芳斋的粽子。

秀州书局是一九九四年四月六日开张的，四月十五日就出了第一期《秀州书讯》（后定名为《秀州书局简讯》），一直延续至今。结集而成的《笑我贩书》正是一部我所想象的新《贩书偶记》，当今读书人不可不读。《秀州书局简讯》（以下简称《简讯》）的作者范笑我大概也是一位杂家，是什么书都想看看，什么事都要关心的。于是，他写的《简讯》也自然带有一点大杂文的风格，辛辣而不失风趣，博杂而寓有灵魂，篇篇《简讯》传出来的尽是当今时代的"风声、雨声、读书声"。

《简讯》的信息含量颇大，方面亦广，粗略归纳起来大约有如下诸类：书籍出版销售信息、作家写作动态、图书评议、文坛掌故、地方风物、人物评说、读书乐趣，以及文化人的生活健康状况等。此外，似乎有点题外的国计民生问题（农村旱情、下岗），历史事件回顾（太平天国、抗日战争、"文革"），民间言论（内容多涉时弊）等也有所反映，真可谓包罗万象，纷乱杂陈，期期都有新的东西给你。因我近年来颇爱读论述著名文化人生平的书籍文章，因此，《简讯》中有关人物评说方面的资料特别引起我的注意。例如，在编辑出版《朱生豪书信集》中，发现朱生豪信札中有不少谈鲁迅的内容，涉及鲁迅之死，以及鲁迅小说、杂文创作成就等，观点鲜明直率，为已出版的《被亵渎的鲁迅》（孙郁编）、《鲁迅与他的论敌》（陈漱渝编）等书所未收。我看，这个首次披露的资料或可为研究鲁迅提供又一个参照系。又如茅盾与秦德君的关系，一些研究者不是有意回避，就是闪烁其词，《简讯》的作者却显得落落大方。一九九六年七月四日是茅盾一百周年诞辰，秀州书局为纪念这个日子，上架了不少有关茅盾的书籍，如钟桂松的《人间茅盾·茅盾交往录》、鲍复兴《茅盾小说篇目印谱》、《茅盾序跋集》及茅盾散文集《白杨礼赞》等。这一天的《简讯》即有一大段有关茅、秦关系的文字："为了纪念茅盾一百周年诞辰，桐乡乌镇茅盾故居重新装修布置一新，茅盾一生由二百五十幅图片组成。但没有秦德君的照片。一九二八年至一九三〇年四月，茅盾与秦德君在日本有过一段同居生活。秦德君发表在日本《野草》杂志上的《樱唇》一文中说：'我在家务事与学习的繁忙中，拼性命和茅盾计议共同写成一部长篇小说《虹》，素材由我提供，稿纸由我抄写，边抄边改，终于在上海商务印书馆创办的《小说月报》上连载。'"七月二十七日桐乡的张寿生给范笑我寄去沈卫威发表在一九九〇年《许昌师专学报》上的文章：《一个曾给茅盾的生活与创作以很大影响的女性——秦德君对话录》。《简讯》又摘记了其中几段沈卫威与秦德君的对话，并配上一幅民国十九年（一九三〇）茅盾与秦德君在上海分手合影的照片。但对《简讯》客观披露茅盾这段历史的做法，却引起不同的反应。章克标来信说："他要作为隐私的，你提了茅公的秦德君，不妥。"然而，陈子善却持相反看法，他八月一日来信说："你提茅盾与秦德君之事，我认为是对的。章先生认为'隐私'不提为妥，拙见未必对。因秦德君影响到茅的创作，要研究茅，就必须提到秦。"我是完全同意陈君的看法的。《简讯》如实披露这段史实，是对历史的尊重，也是对人对事的科学态度，是做得很好的。《简讯》评点到的人物除鲁迅、茅盾外，尚有胡适、钱穆、巴金、施蛰存、张中行、季羡林、章克标、余秋雨、钱理群、余杰、李辉、董桥以及徐悲鸿、张大千等人。虽只三言两语，却是奇见迭出，把这些文字排列下来，俨然又是一部大长见识的《齐人物论》。

范笑我是个眼宽心细的人。他眼里装的不仅有大名鼎鼎的文化人（他联系的著名文化人有冰心、巴金等达三四十人之多），书店里进进出出的普通读书人他也没有放过。他们来店里购书时的种种神态以及脱口而出的闲言碎语，全被他用速写的手法描绘了下来，就像电影那样，把一幕幕众生相推到你的面前。现在就让我们来欣赏几段：

四月十日下午，秀州书局。男，翻阅《清代瓷器赏鉴》问："怎么样？买下吧！"女，不做声。男，惋惜，将书放下。夫妇离去。半小时后，男，微笑着买下了此书，脸上吹皱一池春水。

（此段颇得剧作脚本之妙，寥寥几笔表尽一对年轻夫妻买书前后的窘态与欢欣。穷书生谁没有这样的切身体验呢？我看后不禁莞尔。)

十月九日，老妻拉着老夫的手来秀州书局，老夫几乎是一个盲人。他们坐下。老妻轻声把《嘉兴市志》目录念给老夫听。老夫说:“巴金的祖籍是嘉兴写到了吗? ”“写到了。”“我们银行写到了吗? ”“银行属金融，是第三十六篇。”老夫说:“买一套吧。”背景:老夫拉着老妻的胳膊，老妻拎着《嘉兴市志》。

史念主编

(这位近盲的老者热爱乡土，敬重巴金，为他一生奉献而自豪的心情感人至深，并且给我们留下了一个同样难忘的背影。)

中学生童某二月十二日来秀州书局买《公牛王朝:篮球艺术与精神世界》(菲尔·杰克逊)、《迈克尔·乔丹:我的天下》(鲍伯·格叶)。其母说:“老是喜欢看野书。”童说:“公牛解散，乔丹退役，全世界的大事。谁像你，喜欢看赵忠祥写的破书。”

(小小年纪读书趣味却不凡。他对其母说的那番话可谓童言无忌，我们听之心领神会足矣。)

四月二日，夫妻俩来秀州书局买书。夫挑:《苦茶:知堂回想录》(周作人),妻挑:《鲁迅散文诗歌全编》。夫妻相视而笑。

(夫妻二人同好周氏兄弟书，可喜可喜。不过，我更高兴的是，又在这里发现一个与我趣味相投的人。秀州书局还制有周作人书票一种，不知此兄知晓否？）

某中年妇女七月二十八日来秀州书局问："有没有《书前书后》？"答："有两种，一种是钟叔河著，一种是徐城北著。"中年妇女说："我回去问了他再说。"

某中年妇女八月二十一日又来秀州书局买钟叔河的《书前书后》，问："有没有《中国哲学史》？"答："要胡适的，还是要钟泰的？""又是两种？又得回去问问他。""下午叫他自己来买。"中年妇女低下了头："他，瘫痪在床。"

（残疾在身犹不忘一读钟叔河，且有一位如此关爱耐心的贤妻，亦可称多福矣。）

读书人有个老毛病，他总想追求完美，永远不知足，就是这么好看的一本书，我还是觉得有一点不尽如人意。当人们知道《简讯》满百期后将结集出书，便纷纷来信就书名提出建议，如《秀州贩书杂记》《新贩书偶记》《秀州书局纪事》《笑我杂记》《贩书耳目记》等等，不下十来个方案。而范用、陆灏、伍立扬等先生则是主张用《秀州贩书记》的。范老还特请黄苗子题签了这个书名。《秀州贩书记》实在是个很大气的名字，如果再将苗子先生的题签印在封面上，一定会给本书增色不少，但结果未被采纳，我只有一叹可惜而已。

（二〇〇三、九）

沈从文的“劫后废邮”

在一九四九年后的当代文学史中，有个让我最感兴趣，也最让我们感到悲哀的问题，就是那些天分很高，成就卓著，并最具潜力问鼎诺贝尔奖的文学巨子（如巴金、老舍、沈从文、曹禺等），为什么一进入新社会，就像中了什么邪似的，一个个都发了蔫，失去了活力，再也写不出像样的作品来，是江郎才尽了吗？还是他们的人生志趣发生了转变？特别是沈从文决然舍弃文学创作，甘心去当一名普通的文物讲解员，尤其让人感到困惑难解，几乎成了与王国维自沉、李叔同出家、周作人附逆同样的一大谜案，不少学者都以极大的关注和热情深入探讨了这个特殊的文化现象，并且取得了一些可喜的成果。除了各种版本的沈从文传都要以重笔展示沈从文这段人生经历外，近年来还有一些专门涉及这一公案的专著、专文问世，如陈徒手的《午门城下的沈从文》(一九九八年第十期《读书》),李扬的《沈从文的最后四十年》(一九二五年七月中国文史出版社出版),以及于继增著的《沈从文退出文坛的前前后后》(一九二五年第八期《书屋》)等。如今,经过众多学者的努力,沈从文退出文坛,改行从事文物研究的来龙去脉已大致清楚,人们的好奇心好像也得到了某些满足。但是,我却始终觉得沈从文在这段人生巨变中的内心世界还没有全部揭示出来,或许这还有待于史料的进一步发掘,或许这将是一个永远揭不透的谜。正是在这样一种无奈的心绪驱使下,我开始把注意力投向最易泄露人的内心隐秘的日记和书简。果然,当我从那套按照沈从文生前意愿编印的《沈从文别集》中,读到那组标以"劫后废邮"的书信后,我似乎意外地发现了:在社会制度发生急剧变动的那个年代,沈从文的灵魂经受了怎样一场激烈的斗争和痛苦,他对新政权怀着怎样的憧憬和忧惧,对当时的某些政策做法有过怎样的疑虑和批评,以及他决然舍弃文学创作而转入文物研究的苦衷,在以后岁月里他又怎样像契诃夫笔下的人物那样,只想小心谨慎当个合格小职员的卑微心理……所有这些隐秘的内心活动在这些"废邮"里都有十分坦诚的流露。现在,就让我们选取其中几篇,看看他究竟讲了哪些心里话,并略加分析。

所谓"劫后废邮"是指"文革"中被抄走后又发还的残简废信,从其思想内容来看,沈从文当初写时付出过不少心血,但后来究竟为何没有寄出却不得而知。《给一个写文章的青年》(见《沈从文别集·月下小景》)是一九四八年十二月七日写给一位文学青年的。这是一封在特定历史背景下写的信。一九四八年底是中国历史大转折时期,国民党在大陆的统

◎沈从文

治行将土崩瓦解，中华大地又一个改朝换代的时刻就要到了。但是这并没有给沈从文带来吉祥的命运。一九四八年三月，一批满怀胜利喜悦的左翼文化人，在香港出版的《大众文艺丛刊》上发表了一组批判文章，矛头直指以朱光潜、沈从文为代表的自由主义作家。其中尤以左翼文坛权威郭沫若那篇题为《斥反动文艺》的檄文火力最猛，文章直斥沈从文是“粉红色作家”，“一直是有意识的作为反动派而活动着。”到了本年年底，北大左翼学生也向沈从文发动了声势很大的进攻，不仅贴出全文抄录郭沫若的《斥反动文艺》的大字报，而且在教学楼上挂出“打倒新月派、现代评论派、第三条路线的沈从文！”的大幅标语。同时，沈从文还接到一封匿名信，信笺上竟然画着一枚枪弹，信中写着：“算账的日子近了。”这场从明暗两路杀来的突然袭击，对已经拒绝南下去台湾，决心留下来迎接新时代的沈从文来说，无疑是从头上猛然泼下的一盆凉水。沈从文心里不禁会问，这究竟是为什么？难道除了政治批判还不够，还要施以武器批判么？《给一个写文章的青年》就是在这样一种巨大的政治压力下写出的。沈从文对共产党不甚了解，也不怎么亲近，甚至还有点怕，但他凭着对人生的独特感受，对历史发展的冷静观察，他对当代中国的政治走向还是有清醒认识的。他在信的一开始就说："大局玄黄未定，万万人民在痛苦中挣扎喘息，绝不是可以长久如此搁置冻结事情。一切终得变，从大处看发展，中国行将进入一个崭新时代，则无可怀疑。"这一段话依然体现了沈从文以悲悯人生为怀的性格特征，虽然他相信一个崭新时代即将到来，但他最为牵挂的还是那千千万万在苦难中挣扎的普通民众，他希望内战能尽快结束，不要让人民的痛苦拖延得太久。此外，他对自己在新时代里如何定位也看得十分清楚。继续搞他的文学创作已不现实，必须毫不犹豫地作出新的选择，于是他在信中说："用笔方式，二十年三十年统统由一个'思'字出发，此时却必须用'信'字起步，或不容易扭转，过不多久，即未被迫搁笔，亦终得把笔搁下。"实际情况正是像他所估计的，在那即将来临的新制度下，政治与主义处于至高无上的地位，社会生活的一切领域（也包括文学）都必须无条件地服从政治，用当下流行的一句俗话，就是"没商量"。试想，我们这位几十年一贯尊奉创作自由原则，以构建人性殿堂为职责的作家又如何执笔写作呢？即使准许他执笔，他又能写些什么？新的社会制度建立起来后，是否就会万事大吉，没有任何麻烦？从旧社会过来的知识分子也都会相安无事，享受生活么？沈从文对此也有高度的警觉。他明确指出："这新的理想社会，很显明，不仅仅是战争完结和平来临即可顺利产生，社会还有矛盾，社会中那个'人'更会形成种种矛盾，矛盾难平衡，还必须经过种种消耗淘汰过程，一再修正又一再调整，方可望于平衡中使下一代年轻人热情、理性、计划、经验，各部门各阶层工作相互配合，得到正常发展，为国家带来一个崭新伟大时代也。”他甚至还预见到在新社会也还会有牺牲，他说：“在这个社会由分解坍塌到秩序重得过程中，我们中年这一代，既由于种种问题难适应，可能会要牺牲大半，也不妨事。”新中国建立后几十年间发生的种种事情，完全证实了沈从文的预言。

《凡事从理解和爱出发》（《沈从文别集·边城集》）是沈从文一九五一年九月二日写给一位青年记者的“废邮”，“文革”中被抄走，现为残存部分。这封信整整写了四个月，是沈从文书信中写得最慢，也是最长的一封，残存部分就达一万余字。这封长信的写信时间与他在一九五一年十一月十一日《光明日报》上发表的思想检讨文章《我的学习》几乎同时，由于文字性质不同（一公开表态，一为向友交心），所以对照起来看，一定会发现有很多不一样的地方。信中也说了不少学习心得和自我批判，但仍有很大的保留，并不时流露出明显的不满和批评。例如，信中对毛泽东《在延安文艺座谈会上的讲话》也颇为推崇，称赞它“诗意充盈”，但他认为负责领导文运的人并没有把《在延安文艺座谈会上的讲话》精神贯彻好，以致造成“时代十分活泼，文坛实在太呆板”的局面。他指出：“事情如到只有领导者一人露面，不曾见更多年老的恢复用笔，年青的新成就不断产生，领导方式还有问题。”他对正在如火如荼进行着的《武训传》批判运动极为反感，他说：“国家那么大的发展，文学思想上领导，正可作正面的用鼓励和帮助方法，和一个宏抱万有的伟大涵容和理解态度，让过去能用笔的将笔重新好好使用，准备用笔的都得到真正扶助和机会来用笔，才是办法！”那么，究竟怎样做才能处理好复杂的人事问题呢？沈从文对此提出了一个十分重要的观点，即：“凡是从理解和爱出发，比对人只主观的从打击出发，会不同得多。”很显然，这是沈从文结合自己的惨痛经验得出的结论，几十年来历次政治运动带来的严重后果，无一不是因与这一明智主张背道而驰造成的。沈从文写这封长信，距他一九四九年发生的精神危机（那年三月二十八日他曾试图自杀，获救未死）只有两年多，人虽然活了下来，但心灵的创伤永远不能愈合，它一直在滴血，因此这封给一位知己青年朋友的信自然也会留下这场劫难的斑斑痕迹，并触及他努力适应新环境，继续生存下去的深层原因。沈从文是位人道主义者，这封信的全部话语都会让我们感受到他对这个充满欢乐与悲哀的人生，对千千万万在悲欢人生中生死沉浮的善良人民，有着多么深广的爱，正是这种爱给了他继续活下去的勇气。沈从文对这位青年朋友介绍了他在历史博物馆的工作，不厌其烦地叙述了他在讲解展品时遇到的各色各样观众的情况，特别是对一些来参观的女孩子，他讲得更为生动，更有感情。有一天，著名昆曲艺术家韩世昌带来一批只有十四五岁的女孩子来参观，给沈从文留下了难忘的印象：“眼睛光光的，凡事感到惊讶，又一点不明白什么是好的和对她们有用处的。”沈从文就热情地引导她们看唐人画中的手指姿势，讲了一些舞蹈必不可少的知识，几个女孩子听了后当即在画前模仿起来，样子十分动人。有一次来了一群中学生，像一窝蜂似地拥来拥去，看完后在一旁商量又商量，最后推出一个代表走到沈从文跟前鞠了一躬。正如三十年前在一些小地方所见到的学生群一样，所有这些美好印象也将永远保留下来，“成为生命在极端枯寂痛苦时的安慰”。

沈从文忙碌了一天，博物馆要关门了，他把观众送走后，独自站在午门城头上，面对着无边的黑夜和闪闪灯火，一种对生命至亲至爱的声音从他心底升起：“你年青人，我就为了你，为了你们，我活下来了。为了你们的善良品质，为了你们对国家的爱，为了你们的时代，为了你们在这个新时代中的种种不同得失，为了你们在历史中的特殊地位……我很沉重但也很自然的活下来了。”在信中的最后部分，沈从文对他的文学创作不可遏止地流露出无限眷恋之情。他说：“我还为了手中一支笔，有可能再来用到你们生命的形式发展上，保留下你们的种种，给后一代见到。”然而历史对沈从文竟是如此无情，他那支极富灵性的笔还是不得不停了下来。

沈从文去世后不久，他的学生汪曾祺写了一篇题为《沈从文转业之谜》的文章，最后他提出一个问题：沈从文从写小说改治文物，从国家来说，失去了一个作家，得到一个杰出文物研究专家，也许是划得来的，但从一个长远的历史角度来看，这算不算损失？如果是损失，那么是谁的损失？“谁为为之？孰令致之？”此文发表已逾二十年，汪先生作古也已有十一年，但至今没有一人能出来讲清这个问题，这是历史的冷漠，还是历史的无知？

（二〇一〇、三）

饱经世讽不堪评

——解读施蛰存涉鲁话语

自一九三三年鲁迅给施蛰存戴上那顶“洋场恶少”的帽子后，就像幽灵附体一样，施蛰存几乎没有一天好日子过（这个“好”，主要是指精神方面，既活得舒心，有尊严，并且拥有可以自由表达思想的权利等）。特别是在“反右”斗争中，旧账（“反鲁迅”）、新账（鸣放期间他写了一篇杂文《才与德》，被定为“反党毒草”）加在一起算，他很快被打成两罪并罚的“右派”，从此坠入“牛鬼蛇神”的一群。即使“文革”结束，进入新时期以后，他也还是被学界某些人士看作异端和另类，甚至有人在进入二十一世纪后，还拿八十多年前的鲁迅旧说当武器，对施蛰存横加挞伐（见二〇〇三年三月出版的《鲁迅的最后二十年》，林贤治著）。但是，鲁迅加给施蛰存的种种说辞大多是言过其实，甚至是莫须有的（如所谓“国民党书报检查官”问题）。因此，自然会引起文化界许多人的不平和同情，来家看望施蛰存的人每每会问起他与鲁迅之间这桩公案的原委与真相。但施蛰存对这块影响终身的精神伤疤一直采取回避态度，从不会主动与人说起，实在躲不过了，也只好委婉地讲几句，然而也是不痛不痒，往往是自责多，批评少，对鲁迅唯恐有半点不敬。改革开放以来，话语环境稍有宽松，他谈的也开始多了一些，相关史料也逐渐浮出水面，我们终于有条件较深入地来探讨这个人们都感兴趣的问题。现在，就让我们看看施蛰存在各个时期，各种场合都是怎么讲的，有哪些值得我们注意的地方。

施蛰存的涉鲁话语，从一开始的吞吞吐吐到最后的畅所欲言，有一个逐渐变化的过程，我们不妨先从“文革”时期说起。楼昔勇是施蛰存的学生，他在施蛰存去世后写了一篇回忆文章，题目就叫《施蛰存谈与鲁迅的关系》（见陈子善编《夏日最后一朵玫瑰》，上海书店二〇〇八年六月出版），文中记述了楼昔勇与他几个同学去看望施老师的情景，并记下了施蛰存的谈话内容。关于这桩与施蛰存有很大利害关系的公案，施蛰存是怎么说的呢？他说：“当时有一个单位给我寄来一张表格，要我写一下青年人应该看的书目，我也没有多作思考，就随便写上了《庄子》和《文选》这两本书，是为了要丰富青年人的词汇，提高他们的写作水平。偏偏这件事情又被鲁迅知道了，不过平心而论，他对此好像也没有看得很重，只是在一篇文章中很随便地说了几句，根本没有骂的意思。”这时有一位同学问：“鲁迅不是骂你是‘洋场恶少’吗？”施蛰存马上说：“那是我不好，是我自己跳出来的啊，这样一来，鲁迅先生就要教育我了。”“文革”期间，施蛰存背负“摘帽右派”和“牛鬼蛇神”双重身份，受批判，被罚跪，虽然没有挨过打，但也是受尽屈辱，斯文尽扫了。楼昔勇他们来看望他时已是“文革”后期，斗争气氛虽有所放松，但他还是心怀忧惧，不敢造次，生怕在这个敏感问题上再次触犯了这位已被尊崇为“神”的鲁迅。所以，施蛰存在这些年轻人面前，只能摆出一幅低头认罪的姿态，对鲁迅不能有半点非议，甚至还运用了“文革”时期的一些流行语言，如“跳出来”“受教育”等，现在想起来，我们还会感到一阵辛酸的。

一九八〇年十一月四日，施蛰存写了《关于鲁迅的一些回忆》（见施蛰存《沙上的脚迹》）一文。这是改革开放后施蛰存写的一篇颇有影响的散文。文章主要讲了三件事：鲁迅主持、参加《新兴文学丛书》（系一套马克思主义文艺论著）编译、出版的经过；施蛰存协助鲁迅在他主编的《现代》杂志上发表名篇《为了忘却的纪念》的情况；最后是关于鲁迅一幅漫画的故事。文章的重点显然是在《现代》上发表《为了忘却的记念》一事。当时，施蛰存是冒着政治风险发表此文的，这段中国现代文学史上的佳话，生动显示了施蛰存对鲁迅的敬重和支持。《为了忘却的记念》是一九三三年四月发表的，六个月后就发生了他与鲁迅之间发生的那场著名论争，但施蛰存这篇回忆散文对这件大事却只字未提，好像从未发生过似的。一九八〇年距“文革”结束不久，在当时社会环境还不十分开放的情况下，施蛰存只宜谈谈关于鲁迅的正面话语，这是完全可以理解的。

一九八九年三月十六日，施蛰存应《收获》之约写了一篇《谈谈我自己》的杂文。一九八九，这是中国现代史上一个特殊的年份。施蛰存这篇带点自传性质的文章，以其深刻的内涵，隐约可见的锋芒及泼辣幽默的风格，十分引人注目。他在文中说：“我有好几个‘自己’，该说说哪一个”。他告诉读者，一九四〇年前是他第一个“自己”，在这段时期，他主要是写小说，编刊物，可说是一个作家和文艺编辑。说起这段时期的“自己”，必然要碰上他与鲁迅之间发生的那件公案，在这篇杂文里他终于公开谈起这一件事了。他说：“在三十年代，我曾因为劝文学青年看看《庄子》或《文选》而博得臭名昭著……鲁迅曾经指出，我是一个商人的儿子，难得看见一本古书，看到了《庄子》和《文选》，就沾沾自喜，提出来叫别人学习，以示自己的渊博。实际情况，虽然不是如此，但也多少揭发了我的肤浅。”至于鲁迅在批评中论定他是“遗少群的一肢一节”，最后竟斥之为“洋场恶少”，都一概略而不谈。这说明，虽然施蛰存首次公开谈论这个问题，但他还是谨慎小心，叙说的调子也是温和的，甚至还淡淡肯定了鲁迅对他的批评。但是，施蛰存骨子里还是相当硬的，在他谈第二个“自己”时（即一九四〇年直到如今），他终于按捺不住，讲出一段刻骨铭心，具有高度概括性的话。他说：“这五十年间，我自己是什么？说是一个‘教书匠’，也还不能概括，最近我给自己拟定了一块墓碑题字，是：‘钦定三品顶戴、右派分子、牛鬼蛇神、臭老九，前三级教授降二级录用，施蛰存之墓’。这是第二个‘我自己’，恐怕可以说是‘盖棺定名’了。”这是充满人生苦味的自白，更是正气凛然的抗争，一幅正直、善良、峥峥可敬的文人风骨昭示无遗。

一九七四年，施蛰存时年七十岁，他“废弃闲居，偶然发兴”，乃效龚定庵《己亥杂诗》而作《浮生杂咏》一组，但后来又因“家事败兴”，只写了二十余首即半途而废（原拟作百首）。岁月荏苒，一晃就是十五年。到了一九九〇年，先生又拾笔续写，但又因种种原因只作成八十首，就再次辍笔，终使这首足可传世的佳作成了一曲令人遗憾的断弦绝唱。《浮生杂咏》为什么没有写完又掷笔停写了呢？施蛰存在这首组诗的最后有一段“附记”，稍稍传达出一点发自内心的信息。“附记”写道：“《浮生杂咏》初拟作一百首，以记平生琐事可念者，今成八十首，仅吾生三分之一，在上海之文学生涯，略具于此。以后又五十年，老而不死，历抗战八年，内战五年，右派兼牛鬼蛇神二十年，可喜、可哀、可惊、可笑之事，非二十诗所能尽，故暂且辍笔，告一段落。一九九〇年除夕记。”现在我们看到的《浮生杂咏》（见《北山楼诗》《沙上的脚迹》）只写到抗战军兴的一九三七年，但却涵盖了施蛰存在上海文学生活的全部，其中《六十八》就记述了当年他与鲁迅之间那场著名论战。诗云：

粉腻脂残饱世情，况兼疲病损心兵。
十年一觉文坛梦，赢得洋场恶少名。

这首诗写得很妙，不仅具有历史内涵，而且充满苦涩辛辣味，生动记录了三十年代对他一生产生重大影响的那段文坛遭际。

一九九七年，施蛰存年届九十三岁，这位本性豁达的老人，现在对什么都看得很通透，谈吐似乎也无所顾忌了。就在这一年的十一月二日，青年学者朱健国专程访问了他。朱健国在他写的访谈记《施蛰存的第五扇窗户》（见《夏日最后一朵玫瑰》）里说，他原以为年过九旬的老人只会说些不惹是非的平和回忆，不料他竟是口无遮拦，无论对已逝的伟人，还是对活着的名人，以及当代出版界、新闻界，多能直言批评，这使他惊叹不已。这次访谈可能是因为由王元化先生所介绍，并让他的学生胡晓明博士陪同来访的，施蛰存的心情显得格外轻松愉快，说起话来情趣风生，没有拘束，而且自然流露出一些平时难得听到的真思想。这次访谈涉及的话题颇广，而核心内容就是施蛰存与鲁迅的关系，以及那场论战的历史背景。施蛰存直言不讳地说："鲁迅这个人，他一天到晚是在防御……人家提到他，他就以为在攻击他；我没有攻击他，他自己写文章挑战的，我也没有写文章去得罪他。……我的文章是对《大晚报》的一个回答，《大晚报》给大家发了一个表格，让推荐一些青年人应该看的书，我选了《庄子》《文选》《颜氏家训》三部。结果他在一篇文章冷冰冰地说，现在又有人在提倡看什么书了……这样子我看了不舒服了，你这是放冷箭嘛。……那个时代，你要晓得，有一个背景，就是反对看古书，谁要是看古书，谁就不是革命的，那时是'左翼联盟'刚刚成立的时候，所以上海文化人就统统要表示革命。"当朱健国问起这个事件对他究竟产生多大影响时，施蛰存的回答却十分淡漠，他说："鲁迅这个事件，带给我无所谓好处，也无所谓坏处。"但现实却是，上世纪三十年代那个事件带给他的影响至今也未完全消除，就在施蛰存逝世前几个月，林贤治不是还在《鲁迅的最后10年》一书里，对他大做文章吗？

不过，毕竟由于受社会环境的种种制约，施蛰存对鲁迅的批评还是留有余地的，有时说点真话，有时又说些违心话，就是这样真真假假，虚虚实实的，给人一种扑朔迷离、真假莫辨的感觉。也是在九十年代末，施蛰存对来访的学生躲斋就说了这样一句话：“我受过鲁迅批评，同学对我有看法，不奇怪……不过，我从来尊重鲁迅，连‘腹诽’都没有过。”(《忆施蛰存先生》,见《夏日最后一朵玫瑰》),对他这句话,我们是要打问号的,前不久出版的《施蛰存海外书简》就把这句话彻底推翻了。

书简与日记一样，是最具个人色彩的文体，因为它是私人间传递消息、交流思想感情的工具，具有很强的真实性，因而一向为学人所看重，认为是研究人物春秋、社会风情和历史变迁不可忽略的材料。尤其是写给海外亲友的，因为无须担心在国内流失而招来祸端，所以写的都能放得开，是全盘托出，没有保留，内心的私密，种种不可公开的异见，都会不加掩饰地表达出来，因此，比写给国内的书信有更高的研究价值，这就是《施蛰存海外书简》(大象出版社二〇〇八年四月出版)特别可贵的原因。

《施蛰存海外书简》共收致美国、新加坡、中国香港及台湾友人的书信共两百九十七封，其中以致香港友人吴羊璧的信(一九七九年一月二十五日)最具代表性。施蛰存在这封信的“附件”(注明“不要发表”)里对三十年代那起著名论战作出了最坦率、最强烈的反应。“附件”主要讲了三个问题：一，关于“第三种人”，施蛰存说:“在一九三〇年代，我在上海文艺活动，是有意站在中间立场的，因为当时形势不得不如此……我从来不‘自称’为第三种人……”二，关于“书报检查官”，施蛰存说:“这是鲁迅对我的诬蔑,这个‘定论’是鲁迅给我的‘定论’,党并没有给我作这个定论，经过多次审查，我的政历从来没有人肯定我做过国民党的书报检查官。”三，关于对鲁迅所作批判的意见，施蛰存对此作了一个直截了当的表态：“鲁迅对我的批判，我是不服的，但看他把周扬、夏衍也奚落得不成样子，我也只好自认晦气，不该触怒一个文坛霸权，他现在还是一个‘老虎屁股’，所以我始终不吭一声。”前两个问题，是施蛰存对这些不实之词的明确辩诬，而第三个问题则是他对鲁迅的基本态度和看法，这些话在国内任何场合都是听不到的。

除了致香港吴羊璧的信是直接回应三十年代那桩公案的,《施蛰存海外书简》还有一些信，如一九八八年五月二十五日致台湾痖弦的信，一九八三年三月十四日、一九八六年三月三十日和一九八八年六月十四日致香港古剑的三封信，也都涉及鲁迅，并真实反映了施蛰存在大陆的生活处境和内心活动，也是全面了解施蛰存的重要资料。尤其是致台湾痖弦的那一封写得极有特色，谐谑成趣的文字，饱含愤懑无奈之情，从中可以深切感到，鲁迅的影响和一九四九年后那条“左”的路线给施蛰存蒙上的阴影是多么沉重，而且是久久挥之不去的。

（二〇一二、九）

听听鲁迅私下曾谈些什么

对我的一部分藏书，我常常怀有一种歉疚之情，想当初兴致勃勃地买了进来，却又长期冷淡了它们，多年过后，原来的新书变成了旧书，原来从书摊上淘来的旧书，更是灰头土脸的不成样子。老实说，今后我的读书时间已经不多，新书已很少再买，于是，赶紧地把过去被我冷淡过而又值得一读的旧书，重新拿出来翻翻，就成了我目前一种经常性的读书方式了。首先进入眼帘的，就是这本《再读鲁迅——鲁迅私下谈话录》。

《再读鲁迅——鲁迅私下谈话录》（以下简称《谈话录》）是一九二五年三月时代文艺出版社出版，由吴作桥、吴东范、吴虹贤主编，一次印行六千册，以后似未见再出版。《谈话录》所收鲁迅私下谈话是从大量回忆鲁迅的文字中发掘、摘录、整理而成，总共三十五万字，《谈话录》涉及的方面颇广，全书设有《谈自我》《谈人生》《谈科学》《谈文化》四大章，每章又分若干细目，如《谈人生》一章即有《总说》《北洋政府治下》《国民党治下》《政治、经济》《军事》《中国人的国民性》《世态》《地域》《人物》《环境保护》《景观》《历史》《异域》等节，仅从章节的安排来看就是很吸引人的。鲁迅是个十分健谈的人，凡是接触过他的人，尤其是那些与他过从甚密的亲朋好友，都深感同鲁迅一起聊天是人生一大快事。深受鲁迅影响的李霁野就有这样的体会："和他谈天是一种愉快的经验，我们看看他的心和机智自然的流动，比读文章更多一种亲切感。"（见《鲁迅先生与未名社》）可惜，听过鲁迅私下谈话的亲友们可能被当时的气氛所陶醉，都未能及时完整地记录下来，如对鲁迅理解最深的冯雪峰等，以及与他朝夕共处的妻子许广平，也都没有做这件极有意义的工作，给后人留下了永远的遗憾。鲁迅的挚友许寿裳就说："鲁迅能健谈，和他相处，随便聊天，也可见其胸怀磊落，机智疾流，有光风霁月之概。所说有种种，或叙述，或评论，或笑话，或悲愤，都令人感到亲切和痛快。可惜我当时没有把它记录下来，损失至巨。"（见《亡友鲁迅印象记》）由此可见，吴作桥等人像海底捞针似的，把散见于大量中外回忆资料中的鲁迅谈话点点收集起来，编成这样一部内容颇丰、条理分明的《谈话录》，确是做了一件功德无量的好事。

我读鲁迅，除了从他的作品直接吸取营养和智慧外，也多留意他在几个重要历史时期（如"五四"前后，蒋介石实行"清党"，参加"左联"并推为盟主等）的思想轨迹，看看鲁迅是怎样从窒息的"铁屋"里挣脱而出，以实际行动响应时代先驱者的感召，并最终成为革命的领航人共产党的诤友的。《谈话录》

在这方面没有让人失望，其中有多条资料为我们深入理解鲁迅提供了可贵的信息。民国元年（一九一二年）五月，鲁迅来到北京，出任北京政府教育部佥事，兼第一科科长，当时的北京正处于袁世凯的恐怖统治时期。从表面上看，鲁迅只是一位恪尽职守、循规蹈矩的政府官员，除了上班、逛书店外，就独自躲在绍兴会馆他那间小屋里校古书，抄古碑，读佛经，过着仿佛与世隔绝的隐居生活。我们都知道，鲁迅并不是那种消极遁世的人，为了改变这个吃人的旧社会，他极其渴望有所作为，决不会甘心如此消磨一生的。那么，他为什么要过这种孤灯独守，毫无生气的生活呢？鲁迅有一次对日本友人仓石武四郎回顾了他这段生活经历，他是这样说的："那时在民国初期袁世凯的时代，对知识分子采取了严厉的弹压。谁要是批评政府什么，立刻就会被特务逮捕，当然，抓去的人是决不会再回来了。甚至在家里说一句话也会被捕了去，因为家里的厨师、车夫什么的，也全都是特务呀。我原来就喜欢拓本、绘图等，为了逃避这种危险，除了拓本之外，其余一切都不说了。家里有客人来访，就只说些拓本的事，在旅途中与朋友也只说些拓本的事，正因为这样，我现在的脑袋还连着身体哩！"（《谈话录》十七至十八页）这是鲁迅对当时生活处境及其内心活动最坦率的一次交代。从这段谈话我们可以清楚地看到。鲁迅当年采取这种低姿态，正是一种保护自己的手段。其实，他的内心深处始终有着一团奔突欲出的生命活火，一旦时机成熟，就会一发而不可收，这就是与钱玄同作了那次著名的"毁坏铁屋"的谈话之后，鲁迅决心向《新青年》投稿的内在原因（一九一六年六月袁世凯病死后政治气氛稍有宽松，也可能是促使鲁迅适时走出困境的一个外部原因）。

鲁迅的私下谈话时时闪烁智慧的光芒，他对世界的观察总是比别人看得更远一些，也更深刻一些，这是他对人生本来就有独特思考，而后期又开始接触马克思主义的结果。在这方面，《谈话录》也多有反映。有一次鲁迅对冯雪峰讲过这样一段话，他说："怎么可以没有希望呢？否则，人也活不下去了。我不曾看得那么黑暗，以为就没有将来……黄金世界，该有的罢，也不能以我不乐意去，别人就不去了。……我自然相信有将来，不过将来如何美丽、光明，却还没有怎样去想过。倘说是怎么样才能到达那将来，我是以为要更看重现在；不论现在怎样黑暗，却不想离开。我向来承认进化论，以为推翻了黑暗的现状，改革现在，将来总会比现在好。将来就没有黑暗了么？到将来再说，现在总须先改革。"（《谈话录》八十二至八十三页，采自冯雪峰《回忆鲁迅》）对社会的发展如何推测，将来会是什么样子，这是一个十分重大的话题。从这段话我们看到，鲁迅对世界的观察是多么深远，即使拿到现在，似乎也未过时呢。

《谈话录》也收集了不少鲁迅评品人物的话语，读来最是有趣。因为都是与朋友私下交谈的，因此显得特别坦诚直率，随意自然，对于他不喜欢的人更是直来直去，毫不客气的。例如关于胡适，鲁迅曾对许寿裳说："胡适之有考证癖，时有善言，但是对于《西游记》却考证不出什么。"（《谈话录》三页）就这么冷冷的几句，如仅从学术成就来论，如此评价也嫌偏低。两人政治分野各自东西，他这样讲也是可以理解的。关于郭沫若也有一段有趣的对话，有一次高长虹在鲁迅面前对郭沫若大加赞赏，说郭沫若的态度才能都很好，颇有类似歌德的样子，鲁迅马上反驳道：“他可没有歌德的伟大。”（《谈话录》三十三页）明显流露出一种轻蔑。鲁迅与梁实秋之间的公案是大家都知道的，《谈话录》收入的一句短话就表现出一种势不两立的姿态。在一次宴会上，鲁迅对林语堂说：“这家伙（指梁），我怎能饶他。”（《谈话录》三百二十一页）这倒是与他痛骂梁实秋是“资本家的乏走狗”一类批评文章一脉相承的。

鲁迅参加“左联”，是他进一步靠拢中国共产党，直接投入党领导的政治斗争的重要标志，但他对这个左翼文艺组织始终持有自己的看法，决不充当应声虫，对“左联”内部那些握有实权的党内人物如周扬、夏衍等也从来没有什么好感过。他对冯雪峰讲的一大段话最能说明这一点。由于是对最知己的友人讲的，因此说起来真是痛快淋漓，毫无顾忌，甚至有点过火。他说：“照我看来，周扬等人只是空谈，唱高调，发命令，不对敌人认真作战，并且还扼杀不同伙的人的革命力量。照我看来，这些人大抵是借‘革命’以营私的青年，是革命营垒里的蛀虫，许多事情就败在他们手里，周扬是一个喜弄权术，心术不正，气量又狭窄得很像白衣秀士王伦式的人。周扬同我见面时都是一副虚伪的面孔，说他同我感情很好，我可不知道他那时心里想的是什么。……我有时确实曾感到独战之苦，有时甚至使我多疑的毛病又起来了，想到要提防同营垒中人设置的圈套和陷阱……就是这样一群‘战友’，一群‘指挥家’！”（《谈话录》三百一十七页，采自冯雪峰《有关一九三六年周扬等人的行动以及鲁迅提出“民族革命战争的大众文学”口号的经过》，文收至人民文学出版社一九八五年版《雪峰文集》第四卷）鲁迅对共产党的领导是衷心拥护的，但他对党内某些人的错误做法也绝不会无原则地屈就奉迎，他与周扬等人的分歧与论争，生动地反映了鲁迅灵魂最有魅力的一面——人格的独立。

鲁迅、周作人兄弟失和，一向是学界的一个热门话题，周作人对其兄的态度自不用说，鲁迅对待其弟又是怎样呢？《谈话录》收入的几则话语颇是耐人寻味。鲁迅虽然也说过“起孟（周作人）这人，将来总要没落”这样的话（与孙伏园谈。《谈话录》一十五页）但在其他场合讲的话却又十分宽容中肯，如：“尽管大家批评他，但在中国，像启明（周作人）那样读书多的人，现在恐怕很少了。”（与唐弢、徐懋庸谈。《谈话录》三十五页）“他（指周作人）的意见，比之于俞平伯等甚高明，有许多地方，革命青年也大可采用，有些人把他一笔抹煞，也是不应该的。”（与周建人谈。《谈话录》一十五页）近些年来，随着语境的逐步宽松，学风也渐趋深入和平实，对周作人的研究已出现了不少可喜的成果，但在周作人的诸多译著中，究竟有多少地方值得“革命青年大可采用”，我们还有许多工作可做，鲁迅的这句话大概可以起到一点启蒙作用的。

（二〇〇九、五）

漫谈记忆及翻翻辞典后的启发

随着年纪的增长，我的记忆也愈来愈不灵了。有件小事现在想起来还让我哭笑不得。一次，老伴给了我一点零花钱（她是吾家“财政部长”），但事隔没多久，我又伸手找她要钱。老伴诧异地说，不是刚刚给过了吗，怎么又来要？我摸了摸口袋，果然鼓囊囊的有钱在里面，我不禁连声称奇，这钱是怎么“飞”到口袋里的。老来得了“健忘症”，确是让人烦恼，但自然法则如此，这也是没有办法的事。不过，“记忆”这种人类特有的高级心理活动及其社会意义，倒引起我的研究兴趣。“记忆”的科学解释究竟如何表述，它在人类的生产和社会实践中有何等意义,我都想再多知道一些。于是,我开始查阅我收藏的几部辞典。首先查阅的是商务印书馆二〇〇一年修订版《新华词典》。“记忆”词条是这样讲的：“心理学范畴。指人对经历过的事物的一种反映，包括识记（对当前事物的认识并记住），再认（该事物重新出现后能够重新认识出来）和重现（把头脑中的印象回想起来）。”这段解说一共六十四个字，对“记忆”的心理过程讲得十分简明扼要，但我仍感到有点不满足，于是又从书柜里捧出那部庄严厚重的大《辞海》来。果然，《辞海》的解释确实详细、深入得多，并且给了我一些新的启示。其“记忆”释文如后：“人脑对经历过的事物的识别、保持、再现或再认。识记即识别和记住事物特点及其间的关系，它的生理基础为大脑皮层形成了相应的暂时神经联系；保持即暂时联系以痕迹的形式留存于脑中；再现或再认则为暂时的联系的再活跃。通过识记和保持可积累知识经验。通过再现或再认可恢复过去的知识经验。”解释到这里，对记忆的心理特征及人类获得知识的秘密已揭示得相当清楚，但撰稿人并没有到此打住，他还进一步探讨了记忆心理与主观因素的关系：“个人记忆的快慢和准确、牢固、灵活的程度，可能随其记忆的目的和任务、对记忆所采取的态度和方法而异；个人记忆的内容则随其观点、兴趣、生活经验为转移；对同一事物的记忆，个人所牢记的广度和深度也往往不同”。看到这里，我很快认定这位撰稿人并不满足于单纯从心理学角度来看问题，而且还运用了社会学的眼光来考察“记忆”。生活的现实不正是这样印证的吗？对同一事物，由于人的观点、兴趣、和态度的不同，却会产生千差万别，甚至大相径庭的认识来，对历史人物的评价就经常如此。

去年有一期《秀州书局简讯》记载了这么一件事。有位先生读了钱穆的《中国思想通俗讲话》后对胡适和钱穆作了一番比较，他说：“其（钱穆）哲学深度远远超过我的设想，以前我认为钱穆的思考是凭脑子的。现在认为不是，他不需要用脑子，如同佛教中的顿悟，也就是孔子所讲的‘随心所欲不逾矩’。钱穆的思想毫不逊色于康德、黑格尔、哈耶克……胡适不能与钱穆比，胡适‘不学无术’，只是享得大名，开风气之先而已。民国留下来的学术著作,除了钱穆的《先秦诸子系年》《国史大纲》等还有什么!……钱穆可以与孔子、朱熹并列。”看来，这位先生是钱穆的热诚崇拜者，这当然很好，遗憾的是，他对钱穆的学术成就说得过于夸张，而对胡适也太欠公允了。进入二十一世纪的今天，还对胡适先生持如此极端看法，颇为少见。至于他对民国以来学术史的观点也大有商榷的余地，王国维、陈寅恪、冯友兰、钱锺书等大师的名字一概不见了，这种近乎虚无主义的观点不正是一种记忆的失真么?

由于记忆受主观因素的影响，使人们对人和种种社会现象产生不够准确或失真的认识，当然是件令人不快的事，但这还不是最要紧的，一旦记忆对重大历史事件产生负面影响，那后果可要严重得多。我指的是以国家力量来改变或抹杀人们对历史真相的记忆，从而达到随心所欲驱使人民的那种情况，如对书籍的查禁、删除、销毁和篡改历史，等等。近来，我发现西方学者对国家强制改变人的记忆有一种颇为新鲜的说法。前不久，我在书店里买了一套由夏中义主编，广西师范大学出版社出版的《大学人文读本》(共三大卷)。这套颇受好评的人文教育书，本来是想买来给刚上大学的外孙看的，但当我发现这书编得果然非常好，不仅适合当代大学生好好学习，也值得每一个想做现代公民的人一读，于是我就先睹为快了。其中《人与

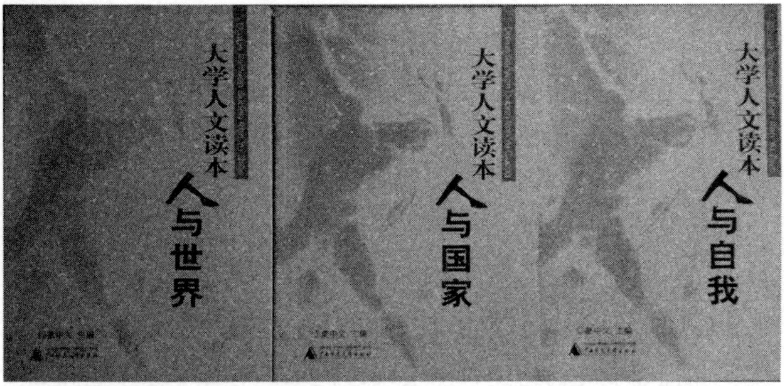

◎《大学人文读本》共三卷

国家》卷第一章《让记忆唤醒历史》共收入有关记忆的文章十篇，首篇就是美国当代学者康纳顿写的《社会记忆》(选自康纳顿《社会如何记忆》一书)。康氏在论述了社会记忆与历史重构之间的关系后尖锐指出："所有极权主义都有这样的行为方式（指'国家机器系统地用来剥夺公民的记忆'）；极权统治剥夺臣民的记忆之日，便是他们受精神奴役之始。当一个大国想剥夺一个小国的民族意识时，它使用有组织忘却（organized forgetting）的方法……在极权统治下，可怕的不仅在于侵犯人的尊严，而且还在于这样的恐惧：可能再也不会有人真实地见证过去。""有组织忘却"，这是多么让人惊悚的概括！但这确是千真万确的事实，古今中外的历史经验莫不证明这一点。就在我国的东邻——日本，不正在上演一出这样的丑剧么？自第二次世界大战结束后，日本政府对军国主义发动侵略战争的历史一直讳莫如深，他们不但从来没向中国和亚洲人民公开承认错误和忏悔，而且在全体国民（尤其是青少年）中推行处心积虑的愚民政策，其核心就是康纳顿指出的“有组织忘却”。最近，即将由日本扶桑社出版的新版历史教科书就引起亚洲各国的严重关注（中韩两国政府已就这一伤害亚洲人民感情的事件向日本提出严正批评与交涉）。这本由日本右翼团体编撰的历史教科书与二〇〇一年版教科书相比，更加美化和歪曲日本侵略历史，把对中国和其他亚洲各国的侵略说成“大东亚战争”，是“日本为了自尊自卫的战争”，并公然否认南京大屠杀的存在，把对亚洲各国的殖民统治和掠夺美化为帮助各国实现近代化，对日本强迫亚洲妇女充当慰安妇也只字不提，等等。

日本当局除了通过教科书篡改历史外，还充分利用靖国神社的参拜活动向国民灌输错误的历史观、盲目的爱国心及忠君思想，而且产生了令人忧虑的后果。以直言著称的青年作家余杰写过一本专谈日本的书：《“暧昧”的邻居》，其中关于靖国神社的章节正好为此提供了有力的佐证。日本人参拜靖国神社时都表现出怎样一种神态呢？作者告诉我们：成群结队来参拜神社的日本人“少有哀伤之情，而多张扬之气”。在靖国神社附近有一家中餐厅，老板娘是一位华人，她对作者和他的同行人说，每到重要祭祀节日，来靖国神社参拜的日本人络绎不绝，许多日本老人参拜靖国神社之后，顿时就像换了一个人似的，神采奕奕，精神百倍，她都感到诧异。作者还告诉我们，在展厅的一侧还张贴着昔日阵亡官兵的遗书，其内容无非是效忠天皇，为国尽责的陈词滥调，可是许多日本人却津津有味地阅读着，且不断点头称是。有些展厅还播放当年日军在中国作战告捷的新闻片，在刺耳的枪炮声中还配有铿锵有力的解说，许多来这里参观的日本人都是兴高采烈的样子。展厅最后一块展板乃是“战后亚洲各国独立”，意在告诫人们，日本以自己的战败和牺牲换取了亚洲各国的“独立”，亚洲各国人民应当对日本帮助他们驱逐西方殖民者而感恩戴德。一位16岁日本中学生看后在留言簿上如此写道：“我为日本军人的勇敢而感动，他们用生命捍卫了和平。”在这种毒化环境中成长的日本青少年就是这样理解日本军国主义发动的那场侵略战争的。读到这里，我们的心也随着作者一道变得沉重起来。可以想象，如果一个民族（尤其是青少年）完全丧失记忆，不辨黑白，将会在野心家的驱使下干出怎样可怕的蠢事来。

（二〇〇五、六）

从抢记王芸生的临终回忆说起

◎《口述历史》

最近读了一本由王俊义、丁东主编的《口述历史》丛刊（第一辑），其中一篇题为《临终片语：所谓“反苏”》（王芸生口述，王芝琛整理并注释）的材料引起我的注意。王芸生先生（一九〇一至一九八〇）是我国著名报人，也是我国新闻事业的开拓者之一，历任《大公报》编辑、编辑主任、总编辑、社长等职，并长期参与和主持《大公报》笔政。他撰写的《大公报》社评视野开阔、气势宏大、充满爱国激情，有很强的感染力，例如他写于抗战时期的文章现在拿出来重读，还会让人激动不已。王芸生的文字还有一大特点，即深厚的历史沧桑感。

由于他坚持独立办报原则，不为党派观念所左右，也不受世俗利欲所驱使，因而能冷静、公正和如实地反映历史真貌，并针对发生的种种历史事件发表看法。所以，他的文章本身就是一部活历史，一个民间舆论思想库，具有很高的史料价值。同时，他还有长期写日记的习惯，从上世纪二十年代起，四十多年从未间断，被人视为“中国近代史见证”。遗憾的是，这部极为珍贵的日记竟在“文革”风暴乍起的一九六六年，被他付之一炬了，真是让人痛惜。后来，他的老朋友赵朴初、程思远等先生一再敦促他将自己的一生经历回忆写出来，好作为一份珍贵史料留给后人，他自己也有这样的心愿，但这件事却拖延着迟迟未能实行，直等到他临终（一九八〇年五月三十日去世）前几个月，才就他的一生经历跟他的公子王芝琛讲述，这就是由王芝琛记录整理，但至今尚未出版的王芸生口述传记。《口述历史》丛刊登载的只是王芸生口述自传的一小部分，主要讲他在反“右”运动中被初定为反苏型“右”派（后因毛泽东开恩未予戴帽）的经过，并进而披露一九四五年八月九日苏军出兵东北后大肆掠夺和阻挠国军收复东北的历史真相。王芸生口述时已经是风烛残年，但他的记忆力仍相当好，一些扑朔迷离的历史纠葛经他一讲，就变得面目清晰起来，而这些问题却长期被有意无意遮掩着，恐怕至今还有很多人给蒙在鼓里。关于当年苏军在东北拆走大量机器设备并奸淫妇女的情况，我少年时也曾耳闻。那时抗战宣告胜利不久，我正在天津上初中，忽然有一天学校里来了一批东北大学生，他们向同学揭露苏军在东北的种种劣行，我们听后都很气愤，事后天津各校学生还上街游行，以示抗议。但这件事到新中国成立后却有了新的说法，好像苏联从东北搬走一些机器也算不了什么，而对此持有非议的却是“反苏”了。

那么，历史的真相究竟如何呢？让我们来听听王芸生是怎么讲的：“要说蒋介石真是吃了个‘哑巴亏’，他冒着当‘卖国贼’的风险，与苏联签订《中苏友好同盟条约》，让苏联占尽了便宜，只求得他们进东北打日本，他们进来了，日本已投降了，国民党蒋介石非但没有得到他们的帮助，还被他们拒之于东北大门外。中苏盟约订明，苏联要帮助中国的中央政府，即国民政府，而实际上他们事事处处帮助共产党，使共产党一下子在东北组成近三十万人的东北民主联军。”王芸生还指出，苏军进入东北除了把许多重工业机器宣布为“战利品”外，还大量发行所谓“军用票”，大肆搜刮中国人的财富。一九二五年七月出版的《苏联出兵东北始末》（人民出版社）一书对这段历史的来龙去脉有十分详尽的叙述，一些资料正好用来作王芸生口述的注释。当年苏军从东北到底拆走了多少机器设备，又交给中国共产党多少武器弹药呢？该书披露：据当时重庆考察团调查，苏联拆走的东北工业设备价值达八亿五千八百万美元，如果加上拆装损坏的部分，则高达二十亿美元。一九四六年一月苏军还拆走嫩宁铁路一百八十公里的铁轨，而这条铁路在日本侵略东北前就已存在，是中国人自己筹建的，根本算不上日本资产。又据杜鲁门派遣的美国调查团的调查，苏军拆走的东北电力设备达一百万千瓦以上，占东北电力设备发电量的百分之六十五。此外苏军还从银行掠走价值三百万美元的金条和五千多万的东北货币，并在东北发行了十亿元的军用票，用以套购黄金和其他物资。至于交给中共多少武器弹药，该书也提供了一组数字：除曾克林率领的十六军分区拉走的一批武器弹药外，仅苏军第一、第二方面军交给中共军队的武器弹药就有三千七百门大炮、阻击炮和掷弹筒，六百辆坦克，八百六十一架飞机，一万二千挺机枪，六百八十座仓库和部分舰艇。此外，苏军还从朝鲜运来两军列武器交给了中国共产党，又从大连向北满中共军队送去五十节车皮的武器，用这么多先进武器装备起来的中共军队真是如虎添翼，已有足够力量与国民党一争天下了。过去我们读中国现代史“第三次国内革命战争”（即解放战争）这一时期，总会碰到一个问题，那就是抗战胜利后国共两党的军事较量为何能这么快即见分晓，仅仅用了两三年的时间就把一个有美国佬支持的国民党政府打翻在地，其原因何在？一般历史教科书及有关著作都从人心向背，毛泽东战略战术英明或国民党腐败无能等方面来分析，但对当初苏联出兵东北后对中国共产党军队的大力帮助却避而不谈，或许这顶多是个外部因素，不值一提吧。但是，王芸生却大胆地讲出自己的看法，他说：“国共两党打内战，最后共产党把国民党蒋介石赶到几个小岛上去，咱们这边说，是小米加步枪打败美国的飞机加大炮。我的看法是：苏联的帮助起了重要的作用，把东北拿下了，其他都好办了。”王芸生讲这话时大概已知道自己离大限不远，对讲真话会带来什么后果已无须顾忌，历史的力量在真言，王芸生临终话语之可贵正在其真。

“文人论政”是王韬、梁启超开创的报业传统，王芸生与张季鸾、储安平等人一样正是这一传统的忠实实践和捍卫者。可惜，由于形势剧变，制度更易，这一优良传统也不得不戛然而止，从此，我们再也听不到王芸生那忧国忧民、慷慨直言的声音。但这次读王芸生的《临终片语》却有一个小小的发现，想不到从这位已不久于人世的老人口中，又听到早已沉寂的议政话语，不过，这只是对亲人讲的窃窃私语，声音显得有点微弱罢了。王芸生临终前的时政批评涉及政治民主、对外关系，以及社会主义制度下的人权状况等。关于民主问题，他说："咱们这边经常嘲笑美国的议会民主是假民主。我认为美国确实有的地方似乎有表演性质。咱们这边对美国批评并没有全错，但不管怎么说，他们重大事情都要由议会多数通过，这一点比我们这边强。'文革'中，毛主席最新指示一发布，全国无论男女老少，不管你在做什么，都得马上表态，马上上街游行，表示拥护。……'文革'中,所谓的'民主集中制'简直成了'帝制'。山呼海啸，九叩六拜，蔚为壮观，英国女王、日本天皇也都只能叹为观止，甘拜下风！"王芸生这段有点辛辣的批评虽然是在二十多年前讲的，但今天听来，也并不过时。封建专制思想在中国根深蒂固，它像个幽灵长久地徘徊不去，要想彻底铲除它谈何容易，例如神圣的"人权"二字虽已堂而皇之写进宪法，不还是屡屡发生佘祥林杀妻冤案一类的事吗！中国有句老话是"良药苦口利于病"，这些话真值得好好听听。

关于对外关系问题，王芸生的议论也是我们许多人想说而不敢说的，且听他如何道来："记得我就听了不少'反修报告'，声称苏联不行啦，变修了，咱们毛主席要举起国际共产主义大旗，我看咱们主席有点当仁不让的劲头。四海翻腾云水怒，五洲震荡风雷激。咱们送给全世界强大的思想武器，不外乎是‘枪杆子里面出政权’‘农村包围城市’‘小米加步枪’‘游击战加运动战’。……其实咱们这一套，在国际市场上买卖也有限。说句难听的话，还对世界和平起个‘搅局’的作用。”历史的发展正如王芸生所指出的，我们勒紧裤腰带竭力支援的那几个“小兄弟”，如今都哪里去了？

王芸生还谈到新中国成立前他为何犹豫未去解放区的问题（实质上是对人权状况的一种间接批评），这对研究那一代自由主义知识分子在历史转折时期的思想也颇有价值。他说：“关于苏联内部情况，我也略知一二。新中国成立前就听说所谓斯大林式的社会主义，听了他们国家内部发生的事，真是恐怖，血腥屠杀，知识分子根本谈不上人格。那时我为何十分犹豫是否到解放区，这是一个很重要的原因。抗战胜利后，萧乾回到报馆，说苏联内部‘大清洗’，既生动又真实。我那时还专门找人要了份解放区的报纸，看看王实味《野百合花》，看他到底写些什么？谁知馥郁芳香的《野百合花》，竟带有血腥味。”谈到这里，王芸生对毛泽东似乎比较客气，说毛泽东比斯大林“聪明”，“他不杀人，而是搞群众运动”。在对待知识分子的办法上，毛与斯大林也不同，而是采取“思想改造”。

读者看过我扼要介绍的这些内容后，大概心里还会产生一个问题：王芸生的口述历史是在怎样的心态和情绪中进行的呢？这的确是个很有意思的问题。前不久，我在一份报纸上发现的一个材料，正巧可以满足一下这方面的要求，那就是许水涛于一九二四年十月采访王芸生之子王芝琛后写的一篇文章：《王芸生口述历史——王芸生之子王芝琛访谈录》。这篇访谈录着重披露了王芸生临终那种被压抑很久之后终于爆发的情绪，从而向世人展示了最终不可屈辱的人格尊严和大彻大悟的精神境界。当许水涛问王芸生临终前的口述历史是否让他认识到他父亲的另一面时，王芝琛回答的第一句话就是："全爆发了，全爆发了。"王芝琛告诉访者，他父亲讲的时候，什么也不回避，但一看到我要录音就制止，说你只要记住就行了，王芝琛说，这也不能怪他，他主要怕牵连子女，说明他还是心有余悸。王芝琛说他父亲最悔恨自己的一件事就是他在上世纪六十年代初发表的那篇《一九二六至一九四九年的旧大公报》。王芸生悔恨自己无论有多大压力，有多么悲痛，都不应该写这样一篇"自我讨伐"式的长文,与曹谷冰一起写的这篇文章是他一生中"最大的违心之作"。他说实在顶不住当时的压力,当时根本不想写。他无比悔恨地说:"真没想到，在那次围剿《大公报》的战斗中，我居然成了可耻的一员，是我自己把《大公报》埋葬了。"

至于王芸生临终口述时的情绪，王芝琛也作了很生动的回忆。王芝琛告诉访者，他父亲一直心里憋得很，这次口述是他多年压抑的结果，讲到愤怒时他会拍桌子，痛心时他会泪流满面。比如有一次他参加统战部召开的高级知识分子会议，是统战部的一位领导作关于知识分子改造的报告。这位领导说，毛主席教导你们每天起码要看三次自己的屁股，看尾巴是不是翘起来就赶快打下去。说到这里，他狠狠地拍了一下桌子。王芝琛说他父亲还有一件让他终身悔恨的事，那就是从于师于友于兄的角度，他都愧对张季鸾，没有为张季鸾写成传记。他说："我是欠债的，我欠，欠季鸾兄一篇他的传记。"父亲曾多次动了念头想写，但多少次又不得不放弃了。他流着泪激动地说："我自量没有这个文采，应当恰当地还他一个真实的张季鸾告之世人。别说这么一个历史人物、时代的俊杰，还要再编排一些'帽子'给他戴上，这支笔如何忍心下得。"说着说着他拿起一张白纸，连声说："寄给他，寄给他，我的白卷。"读到这里，我不禁发出一阵沉沉的叹息。难以理会的种种压力，终使一部会由王芸生亲笔撰写，并将成为我国新闻史上精彩一章的张季鸾传，就这样无奈地自行消失了……

（二〇一〇、一）

沉重的阅读

——《吴宓日记》读后

读文章同品尝食品一样也会产生各种不同的口味，有甜，有酸，有苦，有辣。冰心老人就讲过一句很形象的关于品味文章的话，她说：读梁实秋文章赛吃鸭梨（大意）。我想，这大概就是指梁实秋散文那种清脆、悦耳、简洁流畅的文字风格吧。但世间也有一种文章读后却会让你感到苦涩和沉重，作者以一种十分凝重的笔墨，把你引入一个特定的历史环境，使你深感压抑。我年轻时读鲁迅《为了忘却的记念》就有这种感觉。现在我要讲的是另一种有着很高文史价值的文字——《吴宓日记》。

吴宓是现代中国文化史上的一位名人，他的生平，特别是他主编的《学衡》杂志长期被视为复古主义与反对新文化运动的代表。值得庆幸的是，自“文革”结束和新时期的到来，一个变得宽松的政治、学术环境，终于使我们有机会逐渐清晰地看到一个真实而全面的吴宓。三联书店分别于一九九八年和二〇〇六年出版的《吴宓日记》与《吴宓日记（续编）》，为人们深入研究吴宓提供了一套真实可信的原始资料。尤其是《吴宓日记（续编）》，由于真实披露了吴宓在一九四九年后历次政治运动中的表现与思想，大大拉近了我们与吴宓的距离。这部“续编”的时间跨度是一九四九至一九七四年（其中一九四九和一九五〇年的日记在“文革”中被一位代为保存的朋友焚毁，已永远消失，现仅存片断）。因为内容太丰富，一篇读后感难以说尽它的全部内涵，我只好选一九五九年这一时段来谈我的一点感受。

一九五九年的“反右倾”涉及面很广，不仅覆盖整个经济领域，而且深入到教育、学术、宣传、文艺等部门。吴宓所在的西南师范学院当然也不例外。一九五八年吴宓曾被拔“白旗”，受过批判，他逆来顺受，表态诚恳，并多次向党表决心要彻底改造，走又红又专道路，但这一切努力并不能给他带来好运。“白旗”方拔，另一个充满新的风险的年头又开始了。一九五九年日记真实记录了吴宓在“反右倾”斗争中的经历和思想。掀开一月份日记，一种紧张的气氛就扑面而来。一月四日记，西师中文系召开了一次文艺思想学习会。系里一位教师在主讲《毛主席文艺思想之源》时不点名地批评吴宓“在讲课中说希腊喜剧来源于笑谑云云，荒谬之极……如此妄说，吾人必须词而辟之，以免谬种流传，流毒愈广”。下课后，吴宓急忙去找这位主讲人解释，说他讲课时并不是这样讲的，所谓“希腊戏剧来源于笑谑”的说法不过是同学大字报上的一个传闻，并不符合实际，可以讲稿为证。同时，《语文》第一期也有一篇专文就这一问题对吴宓加以指责。本来，在学术研究上这实在算不上什么了不起的问题，更不牵涉政治，即使吴宓真是这样讲过，如有不同意见，也可以进行争论，何苦这样上纲上线呢？

一月六日，中文系又召开了一次讨论革命现实主义与革命浪漫主义相结合的学习会，吴宓就此课题谈了革命现实主义与革命浪漫主义相结合的西欧文学背景，他的发言再一次遭到人们的批评，斥之为谬说。吴宓不知究竟错在哪里，便在日记里百般无奈地责备自己“冒昧轻率，甚悔，后当力求沉默”。一月七日，在中文系召开的政治学习会上，一位系里负责人宣读了《中国青年报》上一篇上海交大的文章《劳动生产、教学、科学研究不可偏废》，吴宓谈了自己对“三结合”的看法，认为劳动与政治学习应划定时间，尽力做好，所剩时间可由老师自由支配，以自己的方式工作，其工作应以教学为主，而以科研为辅，即以全时全力多读书，兼深思，以丰富教学之内容及质量……不当以科学研究为专务，或以科学研究篇题多定某人之成绩。总之，三者之中，以教学为主。吴宓的意见并没有什么错，即使放到现在也有可取之处，但是，他刚说完即遭到他人的一致反驳。吴宓在日记里辛酸地写道：“盖今人之偏见极重。凡我等所言，必认为是代表老年人、旧派、地主资产阶级落后分子之意见，故宁以凝重、沉默、寡尤寡悔为得耳。”二月十三日，吴宓得知有位同学在《西师学报》一九五九年第一期发表了一篇《吴宓先生外国文学教学中的资产阶级思想》，马上跑到科研部去找这一期学报，但未找到。他在日记里写道：“窃思，今党及政府、学校给宓以厚薪优礼，其所以用宓者，惟作封建主义、资产阶级思想之代表，作为批判之对象，打倒、搞臭之典型而已，宓既不获自由著作如意读书，又不能用其所学以教人，徒以忧危之身，如斯恒受屈辱，实不如速死之为愈。思念及此，则连日惟觉宓定于今一九五九年死去者，于是旁皇郁苦不宁。”一生热爱教育与学术，并愿以自己全部学识和才智奉献给国家而不得，甚至言出必“错”，动辄得咎，这该是怎样难以承受的痛苦！二月十七日，吴宓在家中读《西师学报》那篇长文，对文中历数吴宓之“人性论”“天才论”“有神论”“厚古薄今”“繁琐考证”等等错误甚为反感和不解，他在日记里写道：“益知当局有意选宓为批判之对象，而宓在本校，平日领厚薪，受优礼，其用处（宓注：可效力之处）即在此，自当坦然欣受之。”原来，学校给吴宓定为一级教授，因他坚辞而改为二级，此外他还有两个荣誉头衔：校务委员会委员，重庆市政协委员。但他此时的无奈和委屈可想而知。九月二十六日，在中文系政治学习会上，吴宓又首先发言，承认“‘右倾’机会主义分子与‘右倾’情绪（或‘右倾’思想）二者无别，诚恐‘右倾’情绪之人皆惴惴自危”，并交代自己一九五八年在历史系写大字报“每日苦不能及定数，又宓不赞同若干简体字，则将以宓为‘右’乎？是用深忧。”（一九五八年九月二十六日记）十月七日，吴宓在中文系政治学习会上发言检查自己的‘右倾’思想：“先自责暑假中未编出讲义，此定是‘右倾’思想，以其妨碍工作。”但是，吴宓这几次有点轻描淡写的检查，领导并不满意。于是，在十一月二十七日的政治学习会上，吴宓不得不作了一次有些像总交代

◎《吴宓日记》

的发言，系统检查了从一九五二年以来思想改造的进展。他总结自己教学所犯错误有两类："（甲）个人自由主义，任性妄为，保证以后断不再犯；（乙）思想性的错误：未用无产阶级立场观点来处理作家、作品中之事实、人物，宓应努力学习，而未必能完全更正者。今年九月重授外国文学课，迄今尚无差错。（甲）之毛病已全戒除，（乙）之阶级观点、立场，亦大体掌握。"他最后说："此一定量之进步，全由于教育革命所给予宓之改造及锻炼，故由宓个人之反省与体察，即可证明教育革命之成绩与功效之甚大也。"同时，他说自己也努力研读所有之新教材，研读有关之马列主义经典著作云云。吴宓的这次总检讨可说是煞费苦心，既要满足上级的要求，把自己的问题抖尽，又要表现出追求进步的样子。这样才可能得到领导和积极分子们的赞许，安然过关。看到这里不禁要为他的苦心孤诣发出一阵叹息。

吴宓的日记就是他为自己制作的一面心灵的镜子，他的整个身影和心态都在这面镜子里反映出来。在这一年的日记里，我们不仅看到了他为了避祸自保而作出的种种姿态（谦卑、恭顺、迎合，甚至还有点作假），而且也记下了他对自己言行的沉痛自责和忏悔，甚至那些足以招来大祸的政治异见及对现实的强烈不满也不作任何掩饰地记录下来。不带一字虚伪的历史真实性就是《吴宓日记》的价值所在。

备受煎熬的一九五九年终于挨到了尾声，他在十二月二十七日日记里，以极其沉痛的心情回顾了坎坷的一生。他拿王国维、陈寅恪与自己对比后说：“反观吴宓，乃一极庸俗、渺小、平凡之人……卑躬屈节，尽弃理想与人格，揣摩迎合，以求自保其生命与职位，今宓生世已深自羞惭，而学问与著作亦无可言……所谓科学研究，则皆敷衍成篇，但求不犯规贾祸，遑言其他！总之，宓乃一极庸俗、渺小、平凡之人。今虽犹生存，实无异于死，即不死而久活，亦无益于人，无益于己。纵观我六十六年之生涯，悔恨何如！”这篇几乎长达两千字的日记（这是他这一年日记中写得最长的），可说是泪痕斑斑，他哪里是在写日记，他是在用一把利刃无情地解剖自己的灵魂。

（二〇一一、三）

祈望那样的年代不会再来

——《吴宓书信集》读后

吴宓是现代中国文化史上一位极具传奇悲剧色彩的人物，从他于一九二一年一月创办《学衡》杂志以来，就一直被视为反对新文化运动，坚持复古主义的代表，特别是鲁迅一九二一年二月写的《估学衡》一文，就像一方永不褪色的烙印牢牢打在他的身上，在长时期以鲁迅之是非为是非的“正统”观念影响下，此文给吴宓带来的精神压力有多大可想而知。新政权建立后，在那张阶级斗争的天罗地网笼罩下，这位名牌“资产阶级反动学术权威”自然不会有好果子吃。尽管当局也给了他几顶桂冠（如政协委员、校务委员等）和优遇（给一级工资，宓坚辞），但在历次政治运动中，他始终扮演了一个挨批斗、被改造、受教育的可怜角色，他所受的种种屈辱和痛苦是现在年轻人无法想象的。那么，吴宓是带着怎样的心态和思想熬过那充满惊恐的每一天、每一刻的，这当中发生过哪些可悲可泣，甚至无法理解的事呢？这是我们这些幸运活着的人都渴望知道的。二〇〇六年六月三联出版的《吴宓日记续编》已大大满足了我们这方面的要求，如今又有了一部包含不少新信息的《吴宓书信集》，更会让我们得益匪浅，在日记、书信两者相互补充、印证下，将会使我们看到一个全真的灵魂。

《吴宓书信集》是吴宓先生女儿吴学昭整理、注释的。吴学昭在该书后记里说，他父亲直抒胸臆写出的信件大多已经不存，有些是在战时逃难散失的，更多的则是在政治运动中被没收，或受信人由于惧祸而自行销毁了。吴学昭经过二十多年不间断的努力，仅收集到三百多通，《吴宓书信集》就是这三百多通信的结集。在这部书信集里，写于一九四九年后的有六十三通，就是这极少的几十通信中，吴宓向他的知己友人和亲属毫无保留地倾诉了他在新中国成立前夕和在新中国成立后土改、反“右”、“文革”等历次运动中的亲身经历和真实感受，这对我们认识那个时代和那一批知识分子的命运是弥足珍贵的。吴宓是抱着怎样的态度和思想进入新社会的，他为什么在武汉行将解放时要匆匆离开武汉大学，跑到尚属国统区的四川重庆呢？过去出版的一些传记在讲这段历史时往往语焉不详，或者仅用几句正面理解的话几笔带过。如某吴宓年表如此写道：“全国解放前夕，一九四八年放弃赴美国讲学，一九四九年冬却台湾之聘，又辞不就（钱穆主持的）香港新亚书院任教而决留在中国。”给人的印象仿佛是，吴宓是怀着憧憬欣悦的心情迎接新中国。但真实情况如何呢？在吴宓写给他堂弟吴协曼（时在台湾工作）的信里却有十分露骨的坦述。他在一九四九年六月八日寄自重庆的信中说：“武大情形尚安定，教职员工学生均决定不离不弃，静待共军到后接受。武汉决不至有大战，亦宓所预知，惟宓以先有渝、蓉讲学之约，又在思想上极不赞成共党，恐日后不能脱出，遂携带全部书籍行李，于四月二十六日离校。”吴协曼或因对时局捉摸不定，竟也想来四川谋职，吴宓苦口劝阻。他在十月一日的信中说："而今四川成为尾闾残局，假定甲方（指国民党）能保有四川，亦是惶惶不定，学校情形极坏。甲方人士只如逃至室隅，无可再逃，遑云发展？又假定二三月内乙方（指中共）取得四川，则我辈逃至四川或本居四川者，在乙方视之，皆为罪人，皆为国虏，静候处罚，恭听训练——最危险、苦恼，亦不光荣。宓在此，亦不得已，惟求暂时避难苟安，如遇意外横逆，便自沉于嘉陵江。弟来此，甚似由乔木下迁幽谷，故甚为弟不取也。”这些语重心长的话语讲的是如此无所顾忌，吴宓在转折时期的全部心思流露无遗。今后如有哪位传记作家再写这段历史，当会根据这批出土文物般的书信予以重写的吧。从旧社会来的知识分子都必须接受一番脱胎换骨的改造，这是共产党执政后的一项基本国策。因此，新中国成立后除在全国各领域（主要是文教科研部门）大力开展思想改造运动外，组织各界知名人士参加土改，也是加强改造并考验立场的有效手段。从吴宓一九五一年日记可知，西南师范学院似未组织过这样的活动，但吴宓的日记却留下了不少反映土改情况和他对土改某些过激行为的反感，以及他对一些地主家庭不幸遭遇表示同情的记载。在他的书信里也有这方面的内容，如他给金月波的一封信里就谈到他因同情地主家庭而获罪的经过。信中写道："去年（一九五一）十月所作《送女生土改》诗，邮寄与友，竟遭检阅，呈之西南最高当局，发交文教扩大会议研究。故去年此日，宓与邵君皆在慄慄危惧之中。当时蜚语流传，竟谓我等在邵宅组织重阳诗社，有反动之政治密谋者。……今一载以来，宓已如命改造，邵君亦毫无嫌累，然而同人戒惧恐惧，不敢再为诗矣。”看来，吴宓在思想感情上并未按照上边的要求过好这一关，他依然故我，还是那位反对任何暴力（不论来自“右”或“左”），充满人道情怀的长者。

吴宓的书信同他的日记一样，都是源自生活真实的诛心之作，是完全可以当做信史来读的。书信集里就有几通是集中叙述他在反“右”、“文革”时期的经历的，由于写得细致入微、淋漓尽致，具有很强的真实感，它们就像一面历史的镜子，让我们重新看到了那个可诅咒的，让人窒息的年代。一九五九年二月二日致金月波的信中说：“宓一九五七年七八月，参加反“右”，当时作四诗，后被谥为‘反动诗’。一九五八年春夏间，公开展览，张贴要路，并大加责讨。盖一九五八年五六七八月，宓在校（历史系）参加向党交心、搞臭资产阶级思想、教学改革、红透专深等运动，劳苦紧张已极，几于殒身。（一）问：何以称党为继母？——改称生母，乃解。（二）何敢反对文字改革？——赶忙作白话文、写简体字，乃免。（三）汝教世界古代史、外国文学，不用阶级观点，大错特错。至九月底，调入中文系，乃获轻松。十月份炼钢。十一二月全校赴綦江山中采铁，宓等老弱留校休息，身心乃得康复。……但《文艺思想》教学大纲中列梅光迪、吴宓为学衡派（封建主义，亦兼资办文学），云是与毛主席、鲁迅先生革命文艺一向反对而肆行阻逆者。故宓衡惴惴，畏作批判斗争之典型。其他无需论矣。”写到这里，我们不禁要问当今广大教授、学者们，你们在教学、研究中可曾受过吴宓当年那种不堪的对待？现在的社会环境虽然还有不少需要改革的地方（为此还要付出很大努力），但毕竟有了一些进步和宽松，不至于像以前那样只许一花独放，一家独鸣了。致南京大学郭斌和教授的信大概是书信集中最长的一篇，约四千三百言，而且还有一段传奇似的插曲。原来这封信是吴宓“文革”中写给郭斌和的，但付邮后为工人毛泽东思想宣传队从邮局截留，后存于吴宓专案组档案中。一九七八年夏，作者冤案平反落实政策时，此信始归还家属，而收信人始终未见此信。如今，此信终于重见天日，我们都可以大开眼界一睹这通劫后余生的信件了。信中最让人悲愤不已的是讲吴宓在一次批斗会上被恶人粗暴推拉致残的经过：“中文系师生，共斗争宓二次。每次皆由中文系师生相继读出其撰就之批判稿，凡十余篇。内容则录取宓日记之数语，不顾时代，无限上纲，深文入罪，于是判宓为历史兼现行反革命分子。第一次斗争，在田畔，仅一小时即毕。第二次五月九日，在分院内食堂。先命宓在食堂门外待命。下午三时开会，由主席（学生）向群众宣布开会大意（主旨）后，照例命两人（甲、乙，皆学生）抓罪犯宓入场。食堂内，为极平整之砖铺地。甲乙各挽宓一臂急行之半途，宓呼叫：‘走得太快了，我步赶不上，将要跌倒了。’甲乙大怒，遂皆释手，且乘奔来前冲之势，将宓向前猛一推，遂全身向前向左方跌倒，趴在砖地上（此事宓不敢对人说，只说‘宓自己行步不慎跌倒。’但其实，众皆知之）。彼甲乙毫不在意，且从宓身后拉起宓已受重伤之左腿，将宓直拖到主席身旁。此时宓左腿痛极，大汗，急喘，在主席身旁，半跪半坐，惘惘无知之状态中，恭聆了三小时之批判斗争。”一位毫无反抗力的老人就这样被搞成残废了，左腿扭折成了三截，膝盖与胯骨两处关节脱臼，以致不能正常行走，只能用双手与右足，抓木箱及桌椅在屋里爬来爬去。吴宓伤残到如此程度，监管人还继续折磨他，不准在室内大小便，强迫他去山上的厕所。每天早晚还要吴宓到户外走若干圈，否则不给饭吃。读者诸君，这就是上世纪六、七十年代发生在社会主义中国的事情。在广袤的中国大地上，人权被践踏，尊严遭鄙弃，传统文化中一切美好的东西丧失殆尽，剩下的只有极端、暴虐和疯狂，而这一切都是在革命的名义下干出来的！

吴宓书信的可贵不仅在于提供了大量为正史掩盖地珍秘史料，而且还毫无掩饰地揭示了吴宓内心的秘密，告诉我们他是用怎样一种智慧和方法来应对那个荆棘满路、危机四伏的环境的。一九五九年十二月九日致金月波的信中说:“宓力求‘无我’，事事‘从命’，表示愿‘听党的话’，极力跃进，故在校、系颇受优礼……故宓今年虽甚劳忙，而比之一九五八春夏秋之教育改革作为白旗坚垒而受火攻时，则已出九渊而登衽席矣。但仍临深履薄，力行谨慎。个人之一切计划、想望，完全弃捐。诗情灵感，怀旧伤离，尽在衾枕中或独步时一现于脑际心中耳。”读了先生这段私信秘谈，我们不但不会责备他软弱、苟安，相反，我们只会以一种特别亲切的心情去理解他，爱敬他，并从心底发出一致的呼声：祈望那样的年代不会再来！

卷六

绵绵回甘的枣味

李霁野先生是我国老一辈著名翻译家和作家。世界文学名著《简·爱》和英国小品文经典《四季随笔》就是李先生最早移译过来的；至于他的散文作品，近几年来经常受到选家的青睐，不断披露于各种散文鉴赏集中，特别是那本《给少男少女》，更以其亲切动人的谈吐、幽默横生的情趣和丰富的知识性，为众多读者所称道。但是，李先生还是一位古典诗的诗人和研究者，却是少有人知，其实他在这方面也是颇有收获的。一九八六年出版的一本旧体诗集和一九九一年出版的《唐人绝句启蒙》就是他辛勤耕耘的成果。

《唐人绝句启蒙》是以给他的三个孙儿女进行文学启蒙教育的方式写就的，所以行文造句就来得特别亲切、自然和耐读。李先生在书的开场白中说："离休以后，稍有闲暇，偶然翻阅中国古典诗词，有些像老朋友一样，一见还引起惊喜，有他乡

◎李霁野先生

遇故人之感。想到娱妻课子虽然已成过去，但选些唐人绝句给你们讲讲，顺便也谈谈家常，说说往事，或者你们还不至厌听吧。”接着他又自谦地说：“我没有深入的学力，若能浅出，使你们能像我在三家村私塾一样，囫囵吞枣，而略尝点枣味，我也就很满意了。”寥寥数语，风趣地说明了他这本小书的写作原则和宗旨。其实，这本朴实无华，但却耐人咀嚼的书，又止是对孩子们学习有益呢？用“雅俗共赏，老少咸宜”八个字来概括它的特点，恐怕是再恰当不过的了。

绝句，尤其是唐人绝句，是我国古典文学中的无价瑰宝。自古以来，对唐人绝句进行编辑诠释的络绎不绝。南宋洪迈就编辑了一万首，这就是鼎鼎大名的《唐人万首绝句》。清代王士禛又从中选出九百余首，定名为《唐人万首绝句选》。新中国成立后，就我所知，有好几种选本出版过，其中较好的有刘永济先生编注的《唐人绝句选》。李先生从青少年的需要出发，从浩如烟海的唐人绝句中选出约三百首，进行了一番精筛细选、深研浅说的功夫，应当说是很不容易的。李先生在书中告诉我们，他在父亲的熏陶下，从小就喜爱古典诗词，特别是唐人绝句那种优美绝伦的艺术形式和醇厚韵味更使他流连不已。可见《唐人绝句启蒙》正是他一生研读体会、厚积而发的结晶。

《唐人绝句启蒙》继承发扬了我国古代童蒙教育的优良传统，文字浅显易懂，将训诂考证的学问完全通俗化了，即使讲典故，也不是原封不动地引经据典，而是像对小儿女讲故事那样娓娓动听，引人入胜。于是，“闲话掌故说唐诗”就成了这本小书的一大特色。比如张祜的《宫词》:“故园三千里，深宫二十年。一声何满子，双泪落君前。”李先生一开始就把读者引入了故事：“这首小诗有几个小故事，我给你们讲讲吧。何满子原来是个歌者的名字，据白居易在一首诗的自注中说，他（指何满子）在临刑时请用此曲赎死，皇帝未准。但歌曲却流传下来了，还有以《何满子》命名的舞曲。另一个小故事说，唐武宗病得要死时，歌妓孟才人得到允许，为他唱《何满子》，不料她气绝身亡。又一说是，武宗想要她殉葬，她唱《何满子》时突然死去了。”几个小故事为我们展示了一幅凄婉动人的历史画卷。李先生讲唐诗还常用个人的生活经验来启示读者。他说:“诗人写的诗，若与自己的经验有吻合之处，就会觉得格外亲切。”比如贺知章的《回乡偶书》:“少小离家老大回，乡音未改鬓毛衰。儿童相见不相识，笑问客从何处来。”这是一首抒发还乡喜悦之情的名诗。李先生结合这首诗回忆了一件非常有趣的往事。他说：“我读这首诗觉得特别亲切，因为童年在私塾读过。我一九二六年夏回乡，离乡不过三年多，却问给我送茶的二弟是谁,引起哄堂大笑。若是我离开三十年回来,大概晚辈们也会‘笑问客从何处来’吧。”这真是一段神来之笔。像这样结合生活经验,水乳交融地读唐诗的,恐怕不多见吧。当我给我的小女儿读这段妙文时,我们一老一小也都禁不住笑出声来。当代散文家姜德明在评介李先生的《给少男少女》时曾提过一个颇有识见的观点。他说《给少男少女》虽然是一部讲演集,但作者却有意保留了讲演时的气氛和演说的风貌,所以文章显得十分生动自然而有风趣,“我以为最能见到他性格一面的,还是这本《给少男少女》”。我想,《唐人绝句启蒙》不也是一本最能反映李先生“性格一面”的著作么!

《唐人绝句启蒙》的另一特色是,就是每一段释文都是用简洁生动,甚至是很优美的散文来写的。有的几乎可以当作一篇独立的小品来读,不仅给人以启迪,且能给人以美的享受,这或许就是“文人谈诗”的一种必然吧。比如王建的《雨过山林》,李先生的释文是这样:“头两句写的山村景色,十分具体,没有一个闲字:雨里鸡鸣,小溪修竹,曲径板桥,一二人家,多么幽静美丽。三句写一嫂一姑互唤去一同劳动,多么情感融洽。末一句用一个细节来画龙点睛,写出农妇养蚕多么辛苦,连看看最喜种的栀子花都没有工夫,更顾不得折来插在头上了。”真可谓诗美文亦美。

李先生编著《唐人绝句启蒙》的目的,不但希望给青少年一些文学知识,更重要的还在于提高他们的情操。所以全书贯穿了一条思想的红线,即“诗可育人”。李先生在开场白中即明确提出了好诗的六条标准:(一)高尚的情操;(二)崇高的思想;

（三）丰富的想象；（四）生活的时代气息；（五）精美的文字；（六）独特的民族形式。他认为，当然不是每一首好诗都能六条具备，但有一条则是肯定的，即“好诗都能潜移默化地对我进行最好的教育”。李先生还特意将英国诗人丁尼生的几行诗略加改变，用来歌颂好诗所起的作用：

我知道天下没有
比好诗更灵巧的教师，
不仅将人内心卑薄的一切
抑制下去，
却也教给高尚的思想、可爱的
言词、礼貌、求名的欲望；
爱真理的心，使人成为好人
的一切。

从这一崇高的指导原则出发，李先生在选讲唐人绝句时，都要尽可能把读者引进一个高尚的精神境界。例如在选讲《枫桥夜泊》时，他就指出：“好诗可以使我们的感官锐敏，是一把打开我们心灵的钥匙，使我们对人间一切真善美的东西可以心领神会，并用这一切作为鼓舞我们的源泉和力量，向人生的最广处探索，向人生的最深处追求，向人生的最高境界攀登。”

李先生对唐人绝句的艺术构思、写作技巧和语言特色等也每有独到、新鲜的见解，往往三言两语就把一首诗的艺术奥妙抓住了。比如李白的《静夜思》：“床前明月光，疑是地上霜。

举头望明月，低头思故乡。”这是一首家喻户晓、几岁儿童都会背诵的名诗。李先生指出：“这首诗容易懂，但别小看它，它有李白诗的一大特色：清水出芙蓉，天然去雕饰”；并告诉我们，诗人采用的艺术手法就是所谓“白描”，“只有炉火纯青的大手笔才能运用自如”。又如孟郊的《归信吟》。李先生的释文只有这么几句：“以泪和墨写信寄去，情已够深。灵魂随信同去，就情深逾海了。设想十分新奇。”真是言简意赅，一针见血，几句话就把实质交代清楚，而给读者留下的却是意会不尽的遐想。

那么，唐人绝句中的优秀作品为什么至今还能对我们当代人产生如此强烈的感染力呢？那些不朽名篇的成功秘密何在呢？李先生对这个问题有一段相当精彩的议论（见《引水行》释文），我觉得在这本书里是带有某种结论性质的。他说：“诗人总是十分敏感的，又能用精美的文字、巧妙的艺术手法，将自己的感受表达出来，使读者分享生活的情趣，进入诗人所创造的优美崇高意境。他们所写的也许是别人不注意的日常事物，也许是一瞬间的印象。他们仿佛有点石成金的魔术，一经他们点化，这些就成为丰富我们生活的珍品了。”这段话或许会使人对诗产生一点朦胧感，但是，对艺术殿堂的全部奥秘讲得太露太白，那还有什么意味呢！

（一九九二、一）

温暖的忆念

——记李霁野先生

去年鲁迅诞辰一百一十二周年（九月二十五日）的那一天，我在《光明日报》副刊上意外地看到李霁野先生的一篇短文《在鲁迅家吃炸酱面》，读后感到十分亲切，而且还有点惊喜。因为近年来李先生由于患老年白内障，已有好久没有文字发表了，前年他给我的信，就是他儿子代笔的。

我最早认识李霁野先生，是在五十年代初的南开大学文学院（即南大北院）。我依稀记得，那是一个天清气朗的早晨，亮堂堂的一间大教室里坐满了外文系的学生，一个个都在翘首等待着一位受人景仰的老师，一位曾经追随鲁迅开拓进步文学事业的著名译作家的到来。忽然，教室里出现一阵骚动和窃窃私语，但很快又变得鸦雀无声了，只见系主任罗大冈先生，引着一位身材不高、衣着整齐、面貌安详的中年人走进屋来，这就是我第一次见到李先生的情景。李先生待人温和可亲，没有一点名教授的架子，说起话来常常妙趣横生，师生之间的距离很快就拉近了，凡是他的课，我们都是兴趣盎然、聚精会神地去听。那时我还年轻，又颇多幻想，我也曾希望能像李先生那样从事文学翻译，并以此作为终生事业，因此对李先生译的英国散文名著《四季随笔》，兴趣特别浓。我从图书馆借来带有详注的日本版英文本，同时又借来新中国成立前台湾省出版的李先生的译本，一有时间就对照着读起来，一边欣赏英文原著的文笔，一边欣赏李先生的译文，那可算是我大学生涯中最有兴味的一页了。

去年五月中旬，我到天津出差，又习惯地到大理道新七号去看望李先生。这些年来，只要有机会去天津，我总要去先生寓所呆一会儿，因为我不但爱先生的文章，更愿意坐在先生身旁去感受一次无形的熏陶。进了门厅，一位安徽口音的保姆把我引进李先生的书房兼卧室。还是那间熟悉的房间，宽敞而整洁，充满书香气，但光线始终有些暗，静悄悄的几乎可以听到钟表的滴答声。先生由于视力大减，心脏也较弱，他已不能像以前那样站起来迎接客人，但见老人一动不动地端坐在那把大圈椅里。我轻声走到先生身旁，在他耳边通报了我的姓名，先生的脸上立即显出一丝笑意，他握住我的手说："你来了。"接着不无歉意地告诉我，"因为心脏不太好，气力不足，不能跟你讲太多的话了。"看到先生如此虚弱的样子，我心里顿时感到一阵隐隐的痛楚。李先生过去一向健谈，虽然年事已高，社会活动也极少参加，但生活中发生的一切他都事事关心，从国外到国内，从政治到经济，从文化到当前社会风气，几乎无所不谈，特别是谈到某些热门话题时，先生也会抑制不住流露出一点激愤和感慨。我已有差不多快两年没有见到先生了，他已经是满头银霜，苍老了许多，但他的神情却丝毫不显委顿。他坐着说话还是那副动人的姿态，微微地昂着头，慈祥专注地看着你，但又像是越过你，注视着远方某一个目标，先生这种让人难以忘怀的形象，每每成为鼓舞我严肃做人、认真做事的精神力量。他对自己的生命乐观如故，他说自己也没有想到会活得这么久（先生今年九十周岁），他说人老了也没有什么可怕；对白内障迟迟不能做手术他也不怎么焦急。先生告诉我："我的眼睛可能就这样下去了，一切都顺其自然吧！"

我对先生译著的出版一直比较关注，这次见面当然又离不开这个话题。先生从南大退休后，自知工作的时间已经不多，便想抓紧将他过去比较可读的一些作品进行整理校订，重新奉献新的一代读者，另外就是在亲友们的帮助下着手为文集的出版做准备。这样，从八十年代以来，他的一些名译如《简·爱》《四季随笔》，散文集《给少男少女》等都陆续重印再版了。一九九一年我还收到先生寄给我的一本新作《唐人绝句启蒙》，这是一本深入浅出、生动有趣的文学启蒙读物。我一口气读完后，就写了一篇读书随笔，这就是在一九九二年第十一期《博览群书》上发表的《绵绵回甘的枣味》。此文发表后果然引起反响。我高兴地将这期《博览群书》给先生寄了一本，并告诉他读者求书若渴的情况。先生最关切的《李霁野文集》的出版相当缓慢。先生几年前曾来信说，他生前恐怕见不到文集的出版了，他说出版社印这种书是会亏本的。这次见面，我又问及文集的出版情况，他告诉我文集总算印出来了，但还是第一卷，其他各卷何日出齐不得而知。先生指着壁炉方向，告诉我那下面有一包书可能就是了。我过去一看,果然是我盼望已久的《李霁野文集》，我兴奋不已地取了一本。先生从我手中把书拿过去摸了摸，然后又放到几乎贴到脸上的地方吃力地看了看，才放心地把书交还给我。我怀着近乎虔诚的敬意将文集第一卷打开。呵！第一部分就是他近十年间散文随笔的第一次结集《温暖集》，此外还有《给少男少女》与《意大利访问记》等，那些我曾熟读多遍的文章一篇篇仿佛都在眨眼向我微笑呢。李先生向以翻译家著称，其实，他的散文也是颇有成绩的。近几年来，他的一些名篇如《三幅遗容》《花树漫记》《似曾相识的杜鹃花》及《读书与生活》等，经常在各种现代散文选中出现就是明证。先生的散文明快朴实、娓娓动人，字里行间充溢着对人生的挚爱；他的散文受英国 essay 的影响也较深，因此还时而表现出活泼并多幽默感，如那本被姜德明同志誉为“最能见到他性格一面”的《给少男少女》,就突出地体现了这一点。

李先生回忆说，他的散文创作是在鲁迅先生启发和鼓励下开始的。李先生早在二十年代就曾对鲁迅说他很爱读鲁迅的《朝花夕拾》这样的散文，鲁迅就劝他多读些英国名家作品，又勉励他也试写一点这样的文章。李先生对鲁迅说，他自己的学识和人生经历都远远不足,不敢动笔。鲁迅就说了几句类似在《未有天才之前》里所说的话:“幼稚对于老成，有如孩子对于成人，绝没有什么耻辱，作品也一样，起初幼稚，不算耻辱的。”于是，他终于鼓起勇气来，在一九二八年秋写出了他的第一篇感人肺腑的散文《三幅遗容》。

◎一九九五年作者与李霁野先生（左）摄于李寓

就像捧着一件珍贵的礼物，我把李先生的文集珍重地带回了北京。我孜孜不倦地阅读了先生从青年到老年写出的一篇篇散文随笔，正如先生在《温暖集》序中所期望的那样，我确实从阅读中得到了一次人生的慰藉和温暖。李先生在《温暖集》的正文前面还醒目地引录了十九世纪英国诗人的两句诗：

我在生命的火前，
温暖我的双手，
一旦生命的火消沉，
我愿悄然长逝。

我觉得先生特别选中这两句诗是意味深长的，因为这诗恰好道出了先生暮年所追求的一种境界。你看，短短的四行诗，不是极其美好地咏叹出一种超脱的情操，一种宽阔的胸怀吗？

（一九九四、七）

听霁野老人说往事

多少年来，每当我到天津探亲或公干，大理道新七号那间宽敞整洁而又略显幽暗的书房，是我足迹必到的地方，因为那里住着一位历尽沧桑、非常慈祥可亲的老人，这就是鲁迅学生、唯一健在的未名社宿将李霁野先生。当我坐在这个常爱微微昂首向你侃侃而谈的老人面前，往往会产生一种奇妙的幻想，仿佛历史的距离一下又拉得那么近，通过这个老人，我似乎还能感受到当年鲁迅音容笑貌的温暖，和他那手指间袅袅升起的烟香。

去年是李霁野先生九十华诞，作为他的一个不太成才的学生，该怎样表示一下衷心的贺忱呢？我想，一篇朴朴实实地谈谈老师晚年生活与精神风貌的文章，可能是最好的礼物了吧。于是，我写了一篇题为《温暖的忆念》的散文，发表在一九九四年七月二十八日的《天津日报 · 文艺周刊》上。

当年十月，我从外地旅游回京后，就马不停蹄地跑到天津去看望李先生了。他见到我显得有些兴奋。原来《天津日报》文艺部的同志曾专程给他送来刊登我那篇散文的报纸。因为先生的眼睛患白内障，视力大减，是家里人读给他听的。李先生对我这篇文章说了一些鼓励和赞许的话，这使我既感动又惭愧。他说我动笔写散文是晚了一些，但这也有一个好处，就是一开始就可能写得成熟一些。那天，他还谈到他自己在鲁迅关怀下学写散文的故事。早在二十年代，鲁迅就叫他多读些英国名家的散文随笔。李先生当时正年轻，就对鲁迅说，他的学识功力和人生体验都很不足，怕写不好散文。鲁迅就对他讲了些类似《未有天才之前》里谈过的话："幼稚对于老成，有如孩子对于成人，绝没有什么耻辱，作品也一样，起初幼稚，不算耻辱的。"就这样，李先生鼓起勇气开始学习写作，在一九二八年秋写出了他的第一篇感人肺腑的散文《三幅遗容》。从那时起，李先生除了以翻译、教书为主外，着实写了不少散文作品。他的那些名篇，如《谈渔猎》《似曾相识的杜鹃花》《花树漫记》《花鸟昆虫创造的奇境》，以及演讲集《给少男少女》中那些妙趣横生的篇章，至今仍脍炙人口，在多种中国散文选集中被选录。特别是一九九〇年在《散文》杂志上发表的《童年的天使》《随笔二则》等更是先生晚期炉火纯青、意境很高的作品。李霁野先生的中西文化底蕴都相当深厚，尤其是英国文学及英国 essay 的造诣更深，李先生的散文可以说是直接吸收中国古典散文与英国随笔两种营养交汇而成的。他的散文感情真挚，文字质朴，在娓娓而谈中还时而一闪幽默的微笑。李先生的散文还有一个与众不同的特点，就是常爱引用一些生动隽永的英国诗文佳句，从而使他的作品带有一种中西文化水乳交融的气质，对某些懂得一点英国文学语言的读者来说，有一种特殊的亲切感和美的享受感。

李先生经常同我谈到鲁迅对青年的爱护与培养。他不胜感慨地说，像鲁迅那样无私地帮助青年人，现在很难找到了。李先生翻译第一部外国文学作品《往星中》时，还是个中学生，但鲁迅对这个初出茅庐的少年，没有一点大作家居高临下的架子，对他的译稿抱着尊重和认真的态度，在凡是可修改的地方都夹上纸条，然后约他来一道研究怎么改。鲁迅为了让《往星中》与其他几个青年的作品得到出版，便建议成立了历史上著名的文学社团“未名社”。李霁野先生正是在鲁迅的直接引导下踏上文学翻译道路的。他的名译《简·爱》，也是在鲁迅的督促和帮助下出版问世的。那是一九三〇年的事。当时李先生在天津河北女子师范学院任教，头两年因教课忙没有翻译什么书，鲁迅对此十分关切，以为他当了教授变懒了。冯雪峰写信把鲁迅的话转告给李霁野。李先生立即给鲁迅写信，告诉他已在开始译《简·爱》了。鲁迅知道后非常高兴。当译稿完成后，鲁迅很快把它介绍给郑振铎，作为《世界文库》的一种出版。

一九九五年国庆节前后，我在天津逗留时，又去了大理道李宅。半边花树的小院静谧怡人，已开始有了一层秋意。先生由于年迈体衰，再加以双目几近失明，在家中已很少走动，每天总是长时间地独坐在他那把大圈椅里。这天我推门进屋，就一眼看见李先生安然坐在窗前，沐浴在一片朝阳下的熟悉身影。我轻步走到先生跟前握住他的手说：“我来看您了！”先生一听

◎李霁野先生

出我的声音，他那正在闭目养神的眼睛立时睁开，闪烁着一丝喜悦的光彩。先生的暮年生活虽然有些寂寥，但他的思想却始终是活跃着的，每有熟人来看他，总有说不完的话。这一次先生还是那么健谈如故，看不出有什么倦意，真是让人欣慰。一九九五年是世界反法西斯战争和中国抗日战争胜利五十周年，我同先生谈话的内容很自然围绕这个中心展开了。先生的记忆还是那么清晰，生动的回忆把我引到了那个战火纷飞、灾难深重的岁月。

卢沟桥事变后，天津、北平相继沦陷。那时，李先生刚新婚不久，未能随朋友一道南下，而天津河北女子师范学院也停办了。李先生只好继续翻译托尔斯泰的巨著《战争与和平》，这是早已同中国文教基金会约定的，规定每月支付稿酬一百五十元，当时尚可维持夫妻二人的生活。一九三八年春，文教基金会准备撤销北平办事处迁到香港，原来约定译稿的五六个人（其中有周作人）必须立即结束手头的翻译工作，这势必使这些人的生活马上发生困难。他们便决定去向主持会务的一位清华大学教授请求继续维持稿约。此事却遭到断然拒绝。李霁野译的《战争与和平》因系世界文学巨著，半途弃之可惜，委员会特别予以通融，可以继续将译稿寄往香港，每月照寄一百五十元。

但是，文教基金会毕竟远离北平，在日寇统治下单靠等稿费过日子，仍是有困难的。于是，李先生决定去北平谋职。当时，北平的辅仁大学是美国教会办的，日本人尚不敢去骚扰，所以有不少爱国学生去报考，一九三八年那一年招的新生特别多，学校急需增加教师。李先生当即去找担任辅仁大学外语系主任的英千里（当代表演艺术家英若诚的父亲),英一见李主动跑来，喜出望外，马上同意聘他讲授欧洲文学概论。当时辅仁大学还有个由几位教授秘密组织的地下文教委员会，是专门作留平爱国文化人工作的，帮助他们寻找生活出路，拒绝同日本人的合作。李霁野也很快成为这个委员会的成员之一，并对这项抗日爱国工作十分热心。李霁野到辅仁大学后，还推荐了几个不愿投靠日本的人士到辅仁教书，后来其中一人中途变节，李霁野立即建议学校将此人解聘。由于同学们都知道李霁野是鲁迅的学生，又是著名译作家，所以李先生在学生中享有很高威信。同学中有时发生生活的急难问题，也都愿意找他帮助解决。

当时的北平文坛，尽管鬼魅横行，群丑当道，但还是有一批爱国青年和有良心的作家在苦苦挣扎，抗日爱国的声音始终没有消失，其中很有代表性的就是辅仁大学一些爱国同学创办的校园刊物《辅仁文苑》，在读者中赢得了很高的声誉。李霁野对《辅仁文苑》给予了热情支持，经常给该刊写稿，并被聘为杂志的顾问编辑。《辅仁文苑》在李霁野、英千里等爱国教师的支持下惨淡经营了三年，最后还是被日寇扼杀了。

为了冲破日本殖民文化的包围，开辟一块坚持“五四”传统的文学净土，同时也为了给北平的一些不愿与日本合作的文化人谋点生路，李霁野先生还约了几个朋友决定创办一本纯文学刊物《北方文学》。因为许多作家都已南下，李霁野便委托在上海的许广平代为向各地名家组稿。为了使刊物对北方青年具有精神感召力，还决定从创刊号起连载从未公开发表的鲁迅日记，特请许广平亲自抄录鲁迅日记稿寄到北平。在李先生的努力筹划下，《北方文学》的稿件已基本组齐，创刊号的封面也请人设计好，但由于李先生的背景和刊物的政治倾向，日伪政权不批准出版。

北平沦陷后，周作人的去留成为全国文学界最关注的一大问题。李先生为了挽救周作人曾经尽了最大的努力。北京大学南迁后，周作人的生活陷于困境，李先生曾三次向辅仁大学文学院长建议，聘请周作人来校任教。李先生还为此专程去八道湾见周作人，有一次钱玄同也在场。钱玄同抗日情绪表现得慷慨激昂，说他要写一篇遗嘱公开发表，向世人宣告我钱玄同死不投敌。与钱玄同相比，周作人的态度要暧昧得多。与此同时，李先生还去找过掌管文教基金会稿费的一位教授，请他约周作人译书，可以供养家糊口。但可惜李先生这些建议一概被拒绝，只好眼巴巴地看着周作人去当了汉奸。

李先生是个十分重情义的人。他在北平滞留期间，还经常到阜成门内西三条向鲁太师母和鲁迅原配夫人朱安问寒问暖。上海沦陷后，许广平已自顾不暇，没有力量再给鲁迅母亲寄钱，李霁野便去找已当上日伪教育总署督办的周作人，周才答应给他母亲每月五十元生活费，但朱安的不管。李霁野说，虽然你们兄弟一度不合，但大先生已不在世，考虑你们兄弟过去的情谊和曾经并肩战斗的经历，寡嫂的生活还是应该管一管的。周作人听了李霁野的劝说只好答应照顾朱安，有时派人送些米面肉菜，算是尽一点义务。

太平洋战争爆发后，北平的形势更加紧张，辅仁大学已有好几位师生失踪，李先生的好友常维钧也被日本宪兵队逮捕。一天，有个做地下工作的同学来通知李先生，说日本人已准备逮捕他，让他赶紧走。于是，在一九四三年一月，一个寒冷的日子里，李先生在朋友的掩护下仓猝逃离了北平，他的妻儿也不得不跑到安徽老家去避难。李先生在南逃途中在洛阳滞留了五十多天，在那里过着难民一般的生活，社会的动荡不安和民不聊生的惨状使他悲痛万分。李先生对我说，“伍子胥过文昭关，一夜间须发皆白，真是不假，我有一天对镜自照，看到自己的头发竟白了许多，使我大吃一惊。”

在抗日战争时期，李先生饱受妻离子散、颠沛流亡之苦，但对他个人的事业来说，最大的损失莫过于《战争与和平》译稿的丢失。《战争与和平》是他从天津开始动笔翻译，到北平后边教书边续译，用了整整四年半的时间完成的，并全部寄到了香港，不幸却在日寇侵占香港的战乱中丢失了。浩浩一百二十万字的大译作，不知耗去了先生多少精力和心血，它的丢失给我国文学翻译史留下了一个永远的遗憾。

（一九九六、三）

一片晚秋的枫叶落了

李霁野先生晚年特别欣赏英国十九世纪诗人兰多（Waller Savage Landor）的一首诗：

我在生命的火前
温暖我的双手，
一旦生命的火消沉，
我愿悄然长逝。

在一九九一年十二月出版的《李霁野文集》第一卷，先生还特意将这首诗刊印在其中《温暖集》的前页上。兰多的诗的确非常美好地表述了一种清逸通达的生死观，一种对人生最高境界的追求，而这一点正是先生心向往之的。今年五月四日凌晨一时四十五分，先生的生命之火终于熄灭了，就像一片晚秋的枫叶，在展示了它那全部迷人的色彩后，悄然离开枝干，无声无息地飘落下来。我于五月八日赶赴天津向先生最后告别时，先生的家人告诉我，先生临终时几乎没有什么痛苦，是在一种安详的睡眠状态中与世长辞的。我为先生的生命能像兰多的诗所说的，有这样一种自然安适的结束而深感欣慰。

从八十年代起，我差不多每年都要去天津看望一次先生，这几乎成了我的必修一课，坐在先生面前，我恍如又回到五十年代初在南大北院读书的时候。我很爱读先生那些朴实无华的文章，但更爱同他在一起谈天说地，在他身旁感受一种在别处无法得到的熏陶，一种仿佛在蒙蒙中亲近鲁迅的感觉。李霁野先生是在鲁迅直接引导和关怀下走上文学道路的，但我认为，他从鲁迅那里继承的东西，更重要的还是在道德风范方面。从二十年代初开始接触鲁迅起，先生就把鲁迅视为他处世做人的典范，亦步亦趋地向鲁迅学习。在肃穆悲怆的灵堂里，有一副挽联对先生的崇高品格概括得很好，那两句话是：“刚直仁慈立世，笔耕育人一生”，李霁野不愧为鲁迅的一个勤勉可嘉的学生。

一九九四年四月李先生九十华诞，为了表示我对老师的贺忱和敬意，便写了一篇题为《温暖的忆念》的散文，发表在一九九四年七月二十八日《天津日报 · 文艺周刊》上。随后，我就带着文章发表后的喜悦去天津看先生了。我从南大外文系毕业后，虽然长期从事编辑工作，但多半为人做嫁衣，自己很少动手写点什么，所以当先生知道我开始写起散文来，就显得十分高兴，并讲了一些赞许的话，他说虽然起步晚，但只要努力也能写出比较成熟的文章的。就在这次见面时，先生跟我讲了鲁迅如何鼓励他写散文的故事。李霁野先生从二十年代开始的文学翻译事业是在鲁迅指导下迈出第一步的，在散文创作上，同样与鲁迅的鼓励分不开，因此，李先生经常对我说："我这一生最大的幸运就是结识了鲁迅。"李先生很早就爱读鲁迅的散文《朝花夕拾》。我觉得他对《朝花夕拾》的评价与黄裳先生的观点很相似。认为那是中国现代散文的一个极致，气势宏大，亲切感人，深沉流露了鲁迅对人生深广无边的爱。李先生有一次大胆地问鲁迅，为什么不多写些像《朝花夕拾》那样的散文随笔呢，言外之意颇有点惋惜，鲁迅无可奈何地回答道："我何尝不愿多写一些，然而现实是这个样子，我不得不站出来多写些杂文，这是没有法子的呵！"现在我将这段鲜为人知的史实披露于世，对研究鲁迅创作思想或许会有一点新的启示吧。

我与李霁野先生聊天的内容，除了他感兴趣的国内外大事及当前热门话题外，就是与鲁迅有关的人与事了。例如关于鲁迅与朱安夫人的关系，我曾告诉李先生，坊间有本专谈鲁迅、许广平、朱安三人感情纠葛的书。作者说，有一次朱安为鲁迅缝制了一条新棉裤，放在鲁迅的床上，满指望他能穿上，但鲁迅却把它扔出门外，使朱安非常伤心。李先生斩钉截铁地说，鲁迅绝不可能这样做，鲁迅对朱安虽然没有爱情，但平常相敬如宾，对她的态度还是好的。李先生每次去鲁迅家，都是朱安出来端茶送水，从未见到鲁迅对朱安有什么不尊重的表现。

有一次，李先生与台静农、韦素园三人去鲁迅家，临别时鲁迅对他们说："明天你们三人来我家吃晚饭。"当时他们听了有点奇怪，但第二天还是按时赴约了。鲁迅说："今天是我的生日，邀你们来热闹热闹，我妻子特意做了家乡口味的酥鸡，让你们尝尝。”从这件事也可以看出在鲁迅的家里还是有一种夫妻和睦的气氛的。李先生曾几次跟我说，他想专门就此写篇短文，以澄清这种不实的误传。李先生也同我谈过周作人的一些事，我觉得先生对周作人的看法很接近郑振铎、朱光潜诸先生，也持有一种比较宽厚的态度。我从未听到他苛刻地骂过周作人什么，倒是常听到他赞赏周作人的文章，包括他的译作。先生说他曾有一本周作人译的日本短篇小说集，译得非常好，读起来颇有莫泊桑的味道，后来让一个女孩子借走一直未还。北平沦陷后，周作人的生活陷于困境，这时李先生正在辅仁大学教书，便多次向辅仁文学院负责人建议聘请周作人来校任教，这样有了稳定的经济收入，就不致去给日本人干事了，但李先生的意见未被接受。先生每谈起这件事就耿耿于怀，说如果那位坚拒周作人的人还在，他也要指着鼻子批评他的。先生感慨万分地说，周作人跑去与日本人合作，是中国的一个大失败！不过我也有一些自己的想法，周作人本身就患有政治软骨症，对民族抗战没有信心，即使真的进了辅仁，也难保不会有一天被日本人拉下水的。

一九九五年是抗日战争胜利五十周年，我同李先生一起谈了他在抗战时期的种种情况，我返京后就写了一篇题为《听霁野老人说往事》的文章，登在《书与人》一九九六年第二期上，因为我来去匆匆，没有充裕时间向李先生作详细了解，只好粗线条地勾勒了一下先生的活动。其实，先生的这段经历是相当丰富动人的，很遗憾先生没有留下更多的文字。万幸的是他在四川白沙女子师范学院所作的一系列演讲（后结集为《给少男少女》出版）却保留了下来。我始终认为，这本被姜德明同志评为“最能见到他性格一面”的作品，是先生著作中最具英国essay特色的文章，像这样轻松活泼，宛如在炉边促膝谈天的演讲，真可说是凤毛麟角。李先生还写信告诉我，一位素不相识的外地青年忽然给先生来了封信，说他看了《给少男少女》后打消了因失恋想自杀的念头，表示以后要好好珍惜生活。先生说，没想到他这本小书还有这样的作用，真让人欣慰。

去年的初秋是我与先生最后一次相聚的日子。过去我去看先生往往要到著名的“起士林”去买盒可口的西点让先生尝尝，这次我却想买些既香甜又有营养的鲜龙眼给先生换换口味，于是我在小白楼附近的大街小巷转悠开来，费了半个来小时才在一家偏远的水果摊买到了它。一进大理道寓所，我就先把这一大把鲜龙眼捧到先生跟前，并轻轻拉过先生的手来，让他亲自触摸一下，就在这一刹那，我与先生在相互默视中交流了一种无需用语言表达的真纯的师生之情。在这次会晤中我问李先生，近来还有兴趣做点什么事么？先生说，他现在就想利用剩下不多的时间赶紧把一部历代抒情诗选讲写出来，这是继《唐人绝句启蒙》《唐宋词启蒙》之后又一部赏析中国古代诗词的著作，作品从《诗经》选起，看来内容的分量不轻，听说天津图书馆有位同志在帮他。但我却预感到，先生毕竟太苍老了，而且视力又这么差，我担心这项工作是很难预期完成的。

先生对声名利禄一向淡泊如水，从无非分之想，对他七十余年文学活动的丰硕成果也看得十分平淡，他说晚年偶尔做篇短文或一二绝句，不过是“聊慰寂寞”和“补缀破烂”而已。我在天津向李先生遗体告别时，曾问过他的家人，先生在临终前可曾留下什么遗言。他的儿子方仲告诉我，在精神尚好时也曾对后事作过简单的交代，一是希望死时不要太痛苦，二是骨灰送回霍丘叶集，与夫人刘文贞合葬，而大家一致盼望早日出齐的《李霁野文集》（迄今只出了一卷），先生却只字不提。一九九三年，李霁野先生荣获天津市最高文学奖“鲁迅文艺大奖”，先生把全部奖金捐献给了南开大学，校方为此设立了“李霁野奖学金”，用来奖励学业优秀的学生。先生的衣食住都很简朴，这么多年，没有见到他家里添置什么新式家具，时下流行的室内装修就更谈不上了。先生的物质生活是清寒的，但他的精神生活却十分富有。他在八十寿辰时赋绝句一首明志，诗言道：

莫笑吾衰无大用，
私心犹梦游苍穹。
为添祖国河山美，
欲上清空挂彩虹。

这就是李霁野，一个一生与鲁迅结下不解之缘的老人所追慕的一切。

（一九九七、七）

温暖的忆念

——李霁野与台静农的友情

“嚶其鸣矣，求其友声”（《诗经》），自古以来友情就是人们常谈的话题，这一回我也想来谈谈它却是由陈子善君一篇文章引起的，这就是先后在《文汇报·笔会》（二○○二年一月二十五日）与《鲁迅研究月刊》（二○○二年二月）上刊出的《鲁迅〈娜拉走后怎样〉手稿和题跋观赏记》。这真是一个意外的喜讯！自一九二三年公开发表后，这篇有很高文史价值的鲁迅手稿原件竟还安然存于人间（尽管是远在美国），而且上面还有收藏人台静农先生六位挚友书写的题跋，其中就有我熟悉和敬爱的霁野师。读过先生的七绝跋文，久久萦回不去的就是台静农、李霁野两先生自幼结下的，历经风雨而弥坚的兄弟情谊。

二十世纪初的中国正处在风云际会、人才辈出的时代。中华大地的上空出现了一片群星汇集、光照人间的迷人景象。除陈独秀、胡适、蔡元培、李大钊、鲁迅等一批特别耀眼的巨星外，还有无数颗也在熠熠生辉的小星。未名社里的几个青年人就是这样的小星星。他们围绕着鲁迅这颗大星，不事声张、埋头苦干地开辟驱除黑暗、播种光明的工作。虽然他们一个个早已从太空消失（李霁野是最迟陨落的一个，他病逝于一九九七年），但后人仍会时时记起他们，并永远抱着新鲜感去叙说他们的故事。在李霁野先生生前，我曾多次去天津大理道寓所看望过他。因为我很早（大约在解放初进南开外文系时）就知道先生是二十世纪二十年代著名文学团体未名社的重要成员（二十世纪八十年代末，台静农先生就对来访的内地学者陈漱渝强调说："没有李霁野就没有未名社。"），并且与鲁迅有过十分亲密的交往，所以，我每去先生寓所聊天，最感兴趣的就是想听听李先生谈鲁迅在现实生活中是怎样一个人，以及未名社的种种情况。当我了解到未名社的六位成员（鲁迅、韦素园、台静农、李霁野、韦丛芜、曹靖华）中竟有四位都是安徽霍丘叶集人时，曾向李先生提过一个有点幼稚的问题：为什么未名社的大多数成员都出自一个地方，大概就是人们常说的"人杰地灵"吧？李先生笑着说："这也没有什么奇怪的，因为我们从小就是同班同学，长大又是志同道合的朋友（例如都热爱新文学，都崇敬鲁迅先生等），而且那时候从事外国文学译作的青年很少，再加上外部环境和机遇，我们就这样走到一起来了。"

在叶集的几个同学中，李霁野与韦素园、台静农的友情最为要好。在叶集镇上，台、李两家是近邻。在台静农、李霁野还是一两岁婴儿时，两家大人就经常抱着他们相互串门，两个尚不懂事的小孩竟会相视而笑，就像生下来就认识似的。李霁野与台静农的友谊保持得最长，一直延续到九十年代初台静农逝世。在近九十年的漫长岁月里，他们结下了兄弟般的情谊，无论是叶集儿童时期、北平未名社时期、抗战中四川白沙女子师范学院时期，甚至新中国成立后远隔海峡两岸时期，他们始终是心心相印，彼此牵挂的。

“童年！童年的友谊！这里含有多少迷人的美，多少令人永远神往的力！”（李霁野语）民国初年，他们都是七八岁或十来岁的儿童，他们也像普通人家的孩子那样天真无邪、嬉笑玩闹，但是可能由于他们个性都比较敏感和家教良好的关系，他们都显得比一般孩子要早熟一些，塾师有一次对李霁野的父亲说：“这孩子（指李霁野）悟性很好，记性稍差些。”辛亥革命后，新思想也像春风一样吹进了叶集这个靠近大别山的农村。当李霁野他们看到民国成立后还有那么多落后现象时，就再也憋不住了，便发动了一场砸佛像、剪辫子的运动。李霁野他们就读的明强小学校址就是原来的火神庙，香火一向颇盛，于是他们便首先向这座迷信堡垒开火，除文昌君（据说是位主宰人世功名、禄位的神，过去读书人多祭祀他）外，把别的佛像全推倒了。但这场运动却遭到守旧势力的报复，他们一怒之下把明强小学也砸了，结果使学校停课好多天。在这次轰动叶集的造反举动中，倡议和领头的就是韦素园，台静农、李霁野都积极参加了。

童年时代的一次炉边夜谈，是李先生终生难忘的。这次夜谈就在韦素园的家里，参加的有韦素园、台静农、张目寒、李霁野、韦丛芜五个人。脚下生着一盆烧得正旺的炭火，火边上煨着一个陶罐，罐里的沸水发出嘶嘶的悦耳声。他们就围坐在盆火旁海阔天空地交谈，从人生理想、个人希望、社会新闻、国家大事，一直谈到正在发生的第一次世界大战。他们边谈边饮茶，并不时发出一阵阵欢畅的笑声。就这样一直谈到鸡鸣报晓，才惊觉到已谈了一个通宵，事先准备的一担水几乎全被他们喝光了。

一九二五年夏未名社成立到一九三一年秋未名社解体，这七年时间是台静农、李霁野的重要人生阶段。他们已从童年的青春伙伴变成同一壕沟里的战友，他们的友谊在经受一次重大磨炼后变得更加坚实深厚了。一九二八年四月，由于李霁野译的《文学与革命》（托洛茨基著）被北洋政府视为共产党的违禁宣传品，未名社被查封，台静农、李霁野、韦丛芜同时被捕，在前门警察局的牢房里关了整整五十天。在这段囚禁的日子里，他们亲身感受到旧势力的黑暗与暴虐。夜里，牢房的气氛更加恐怖，少女的细声呻吟，大汉受刑时的凄厉叫喊，让人听了不寒而栗，但这一切并没有摧毁这两个青年人（韦丛芜因病已提前释放）的精神，他们虽然生死难卜，但还在想着出狱后要读读法布尔的《昆虫记》，翻译波兰小说家式曼斯基的《一撮盐》。经过好友常维钧在狱外四处奔走，鲁迅先生也给北平一个政客写了信，台静农、李霁野终于取保获释了。自由是珍贵的，也是要用斗争来保卫的，但他们手中只有一支笔。于是在出狱后不久，李霁野便开始翻译《一撮盐》，并很快译成一本小说集《不幸的一群》，在被捕一周年时由未名社出版。这是别有深意的纪念，也是一种无声的反抗。

李霁野与台静农最后一次告别是在一九四九年的台北。那时他们两人都在台湾大学任教，又像当年在四川白沙那样，情同手足地生活、工作在一个校园里。不料风云突变，传闻李霁野有随时被捕的危险。李霁野只好挈妇携子惶惶出走，于一九四九年秋经香港来到天津，从此两人一别四十年再也没有机会见面。为了避免政治麻烦，他们只好间接通信问询近况，互报平安，有时则是辗转寄送录音带，把自己的声音传给对方。一九七七年十二月，台静农托女儿从美国寄来信、照片和他画的一幅梅花小品，上面题写了宋人的两句诗:“孤灯竹屋清霜夜，梦到梅花即见君。”深情地表达了对老友的思念。一九八六年台静农又寄来了他书写的自作绝句多首，李霁野从中选出一首表现祖国之思的，送给天津书法家协会，供他们刻在蓟县长城碑林上，给老友留下个久远的纪念。

一九九〇年十月九日，台静农因癌症逝世于台北。这一噩耗使李霁野深深陷于悲痛里，一年后他写了一篇风格独特的散文《记梦》。文章以杜甫《梦李白》中的两句诗（“故人入我梦，明我长相忆”）起始，记述了他梦中返回故乡探看老友旧居，并在四川白沙见到台静农的情景，全文且喜且悲，亦真亦幻，读后让人唏嘘不已。如今，两先生已先后去矣，但音容虽渺，精神犹存。他们给后人留下的宝贵遗产，除了他们的学问、著作、操行外，就是那种不为世俗玷污的人间真情。我想，生活中只要还有一点真情在，即使在冷酷的环境里，我们也不会感到太寂寞的吧。

（二〇〇三、五）

重温李霁野的《给少男少女》

时间过得好快，转眼间李霁野先生逝世已整整十年了。先生是一九九七年五月四日凌晨一时四十五分与世长辞的。十年来，我始终未能忘怀与先生相聚的日子，一想起他那慈祥可亲的面容，和他那声调温和并略带安徽口音的话语，我的心就感到暖暖的，总觉得先生并没有离我们远去，他仍然活在众多爱他敬他的亲友、弟子间。我是个嗜书如命并偏爱先生文字的人，因此常常拿出来翻翻、温读的，就是他那些直接得过鲁迅指点的种种译作和文章，其中，我最喜爱的就是先生译的那本英国散文经典《四季随笔》，和那本风格独特的《给少男少女》了。

《给少男少女》中所收文章是一九四四年李霁野先生到四川白沙女子师范学院任教前后为同学作的六次演讲。后来在友人章靳以的关心下，终于在新中国成立前夕一九四九年一月由上海文化生活出版社结集出版了。当时只印了一千多册。一九八三年由重庆出版社修订再版。新版一次印行十万零四千九百册，印量之大，在当前文化出版物中是不多见的。

现代一些著名作家、学者如鲁迅、胡适等都作做过不少讲演（胡适的讲演尤其多得惊人），但他们生前都未曾专门出过讲演集，以讲演出专集的，李霁野当属绝无仅有的一位。

李霁野并不是演讲专家，但他似乎对这门艺术十分熟悉。他的讲演很抓人，充满幽默感的开场白一下子把你吸引住。比如《桃花源与牛角湾》（讲读书方法）的开头是这样讲的："在诸位快要考试的时候，自治会的同学找我来说几句话，我想到一个诸位一定很爱听的题目：'我不赞成考试'。不过，我要是真就这个题目说话，学校当局恐怕今晚就要通知，已经为我买妥了船票。"同学们听了定会在下面会心一笑。

李霁野的六篇讲演是在怎样的历史背景下作出的呢？他在《给少男少女》一九八三年新版序中有过简略的交代。那时候是大动荡的时代，正在苦苦坚持的抗日战争关系到民族存亡。国共两党虽然已在国民政府统一领导下联合抗战，但两党之间的对抗与斗争还是很激烈的。因此，大家对一些政治问题都保持沉默，顶多在极熟的朋友间发发牢骚而已。所以，这六篇讲演，除最后一篇"措词有意含含糊糊"外，"似乎都很脱离现实"。但是，李霁野和他的学生们并没有真正生活在"世外桃源"里。危机四伏的祖国命运使青年学子思想上都更快地成熟起来，于是，人生究竟有什么意义和价值，为什么读书和怎样读书，与青年有切身关系的爱情问题，以及中国社会的种种阴暗现象，等等，就成了李霁野这六篇讲演的话题。

第一讲《读书与生活》，李霁野针对现行教育制度的弊端（这种弊端似乎至今也未尽除），反对一味拿死知识向学生填塞，然后用考试来测量结果。这样一来，学生完全变成了被动，连读书的兴趣也丧失了，又如何谈育人和成才。为了证实读书可以改变人的生活方式和态度，他还举了一个自身的例子。他说，多年前读到一篇谈散步的文章。作者特莱夫严说他有两位大夫，一位是他的右腿，一位是他的左腿，在身心失调的时候，他总请他们医治，而且一治必好。那时李霁野还是个穷学生，身体也很弱，有人就担心他活不了多久，李霁野决心也请这两位大夫（他自己的两条腿）来给他治病，坚持走路锻炼。先生说，散步使自己健康起来只是个“小益处”，散步给了他更多的精神上的快乐，“我觉得我整个的人生观，都差不多因为他们（指两条腿）改变了。”一九九一年先生写过一篇谈养生的文章《我怎样同时光老人打交道》，又一次谈起特莱夫严这篇文章对他的影响，他说从那时起就养成了散步的习惯，一直坚持了近六十年，可见先生的长寿确非凭空而得。

◎《李霁野文集补遗》

多次读李霁野这些讲演，我总要为先生的渊博知识、丰富的人生体验，以及健康、合理的见解而赞叹不已，真不知他那些活泼流畅的思路，引用的那么多中外诗文是怎样源源不断从他脑子里涌发出来的（他讲演时并没有现成的讲稿，只是事先略想一想，草草写个大纲就上台开讲的）。

《给少男少女》一九四九年初版至今已有五十八年，从一九八三年新版到现在也有二十四年了。先生在一九九一年二月二十七日信中告诉我，有一位青年写信给先生，说他读了《给少男少女》后抛弃了因失恋欲自杀的念头，要努力好好生活，这使先生很感欣慰，可见，这些作于上世纪四十年代的讲演仍有它的读者。现在的出版家们是否也会为了当今的青年一代重新再版这本不同一般的小书呢，别看它只是薄薄的一小本，它还是有点分量的。

（二〇〇七、十一）

卷七

亲近房龙

在我的读书生涯中，最能引起我由衷喜欢的是这样一些作家：他们的魅力不是来自他们头上的种种桂冠或光环，而在于他们都有一颗忧世悯人的心，有宽厚坦诚的胸襟，和通达明智的思想，当然还少不了一支使人可醉可痴的笔。尽管他们当中有些人离我们已很遥远，但他们的思想和感情仍然与我们当代人息息相通，不时地使我们激动，使我们共鸣。一言以蔽之，我对这些作家的感觉不是崇拜，而是亲近。其中有一位，就是我要说的荷籍美国通俗历史作家——亨德里克·威廉·房龙（Hendrik Willem Van Loon）。

我开始知道有房龙，是在五十年代初，在南开大学外文系读书的年代。在我上大一的时候，老师就要求我们，为了提高阅读能力，除了要精读老师讲授的文选教材外，还要泛读一些课外的原版读物，大概是教我们基础英语课的张镜谭先生，就向同学们推荐了房龙著的《The Story of Mankind》(《人类的故事》)。我是新中国成立后第一批被录取的大学生，当时的学习热情特别高，一听到老师介绍这本书如何如何的好，我就马上跑到图书馆抢先借了出来。那是拿在手上沉甸甸的，大三十二开黑色漆布硬面精装本，纸张十分厚实，字迹也大而清晰，看着很爽目舒服，特别是因为这本书是为青少年写的通俗读物，所以不仅文字浅显易懂而且读起来兴趣盎然，不忍释手，正如郁达夫所说:“房龙的方法实在巧妙不过，干枯无味的科学常识，经他那么的一写，无论大人小孩，读他书的人，都觉得娓娓忘倦了。”我记得当时我还能朗朗背诵这本书开头的那几句：

> 我们生活在一个巨大问号的阴影底下。
> 我们是谁?
> 我们来自哪里?
> 我们去向何方? ……
> (引自三联中译本)

大学毕业后我走向了社会，也从此离开了房龙。一直到八十年代中期，当我在书店里发现了三联书店出版的房龙著作译本后，就像老友重逢那样高兴，毫不犹豫地陆续买了房龙的《人类的故事》《漫话圣经》，还有那本教育了整整一代人，至今还有启蒙意义的《宽容》。

我手头这本《宽容》是三联书店一九八五年九月第一版，到一九九六年三月已经是第九版，印量达到三十二万二千二百

◎《宽容》

册了，这真是一个惊人的数字！为什么这样一本并不以情节取胜，只是讲些普普通通历史常识的书，竟能一印再印，畅销不衰呢？我想其中的秘密就是，在漫长的历史长河中，人类的基本权力之一——思想的自由，至今也未受到完全的尊重，在这个世界上，思想被禁锢．进步思想受压制，持不同观点受批判甚至遭迫害的现象，还比比皆是，宽容依然是一个需要进步人类为之奋斗不懈的目标，这就是说，生活需要宽容。

培根有一句关于读书的名言，他说："书籍好比食品，有些只能浅尝，有些可以吞咽。只有少数需要仔细咀嚼，慢慢品味。"房龙的《宽容》就是这样一本值得反复咀嚼、细细品味的少有的好书。房龙以一种特别引人入胜的手法，向我们细述了人类思想发展的历史，他无比愤慨地控诉了对不同思想信仰的压制和迫害，全书从头到尾贯穿一个宗旨，就是呼唤一个没有恐怖，没有扼杀，充满和谐和宽容的理智时代的到来。房龙很善于讲故事，他为了使文章写得生动有趣，曾经专门到通俗剧场去学习说话的技巧，因此，他在书中介绍的一个个坚持真理、敢于向黑暗势力挑战，并为人类思想宝库作出不朽贡献的人物，都写得那么有声有色，栩栩动人，给读者留下深刻的印象，如苏格拉底、伊拉斯谟、布鲁诺、斯宾诺莎、蒙田、伏尔泰、莱辛，汤姆·佩恩等。公元前三九九年苏格拉底被判处死刑，是最具悲剧性和讽刺性的历史事件。他被控告的罪名有两条，一是亵渎上帝，二是蛊惑青年，还被怀疑从事新的宗教活动，但这些都是莫须有的。苏格拉底一生的全部活动只是为了劝人向善和重新认识自己。他向人们谆谆教导的是最朴实不过的真理："人的无形意识是（或者应该是）世间万物的最后尺度，塑造命运的不是上帝，而是我们自己。"在五百人陪审法庭上，他义正词严地宣称："世界上谁也无权命令别人信仰什么，或剥夺别人随心所欲思考的权力"，"必须拥有讨论所有问题的充分自由，必须完全不受官方的干涉。"苏格拉底坚决拒绝认错，当时他只要稍微表示一下同意放弃辩论和说教，他就可以获得赦免，他也有多次逃跑的机会，但他都一概拒绝了。在缓刑的三十天里，他始终没有停止思考，在地窖里也在琢磨如何改进他的逻辑体系，直至行刑的时候，他还滔滔不绝地向朋友们宣讲他的思想，劝他们不要把脑筋全用在物质世界上，而要多考虑精神世界，最后才安然饮鸩死去。这个人类思想史上最光辉也是最黑暗的日子，距今已将近两千四百年了，但苏格拉底的思想和声音至今仍像黄钟大吕一样震撼着我们。

如果说，在《希腊人》这一章，房龙为我们塑造了一个对世人无限仁爱，为真理坚贞不屈的圣者形象，那么，在他笔下的伏尔泰则突出地显示了一个无私无畏、为伸张正义而战的斗士性格。房龙说："勇气有许多种，但一等功勋应该留给那些举世无双的人们的，他们单枪匹马，敢于面对整个社会，在最高法庭进行了宣判，而且整个社会都认为审判是合法和公正的时候，敢于大声疾呼正义。”伏尔泰正是理应得到这种一等功勋的人。房龙以饱含感情的文笔，生动描述了伏尔泰的平反冤案、挽救受害者、用真理教育人民而演出的幕幕活剧，使每个正直的读者都会对伏尔泰的人格魅力产生衷心的景仰，为人类有这样一个伟大的儿子而感到自豪。

我初读《宽容》大概是在一九八六年，距离“文化大革命”的告终已整整十年矣，但对那场恐怖的红色风暴仍然记忆犹新。因此，当我读到《宽容》里《革命的不宽容》这一章时，就自然产生一种切肤之痛。那场人间浩劫不也是“四人帮”们以革命的名义，对人民施行革命的不宽容而造成的恶果吗？房龙写的是一七八九年法国大革命的历史。法兰西王国的暴政是打垮了，太平盛世似乎已经到来，“帷幕落下来了，社会上许多不公正的事被荡涤一干二净，一切都重新开始，但是这一切过去以后，我们又看到了面熟的不宽容，它穿上了无产阶级的裤子，梳着罗伯斯比尔式的发型，与检查官并肩坐在一起，度过它罪恶的晚年。”严酷无情的不宽容，就像瘟疫一样，传染了一代又一代，似乎永远没有终期，看了《革命的不宽容》这一章，或许会有人对房龙的人文思想不以为然，但“文化大革命”的历史提醒我们，房龙提出的“革命的不宽容”并非危言耸听，它确实在现实生活中发生过，善良的人们是应该有所警惕的。

房龙为《宽容》写了一个很好的结尾，即一九二五年版的最后一章《最后一百年》和一九四〇年重版本后记《但是这个世界并不幸福》。他在这部分文字里对产生不宽容的社会根源作了独特的分析，对时代的进步提出了一个极具历史远见的看

◎房龙

法。他指出："发展虽然缓慢，却是毋庸置疑的，事情总是从几乎无法形容的残忍和粗野状态走向较为高尚较为完善的境界，甚至世界大战的硕大错误也无法动摇这个坚定的看法，这是千真万确的。"房龙对人类消除愚昧和错误，还抱有一种十分乐观的理解，他认为人类社会应该具有两个美德，即正直和正义，他说他自己活着看不见人类社会普遍实现这两个美德也没有什么了不起，他坚信一个文明的人类社会迟早会到来。他说："人类毕竟是年轻的，太年轻了，年轻得荒唐可笑。要求几千年前才开始独立生活的哺乳动物具备这些随着年龄和经验的增长才能获得的美德，看来是不合理，不公正的。"每当我读到这段文字时就深受感动，这是怎样一种气度恢宏、大智若愚的见解呵，用这样的观点看问题，对生活中曾经发生的和现在还在发生的种种不尽如人意的事情，就可以不必大惊小怪了。一九四〇年《宽容》重新出版，正值法西斯在全世界猖獗之时，人类的头上又蒙上一层浓重的乌云，感觉黑暗的中世纪又卷土重来了。这对房龙的"宽容"理想无疑是个沉重的打击，但他并没有消极和悲观，他在后记里提出要为再发动一次启蒙运动做好准备，他呼吁人们"养精蓄锐，保存自己，以便迎来开始进行重建工作的那一天”。遗憾的是，对纳粹深恶痛绝的房龙未来得及看到反法西斯战争的胜利，于一九四四年三月十一日在美国康涅狄格过早地去世了，享年仅仅六十二岁。房龙的最后几年是怎样度过的，由于缺乏传记资料而一无所知。但我深信，房龙手中的笔是一定未曾停顿的，他那慈祥而又明澈的眼睛始终注视着历史的发展和人类的未来。

我读房龙的经过大致就是如此，然而关于《宽容》在中国的出版史倒还有几句话可说。现在一般人都认为，一九八五年三联中译本就是中国的最早版本，例如香港作家杜渐先生在他的《书痴书话》一书中就说是三联书店第一次把《宽容》译介到中国来的，其实这是不对的。去年秋季的一个星期日，我携老伴去北京东南郊的潘家园旧货市场游逛，就在一处卖旧书的地摊上发现了一部新中国成立前印的《宽容》，那是商务印务馆出版的，文字竖排，分装上下两册，书的成色当然已很陈旧，但在那一堆堆破本烂页当中，却像鹤立鸡群一般惹人注目。摊主是个外地的中年人，别看他文化水平不高，但对版本的价值却颇为在行，他一开口就索价三十元，少一分钱也不卖。因为我已有三联出版的那一本，毕竟舍不得再花这么多钱去买它。我频频回头地离开了这个布满灰尘的书摊，但却生出一番无聊的感慨：“宽容”呵“宽容”，是什么人对你如此冷漠无情，像扔掉废弃物那样把你抛到这荒郊冷摊，难道我们就真的不需要“宽容”了么……

（一九九七、四）

从古罗马吹来的清风

周作人在《我的杂学·十八》(见《苦口甘口》)一节里说:“俗语云，开一头门，多一些风。这本是劝人谨慎的话，但是借了来说，学一种外国语有如多开一面门窗，也可以放进一些风日，也可以眺望景色，别的不说，总也是很有意思的事吧。”这段话初看似很平常，但却是由一位译过大量古希腊文学和日本古典散文的周作人所讲，就显得格外有分量，容易引起共鸣。凡是能直接从原文或是通过译本阅读外国优秀著作（尤其是文史方面）的人，有谁不会产生如此同感呢。书卷打开，仿佛真有一丝清风徐徐吹来，这时，不但可以豁然看到一片风景，连往日积淀胸间的尘埃也似乎给轻轻拂去，让我们顿时感到一阵轻快和聪明起来。最近读了古罗马塞涅卡（又译赛内加）著的一部书信体随笔（《面包里的幸福生活》，赵又春、张建军译，陕西师范大学出版社出版），就让我感受到一回这样的清风。

塞涅卡生于公元前三年，卒于公元六十五年，大致相当于中国西汉末哀帝建平年间到东汉初明帝永平年间，已是一千九百多年前的古人了。权威的《简明不列颠百科全书》称他是“古罗马雄辩家、悲剧作家、政治家”。但从他一生的文学成就来看，也可以说是西塞罗（公元前一〇六至前四十三年）以后最杰出的散文家之一。塞涅卡在政治上曾几度辉煌，但也充满悲剧色彩。他当过元老院元老，而且是元老院的主要发言人，在国家政治活动中有举足轻重的地位，但终因功高震主，在劫难逃。公元三十七年便遭到喀利古拉皇帝的猜忌而不得不退隐。公元四十一年，即克劳狄皇帝即位那年，他又因众说不一的原因被判处死刑，后改为流放科西嘉岛。公元四十九年，由于克劳狄皇帝新皇后阿格丽皮娜的赏识被召回罗马，任命为主管司法实务的执政官，并被指定为小皇储即后来著名暴君尼禄的家庭教师。公元五十四年，尼禄正式即皇帝位，塞涅卡以帝师资格成为新帝的主要顾问之一。这段时间大概是塞涅卡最为得意的时期，然而肃杀的危机也同时潜伏着了。尼禄登基后完全背离他老师的教导，变得越来越穷奢极欲，专横残暴，对塞涅卡的谏言诤语也越加不耐烦，塞涅卡从此失宠，公元六十二年只好再度退隐。但是，远离世俗、潜心笔墨的隐者生活并不能使他躲过最后那场大难。公元六十五年，塞涅卡终因涉嫌参与谋杀皇帝的活动被判处死刑（塔西佗《编年史》证实塞涅卡确与此案有牵连，但并非主谋），只是由于尼禄姑念他过去的功绩和师生关系，才恩赐他以自裁的方式结束生命。辽宁教育出版社近来出了一部韦戈尔著的《罗马皇帝尼禄》(《新世纪万有文库》第六辑之一）对塞涅卡那段最后时日记述颇详。塞涅卡先是试图割断血管，但因流血不畅，未能死成，最后只好由人抬到浴场的蒸汽室里活活闷死。罗素说："塞涅卡要比亚里士多德更为不幸，因为他教的学生就是皇帝尼禄。"这句颇有讽喻意味的话或许是后代学者对塞涅卡悲剧一生最好的总结。

塞涅卡一生写了很多书，涉及的范围也颇广，有人说他"把手伸到了可以作为研究对象的一切实际领域"。他的著作流传至今的除有《美狄亚》《俄狄浦斯》《特洛伊妇人》等十部悲剧，一篇政治讽刺文章《变瓜记》与研究自然现象的《关于自然界》外，便是那些给他带来很高声誉的伦理哲学著作了。如《安慰》《论天命》《论知者不惑》《论愤怒》《论悠闲》《论宽恕》《论心灵的安宁》《论生命的短促》《论幸福》以及那部由一百二十四封信组成的书信集，也就是本文要着重介绍的这本《面包里的幸福生活》。《面包里的幸福生活》系由罗宾、坎贝尔的英译本（Letters From A Stoic）转译过来的，因英译本是选译，中译本收书信四十二封，仅占全部书信的三分之一。虽然不能窥其全貌，但也足够让我们精神上享受一番了。

塞涅卡的信都是写给他的朋友吕西里阿的。话题关系到人生各个方面，诸如读书、友谊、生活方式、哲学、旅行、演说、幸福、疾病、死亡、贫困、灾难、命运以及创新、文风等等。塞涅卡认为与人交往必须是"低声细语"的，因为只有这样才能"比较容易进入大脑、开人心扉"（《论箴言》）。因此，他的书信都写得十分亲切、自然，并颇具散文美。尤其让人感到有趣的是，塞涅卡的不少观点与我们现代人相当贴近，他简直就是生活在我们中间的一个人。例如关于读书，塞涅卡那个时代还没有出现莎士比亚，当然更没有中国的曹雪芹，但他的读书建议就像是一位在世的语文教师说给他的学生似的。他说："如果你想从阅读中获得永远铭记在心的知识，你就该花更多的时间去研读那些无疑是富有天才的作家们的作品，不断从他们那里取得养料。"他还进一步指出，"对于任何一个大作家的作品不去做深刻的了解，而是从一个作家跳到另一个作家，走马观花地阅读所有作家的著作，这样的人就像是那种'每个地方都去等于哪里也不去'的旅游者"(《论读书》)。这与我们现在主张多读、精读经典作家作品的道理何其相似。

塞涅卡是晚期斯多葛主义的主要代表。他的伦理哲学思想对后世产生过不可磨灭的影响（其中包括对基督教）。特别是文艺复兴以来，他的妙语佳句在西方一直广泛流传，"塞涅卡说"就像中国的"子曰诗云"一样为人们耳熟能详。但是，《辞海》的相关条目却说晚期斯多葛主义已彻底抛弃早期斯多葛主义的唯物主义因素，宣扬宿命论、神秘主义与禁欲主义，并说晚期斯多葛派的学说已沦为罗马帝国的官方哲学，似乎已无什么可取之处。其实并不尽然。我们只要看看塞涅卡这部书信集，就不难发现在他的思想里仍然有不少积极的闪光的东西。例如他在讨论自然规律时提出了一个"变"的观点，就很有点辩证的味道。他在《论命运》篇里如是说："变更毕竟是自然用以调整他的这块可见的领域的手段：碧空接替阴云，风暴跟随平静，黑夜过后是白昼，南风吹过起北风，当天体的一部分上升之时，其另一部分便在下沉，永恒就是以对立的方式持续着的。这就是我们的头脑需要其起协调的规律。”从这段精彩话语里，我忽然悟出点道理来。我们现在天天讲“与时俱进”,从本质上来说，不就是一种深刻的“变更”吗？时代在飞速前进，它绝不会稍停等候，如果我们不能紧跟着“变更”一切不合时宜的旧东西，是迟早要被时代的车轮甩出地球“这块可见的领地”的。

人类历史上充满各种各样的天灾人祸，人民受的痛苦难以尽述，能否正确面对灾难，是人类能否生存与发展的大问题。塞涅卡在《论灾难》篇中提出的主张与中国古训“未雨绸缪”“有备无患”十分相近，是很有意思的。他说：“如果不想被仿佛从未发生过的事件所压制，不愿被它震得麻木不仁，那么就应该不仅估计到一切通常发生的事，还应估计一切可能发生的事。我们需要以彻底理解的方式来正视命运。”他谆谆告诫人们不要陶醉于已有的成就和繁荣，而是要预先做好各项工作以防患于未然。他说:“欢乐中有痛苦之源，太平盛世会出现战争的苗头，护身的堡垒会变成惊恐的根由；朋友成了敌人，联邦成了敌国；夏日的宁静会被突然而至的比严冬时节更为暴烈的大风雪所搅扰；在根本没有敌人的状况下，我们可能遭到只有敌人才会给予的一切摧残。过度的繁荣如果没有其他各个领域与其配合，只会是自掘坟墓。”他甚至无所忌讳地讲出这样一句“盛世危言”来:“世界上没有一个国家能够永远昌盛”。这无疑是对世人（尤其是身为领袖的）敲起的一记警钟。从屋大维至马可 · 奥勒留统治时期（公元前二十七至公元一八〇）是罗马帝国最辉煌的时期，塞涅卡正好生活在这一历史阶段的早期。但这位智者并没有一味去歌颂盛世，粉饰太平，而是冷静地把生活真相揭示给人们看，并向人们指出应对突发事变的途径，这不能不说是辩证法的胜利。

塞涅卡是一位掌握过很大权力的高层贵族，但从他的书信里我们却看到他性格中颇具人情味的一面，其中最值得一提的是，他对奴隶持有一种比较平等的态度。我们都知道，古罗马是奴隶制社会，奴隶们生活在最底层，处境极其悲惨。在古罗马历史中，奴隶因不堪忍受非人的待遇而奋起反抗的事件层出不穷。在塞涅卡出生前七十年（即公元前七十三年），就发生了一起声势浩大，几乎席卷整个意大利的奴隶起义，其领袖是马克思、列宁曾给予崇高评价的斯巴达克斯，但这次起义最终被无情镇压了。在如何对待奴隶上，塞涅卡与其他贵族有很大不同。他在一封专谈奴隶的信中（《论奴隶》）这样写道："'他们是奴隶'，人们说。不，他们是人。他们是奴隶，但他们与我们生活在同一个天底下"。他还劝告吕西里阿不要只是在罗马城或是元老院寻找朋友，其实朋友（指奴隶）就在你的家中。塞涅卡关于奴隶也是人的思想一直为后世所称道。被西方称为"三千年西方思想的第一步指南"的巨著《西方思想宝库》（Great Treasury of Western Thought）就收录了塞涅卡有关奴隶问题的言论。显然，编著者是把塞涅卡的思想当做西方人文主义源头之一来看待的。到意大利旅游观光的人，大概都会去看看那座庞大的圆形古罗马竞技场遗址，站在那阴森森的角斗场中，仿佛还能听到角斗士（他们都是奴隶或囚徒）殊死拼杀的声音。塞涅卡对这种惨无人道的竞技游戏十分反感。他在信中告诉吕西里阿，他有一次去一家剧院，希望在那里会有机智诙谐的表演让他得到愉快的休息，暂时不再看人类互相残杀的血污，但他到剧场后却大失所望，原来那里并没有在演戏，而是在进行一场角斗。他说：“人类早年的一切竞争，与这里的格斗相比，倒显得宽厚仁慈。”（《论交往》）塞涅卡厌恶令人恐怖的东西，他如果还能活到现在，他肯定会是一位颇有号召力的和平主义者。他在《论哲学的使命》篇中以极富感情的文字表达了他对和平环境的向往：“哲学不制造武器，不修建城墙堡垒，不生产任何用于战争的东西，恰恰相反，她呼吁和平，号召全人类和睦相处。”塞涅卡希望每个人都能享受一种幸福安乐，免于恐怖的生活，“这是一个与自然浑然一体的家，一个使人得以享受人生乐趣的家，一个既不使人害怕也不使人操心的家，而我们现在的家却是我们的不安全的一大组成部分。”两千年已经过去，人类已进入一个科技文明高度发达的时代，世界财富已累积到天文数字的水平，但人们还远远没有过上塞涅卡所向往的那种生活。原因究竟何在？这真是个颇费思量的问题。

（二〇〇五、一）

西塞罗说老

近读《西塞罗三论》,颇发了一阵玄思遐想。我恍惚觉得,这位两千多年前的古罗马人从天外飘然而至，与我一见如故地叙说了好多重要的人生话题：如何看待老年的来临；什么样的友情才是可贵的；当义与利发生冲突时，是见利忘义，还是会利取义，等等。这正应了中国的一句老话:听君一席谈,胜读十年书。西塞罗的三论，有如醍醐灌顶，使我更加透彻地明白了不少道理，其一就是：老年原来也是人生当中一段美妙的时光。

西塞罗生于公元前一〇六年，死于公元前四十三年，是古罗马最杰出的政治家和演说家之一。他担任过执政官、元老院元老、总督。他曾因果断粉碎一次政治阴谋而被授予“国父”称号。但是，两千年来为他赢得不朽声誉的则是他的演说和论著。他是一位具有思想家气质的伟大散文家。早在一九二〇年,周作人就对西塞罗的作品给予了很高评价，并将他与古希腊伟大雄辩家狄摩西尼并提："罗马演说之文，始于 Cato（今译加图），至该撒（今译凯撒）时代大盛，Cicero（西塞罗）为代表，正犹 Demosthenes（狄摩西尼）之在古希腊末世，文章器识，足相仿佛，而得祸亦同。"（见《欧洲文学史》）这里讲的"得祸"，即指公元前四十三年，西塞罗被当时的执政官安东尼派去的刽子手所杀害。令人扼腕一叹的是，安东尼不但要砍下西塞罗的头颅，还要把他那双手也割下来，统统钉在罗马广场的讲坛上示众。这大概是因为西塞罗的双手曾写下大量让人震撼的文字吧，敌人害怕他那支笔。西塞罗的确有双非凡的手，他不仅写了上百篇辩驳有据、说服力强的演说辞（如著名的《反腓力辞》），而且还撰写了许多政治、哲学论著，如《论国家》《论法律》《论命运》《论学园》《论创意》《图斯库卢姆谈话录》，以及已散失的《论安慰》《论荣誉》等。他的这些著述虽已年代久远，但至今还在放射耀眼的思想光芒，给后人以无穷的启迪。商务印书馆出版的《西塞罗三论》，则收入了他那最具可读性的三部代表作：《论老年》《论友谊》与《论责任》。史书上习惯将这三部书也列入他的哲学著作系列，但其内容并不偏重于抽象说理，而具有浓郁的生活气息，文字也十分生动活泼，所以我宁可把

◎《西塞罗三论》

它们看作一种洋洋洒洒、气势恢弘的大随笔。西塞罗以其广博的学问及精妙的语言，把文学、历史、哲学的多种因素融合到一起，具有很高的知识性与文学趣味，《论老年》就是最具这一特点的名篇。

西塞罗的论著大都采用柏拉图式的对话体。《论老年》就是通过一个虚拟的对话环境，假借一位古罗马名人老加图的口来议论老年问题的。老年，这本是像瓜熟蒂落、冬去春来一样的平常事，但人们由于过分迷恋人生，往往产生许多荒谬的想法，并干出种种傻事来。例如，与西塞罗大致同时的汉武帝，他在位的数十年里，就始终迷信鬼神，妄想得遇仙人而长生不老，结果劳民伤财无数。司马迁在《封禅书》中如此讽刺他："天子益怠厌方士之怪迂语矣，然终羁縻弗绝，冀遇其真。"（见《史记》卷二十八）看来，这位雄才大略的帝王虽然后来已有点厌倦，但到老也没有觉悟过来。其实，人世间的百般疑难，只要用科学方法与理性思维去研究，是没有解析不了的。西塞罗就是根据斯多葛学派恬淡寡欲的伦理思想与希腊哲学万物皆由"自然"的学说，去思考老年这一人生现象的，因而成为人类历史上理性阐述老年问题的第一人。"老年当真是不幸的吗？"人们常会忧心忡忡地这样发问。西塞罗平静地告诉我们：生命的最后一幕（死亡）的确是不可避免的，但我们可以用理性去战胜恐惧。正如林间的果子和田野里的庄稼最终都是坠落、枯萎一样，老与死也是不值得大惊小怪的。西塞罗说："我的智慧其实就在于这样一个事实：我追随'自然'这个最好的向导，对他敬若神明，遵从他的命令。""我认为，接近死亡的'成熟'阶段非常可爱。

越接近死亡，我越觉得，我好像是经历了一段很长的旅程，最后见到了陆地，我乘坐的船就要在我的故乡港口靠岸了。”这是多么通达理智的人生观呵，而且是诗一般美的语言。有人以为老人再也不能从事积极的工作了，因而发出“老年人还有价值吗”这样的哀叹。西塞罗的回答十分鼓舞人。他说，认为老年人不能从事公共事务是没有道理的，如果这么看，就等于说舵手对船的航行毫无用处。西塞罗非常肯定地说：“完成人生伟大的事业靠的不是体力、活动，或身体的灵活性，而是深思熟虑、性格、意见的表达。关于这些品质和能力，老年人不但没有丧失，而且益发增强了。”西塞罗绝非在此打妄语，也不是在对老人施予廉价的安慰，他说的都是实实在在、有根有据的话。历史上不少丰功伟绩（包括文学在内）不正是老年人，或在老年人指导下干出来的么？当然也有那么一些老人，由于一时糊涂（并非痴呆症）也干出一件件大蠢事来，但这已属题外话，我们不谈也罢。至于老年人如何养生，西塞罗也提出了很多好的建议。他说，老年人不仅要保重身体，还应注意理智与心灵的健康，因此老年也得不断学习：“一个总是在这些学习和工作中讨生活的人，是不会察觉自己老之将至的。”这与孔子所云：“发愤忘食，乐以忘忧，不知老之将至”何其相似！

为了让老年人生活过得更有情趣，西塞罗还特别提出一个很有趣的话题：“农夫的快乐。”他认为，干点农活是最适宜贤哲的一种理想生活。为此，他不厌其详地介绍了种植葡萄的技术和经验，讲得头头是道，十分在行，足见他自己就是一位种植葡萄的能手。

周作人在一九二六年的讲演《希腊闲话》中指出：希腊文明有两大特点：一是现世主义，一是爱美的精神。西塞罗的《论老年》也带有明显的现世主义的特点。他的文章不是因超世而为现世人们所喜欢和接受。这就是两千年后的今天，它们仍然让我们感到亲切的原因。

（二〇〇九、四）

遥看蒙田书房

读书人都有一个小小的梦想，那就是除了要为家人谋得一处遮风避雨的“蜗居”，还奢想有一间可供自己安静读书的书房。我是年近六旬时才拥有自己的书房的，已经是很晚很晚了。虽然得来不易，但事情也实在平凡得很，还是不说也罢。现在，我要向读者特别介绍的却是一位西方古人的书房。他就是生于四百七十多年前（一五三三）的法国人文主义思想家和散文家蒙田。一提起“蒙田”这个名字，凡是喜欢读随笔的人，大概没有不知道的，因为正是这位西方古人开创了近代随笔这一不朽的文学体裁。他在波尔多古堡书房里撰写的三大卷随笔，虽经几百年历史的江河冲洗，依旧巍然屹立于世界文苑之上，闪烁着耀眼的光辉。他的随笔，以其丰富的历史内容，渊博多趣的知识，娓娓而谈的文笔而为历代读者所赞赏，尤其是在文字中时而闪现的鲜活思想（有些甚至是超前的），使他仿佛就是活在我们中间的一位现代人。

我今生恐已无缘去造访蒙田故居，亲眼一睹这位大师的书房庐山真面目了。但是值得庆幸的是，在中央编译出版社二〇〇六年出版的《蒙田试笔》（“梁宗岱著译精华”系列之一）一书中，附有一篇编校者卢岚先生写的访问蒙田古堡的文章——《从贵族老爷到大哲人》，使我经历了一次难忘的神游。通过作者生动的描述，还有穿插其中的多幅图片，以及布满书房的大量古代格言,使我们这些蒙田“粉丝”们大开眼界。原来，蒙田那些充满智慧和人情味的随笔（包括他那句旷世名言：“我知道什么？”）就是在这间颇有点神秘感的书房里汩汩流出的。

一五七一年，蒙田正当三十八岁。由于对官场政治深感厌倦，也为了躲避宗教战争带来的灾祸，他决定弃官隐居，回到他祖辈留下的波尔多蒙田古堡，过一种远离尘嚣、读书默想的生活。蒙田古堡的周围环境十分幽美，通向古堡是一条古木参天的林荫道，道路尽头则是一片蓊蓊郁郁的葡萄园，再向前走一段就是蒙田古堡了。蒙田古堡是文艺复兴时期的建筑，气势古朴而宏伟，主楼里面宽敞舒适的房间很多，但为了追求寂静，他宁可离开家人，独自住进主楼附近一座简陋的塔楼里，他的书房就设在塔楼的三层。为了永远记下他开始退隐这一重要时刻，也借此抒发一下自己的情怀，他请人在二楼与睡房相连的一间小工作间的墙壁上，用拉丁文写下这样一段意味深长的文字：“公元一五七一年，三月朔日前夕，时值三十八岁生日，米歇尔·德·蒙田长久以来厌倦朝廷之苦差使与公职之重负，决定趁尚有精力之际，隐退至缪斯之怀抱，在平静、安稳之中度过所剩无几之余年，生命之大部业已流逝，期盼命运之神允其保住这一处曾献予自由、安宁、悠闲之栖身地——祖先留下之静谧隐庐。”

◎《蒙田随笔全集》

后来，蒙田在《关于退隐》（《蒙田随笔全集》上卷）一文中就说：“我们要保留一个完全属于我们自己的自由空间，犹如店铺的后间建立起我们真正的自由和最最重要的隐逸和清静。”蒙田这个孜孜以求的梦想如今终于实现了，他在这个小小“后间”里写下的宣言，不仅流露出他获得自由的喜悦和满足，同时也预示了他自己即将开始的那段不凡的人生，一个终将成为杰出思想家和随笔创始人的光辉未来。

现在，就让我们迈着轻轻的步子走进古堡，去看看蒙田选定的这处“隐庐”究竟是什么样子。塔楼是座石砌的尖顶圆形建筑，外观朴素得像座高大的粮仓，但它的位置高踞于古堡内院进口处，具有监视警戒的作用。塔楼周边地势极为开阔，站在塔楼前向外瞭望，可以一眼望到领地的边缘地带。塔楼只有一个小门可供出入，整个塔楼共四层，除顶层是钟楼外，只有一二三层可供使用。一层是间礼拜堂，供有圣像圣具，是蒙田和家人做弥撒的地方；二层是蒙田的卧室和套间，屋里陈设简单，有一张中古式大床，房中的一角放着一个古老的木箱，里面曾存放蒙田出国旅游后写的《旅行手记》原稿；第三层就是这个“隐庐”的核心部分——书房了。蒙田在《谈三种交往》（《蒙田随笔全集》下卷）一文中如此描述他的书房：“我的书房呈圆形，只有一点平直的地方，刚好安放我的书桌和椅子；我所有的书（按，约一千多册）分五层排列在四周，围了一圈，弧形的墙壁好似躬着腰把它们全部呈献在我面前。书房的三扇窗户为我打开三幅多彩而舒展的远景。屋子的空间直径为十六步。……这里是我的王国，我竭力把它置于我个人的绝对统治之下，竭力使这唯一的角落不为妻子、儿女、亲朋所共有。”

蒙田的描述既简明又生动，在他的眼里，书房四周的藏书似乎全都活了，它们展开双臂，在向它们的主人表示敬意和欢迎。蒙田把书房视为自己的王国这段话也十分感人，让我们深切认识这位法国读书巨人的独特个性。

蒙田书房最让人着迷的当是那布满梁上的古代格言了，它们就像满天星斗，照耀着书房和它的主人。这些格言都是蒙田亲自从古希腊古罗马贤哲的典籍中摘录下来，请人用碑铭体和活版印刷体绘制的。卢岚先生画的一幅书房房梁平面图，使我们对格言一目了然。从平面图上可以看到，房顶有南北向直梁两根，即东直梁和西直梁，与东西直梁衔接的则是西、北、中三排横梁共四十八根，五十六个句子就这样一一排列在这些横梁和直梁上。据卢岚介绍，木梁上的格言是蒙田先后两次找画匠描绘上去的，第一次在一五七一至一五七二年之间，第二次在一五八〇年前后。第二次绘制时，曾经用石灰浆涂掉某些句子，写上新选择的。直到二十世纪，底层的句子才被发现，这个发现证明，自蒙田以来，屋梁不曾有过任何改动。从十八世纪的普鲁尼神父开始到现在，先后有十六七人将梁上的句子抄录下来，寻找来源，并翻译成法语。一八六一年加里和拉贝尔两人翻译的五十六个句子，被视为最完整、最重要的基础，加上后来在底层发现的十个句子，总数增加到六十五句。其中古希腊格言三十一句，古罗马格言三十三句，法国格言一句。一句句格言带出了一长串沉甸甸、光灿灿的名字：荷马、苏格拉底、柏拉图、伊拉斯姆（文艺复兴时期荷兰著名人文主义者）、塞克斯都（古希腊怀疑派哲学家兼历史学家）、欧里庇得斯（古希腊悲剧作家）、卢克莱修（古罗马诗人兼哲学家）、贺拉斯（古罗马抒情诗人）、马提雅尔（古罗马铭辞作家），等等。我从这众多格言中选出几条来，与读者共赏：

“三思而行”（古罗马格言，出处不详）

“不知为不知”（古希腊哲学家赛克斯都《皮浪学说纲要》）

“固执追随高傲，如子随父”（苏格拉底）

“自命不凡，如风吹空酒囊”（苏格拉底）

“汝本泥尘，何傲之有”（圣经《传道书》）

“自诩知其然者，不知其所以然”（圣经《歌林多前书》）

“普天之下，众生平等”（圣经《传道书》）

“独来独往为真乐”（古希腊诗人索塔德斯）

“处世之道，随遇而安，余者不虑”（圣经《传道书》）

“善者为美”（柏拉图《克拉底鲁篇》）

“至美为正直，至福为康宁”（古罗马西奥格里斯）

“无畏大限，不期大限”（古罗马马提雅尔《铭辞集》）

“随风处处且偷闲”（古罗马诗人贺拉斯）

“性格决定命运”（荷兰伊拉斯姆）

“心灵迷途黑暗，蒙瞽不辨真伪”（法国洛皮塔尔）

仅此十五条格言就足以让我们一窥蒙田退隐后的思想境界和精神追求：主张冷静思考，反对偏执和非理性；追求善与美，过无拘无束、正直康宁的生活；克服自以为是，探索认识世界，认识自我之路；自然看待生命，豁达明智的生死观……唯一那句法国格言（法国洛皮塔尔讽刺极端和愚昧的那句话）则告诉我们：蒙田即使退隐乡间，他也没有完全脱离现实，信仰偏见及宗教战争带来的祸害仍然是他关注的一个问题。

这就是蒙田的书房，这里是群贤毕集的圣地，是蒙田与先哲对话的讲坛，是蒙田得以吸取无穷智慧的源泉。

（二〇一一、六）

鹤见祐辅的“闲谈”

鲁迅一生除创作了大量小说、杂文及文学论著外，也翻译了许多外国作品，其中著名的就有果戈理的《死魂灵》、法捷耶夫的《毁灭》、普列汉诺夫的《艺术论》、厨川白村的《苦闷的象征》等。因为我一向爱读那种夹叙夹议短小生动的随笔、小品，所以经常拿来赏读的却是鹤见祐辅那本薄薄的随笔集《思想·山水·人物》，特别是题为《闲谈》的那一篇，最后那段高度概括、意味深长的文字，我几乎都能背下来。译者鲁迅对鹤氏的文笔非常赞赏，他在为译本写的题记里就用“滔滔然如瓶泻水，使人不觉终卷”来形容，可说是对鹤氏随笔的最高评价了。

鹤见祐辅（一八八五至一九七三）是二十世纪日本知名作家和评论家，所著游记、随笔和小说拥有众多的读者。鲁迅的《题记》还介绍说：“作者的专门是法学，这书的归趣是政治，所提倡的是自由主义。”《思想·山水·人物》原有随笔三十一篇，

◎鹤见祐辅

鲁迅本着“觉得其中有些有用，或有些有益——就会开手来移译”的原则加以选择，因而鲁迅的译本只保留了二十篇，堪称全书的精华。鹤氏这本随笔集涉及的主题方方面面，除少数几篇是谈人物、记游历者外，最让人感兴趣的有这些篇，如《专门以外的工作》《徒然的笃学》《书斋生活与其危险》《读书的方法》《闲谈》《善政与恶政》《说幽默》《说自由主义》《说旅行》，以及那篇颇富怀旧情调的《北京的魅力》等等。鹤见祐辅有着不太平凡的人生经历，再加上爱读书，勤思索，因此这些八九十年前写的文章所包含的思想，似乎至今还未过时，依然有着鲜活的生命。

现在，就让我们有选择地赏读几篇，并顺便谈谈鲁迅的译文特色和在杂文写作中如何征引鹤氏话语的。

《专门以外的工作》是讲如果与现实生活隔离，专门家的学问再大,思想也会出现“褊狭”与“不健全”。《思想·山水·人物》里的文章几乎从始到终都是运用与友人促膝谈心的语气展开的，所以显得特别的亲切自然，娓娓动听。《专门以外的工作》出手就不凡，一开始就用一段十分生动的文字描绘了思想瞬息万变、稍纵即逝的特点，他如此写道：“思想是小鸟似的东西，忽地飞向空中去，去了以后，就不能再捉住了。除了一出现便捉来关在小笼中之外，没有别的法。所以我们应该如亚美利加的文人霍桑（N. Hawthorne）一般，不离身地带着一本小簿子，无论在电车里、在吃饭时，只要思想一浮出，便即刻记下来。要而言之，所谓人生者，是这样的断云似的思想的集积。”接着，作者才如剥春笋般地进入问题的内核，指出人的思想往往会出现与实际生活脱离的情况，也就是我们常说的“主观性”或“片面性”等，专门从事思维活动的专家也不例外，“这是因为专门家易为那职业所拘的缘故。在自己并不知觉之间，成就了一种精神底型范，于是将张开心眼，从高处大处达观一切的自由的心境失掉了。所谓‘专门家的褊狭’者，便是这个。”相反，倒是另有一种与现实生活密切联系着，并能独立思考的“有闲阶级”，即所谓 independent gentleman（独立的绅士），反而能开创出一片新天地来。

读者朋友，当你读过这篇《专门以外的工作》后，是否会觉得，鹤氏所说的话至今还有用吗？当代的执政者们在制定决策之前除了要听取专家的意见外，不是也须听听广大草根的声音，才能避免出偏差吗？

鹤见祐辅是位手不释卷的读书种子，在这本随笔集中涉及读书的就有三篇。《徒然的笃学》仍然使用闲谈的路子起笔，先给读者讲了一通青年林肯酷爱读书的故事。当乡亲们正在新开地上忙着耕耘、畜牧时，身躯高大的林肯却在一旁咬着书本沉思，人们对他无可奈何，便给他起了个外号“懒亚伯”。然而读书癖却造就了林肯辉煌的一生，使他终于成长为一位划时代的大总统。林肯是怎样读书才结出这样的硕果呢？“因为他的读书，是抱着倾注了全副精神的真诚的缘故。他是用了燃烧似的热度，从所有书籍中，探索着真理的。读来读去的每一页每一页，都成了他的血和肉。”那么，除了林肯这种读书模式外，还有没有别的一种呢？鹤氏告诉我们还是有的：“但我自己，却不愿将读书看作只是那么拘束的事。除了这样很费力的读书外，也还可以有‘悠然见南山’似的读书。”“悠然见南山”似的读书。真是说的妙不可言,这不正是我们不少读书人(包括我自己)心向往之的吗?

读书确是可以长知识，启智慧，并能凭借知识的力量干出一番事业来。但生活中也有这样一种人，虽然读书万卷，号称渊博，但终生还是平平庸庸，无所作为，只是一名可怜的书虫。《徒然的笃学》就举出一个特例来，让人既同情又好笑。作者告诉我们，英国有一位大历史学家亚克敦卿（Lord Acton），他出身名门，有机会悠游于国内外著名学府，他的书斋里整然排着大约七万卷图书，据说每一卷都留有他的手迹，并且在余白上记出各种意见与校勘，他的无尽宝藏知识，相传是没有一个人不佩服的。但他作为一个政治家，却什么也没有成就，到死为止什么著作都没留下来。作者感慨地说：“他的生涯中，是缺少着人类最上的力的那‘创造力’的，他就像戈壁的沙漠的吸流水一样，吸收了知识，却并一泓清泉，也不能喷到地面上。”

鹤见祐辅在《思想·山水·人物》序言里说：“贯穿这些文章的共通的思想，是政治。政治，是我从幼小以来的最有兴味的东西。”他最初就曾想给书名起为《政治趣味》。因此，书中不少篇章都或多或少地涉及政治的一些话题，如民主和专制，宽容与自由等，最明显的例证就是英国著名哲学家、经济家约翰·穆勒（J. S. Mill,一八〇六至一八七三）的那句名言“专制使人变成冷嘲”在书中竟连续出现了三次，并围绕这句话深入揭示了专制制度下人们精神生活的可悲状态。在《专门以外的工作》中，他指出，人们对真实意义上的自由是从未享受过的，而是常在一种外界的压力下过活，所以，人们就不敢自由地思索，更不敢自由地发言，“在专制政治的国中，我们不但不能将所思索者发表，连思索这一件事，也须谨慎着暗地里做。”于是产生了一种怪现象，思想逐渐有了与现实生活脱离的倾向，“就是思索这一件事，化为一种知能的游戏了。”在《书斋生活与其危险》里则进一步剖析了“冷嘲”给人们精神上带来的痛苦，作者说，面对专制政治，性格强硬的人会起而反抗，从而走上悲惨的末路，性格软弱的人们呢，“便以这世间为浮世，吸着烟卷、讲点小笑话，敷衍过去。但是，当深夜中，涌上心来的痛愤之情，是抑制不住的。独居时则愤慨，在人们之前则欢笑，于是他便成为极其冷嘲的人而老去了。”到了《说幽默》这一篇，鹤氏更是淋漓尽致地道出专制下两种人的悲惨命运：“在专制治下的时候，直率的敏感的人们，便成为殉教者而被杀害了；不直率的人，就玩弄人生，避在幽默中，冷冷地笑着过活”。读到这里，我的心情不禁有点沉重起来。这些文章大多写于二十世纪二十年代初，距今已近一个世纪，但他所揭示的一切不仅有厚重的历史感，而且，还有新鲜的现实感，在中国，魏晋时期的竹林七贤们早已领教过的事情，我们这些现代人不也是不感陌生吗……

周作人曾写过一篇专讲翻译的文章：《谈翻译》（见《苦口甘口》）。文中提出翻译可分三种，一是事务的，二是事业的，三是趣味的。周作人对“趣味的”这一种最为看重，他说：“至于趣味的翻译乃是文人的自由工作，完全不从事功上着想，可是其价值与意义亦甚重大……至少是译者竭尽了心力……此是一种爱情的工作，与被动的出于职务关系者正是相反也。”按周氏这种分法，我以为《思想·山水·人物》是最有资格称作“有趣的”翻译的。其根据有二：一是，鲁迅对鹤氏随笔“知之深，爱之极”（见周作人《谈翻译》），是“竭尽了心力”去译每一字、每一句的，因鲁迅的译文不仅忠实可信，而且具有很高的文学欣赏价值，鲁迅是反复提出翻译三要素（信、达、雅）的忠实实践者。例如，前面提到的《闲谈》那一段文字，就让人过目难忘，激赏不已。其文曰：“没有闲谈的世间，是难住的世间；不知闲谈之可贵的社会，是局促的社会；而不知道尊重闲谈的妙手的国民，是不在文化发达的路上的国民。”人们读过后，恐怕都会对闲谈这种生活现象产生不尽幽思与遐想。至于《徒然的笃学》中那句“悠然见南山似的读书”，那简直是一种神来之笔。当年鲁迅译出这一句时，大概也会露出一丝会心的微笑吧。其二是鲁迅在杂文写作中引用鹤氏随笔竟达六次之多，我们现在知道的就有《灯下漫笔》（《坟》）、《忽然想到》（五至六）（《华盖集》）、《革命时代的文学》（《而已集》）、《读书杂谈》（《而已集》）、《随便翻翻》（《且介亭杂文》）、《名人和名言》（《且介亭杂文二集》）。但鲁迅的引用绝非简单的抄录和重复，而是给予新的更深入的发挥，并进而引申出鲁迅自己的独立见解来，且看鲁迅是怎样引述约翰·穆勒那句名言的："约翰·弥尔说：专制使人们变成冷嘲。我们却天下太平，连冷嘲也没有。我想：暴君的专制使人们变成冷嘲，愚民的专制使人们变成死相。大家渐渐死下去，而自己反以为卫道有效，这才是渐近于正经的活人。世上如果还有真要活下去的人们，就先该敢说，敢笑，敢哭，敢怒，敢骂，敢打，在这可诅咒的地方击退了可诅咒的时代！"见［《忽然想到》（五至六）］鲁迅在这里正是彻底实行了他提出的"拿来主义"，并化为一件指向恶势力的强大精神武器了。

（二〇一四、八）

卷八

望　绿

——京城琐记

我家住的这座楼前，原来没有什么路，能勉强走人行车的，只有一条杂草丛生、坎坷不平的小巷，自然更没有一棵像样的、浓荫的大树。前年，可能是沾了新建的一家高级饭店的光，这条又窄又脏的小巷终于建成一条又宽又漂亮的马路了。这条被命名为岭南路的新路刚建成不久，就来了一批绿化工人，拉来一捆捆树苗，开始在两边人行道上栽起树来了，都是细溜溜的小杨树，我数了数，整整栽了二百四十棵呢。人行道再往里，还开出几米宽的绿化带，是准备种植花草和观赏植物的。当将来小树成林，百花盛开之时，我们这一片住地的环境该会变得多么美啊！人行道刚刚铺好方砖，人们就迫不及待地一大早出来散步了，在家里圈了一天的小狗也紧随主人，在人行道上撒欢地飞跑。夏日的夜晚，男女老少又到边道上来乘凉，有的就坐在马路牙子上，蛮有兴味地观看路上的来往车辆，和岭南饭店大玻璃窗里面的辉煌灯火。我习惯在就寝之前到外边去散步一会儿，于是我还发现，这条栽上小树的人行道，还成了少男少女们谈情说爱的好地方。

小杨树的生命是充沛的，也是顽强的。它们在阳光雨露的滋润下，去年春天就一个个抢着发了新芽，而且神不知鬼不觉地，伸出了一根根柔软细长的丫枝，上边挂着一片片圆圆的绿叶儿，经风一吹，可以听到一阵轻微悦耳的声响，就像一群天真无邪的孩子，用那清纯的童音，唱着天籁一般的歌。

但是没过多久，我却为小树的命运担起忧来。世上一切美好的东西，都不会一帆风顺地成长，与人类生存攸关的绿色生命不也是这样吗？虽然时有工人拖着胶皮管子，来回地给小树浇水，用铁锹给它培土，但还是有不少棵小树夭折了，消失了。最近我又数了数，竟少了八九棵。只见有的只剩下半截树干，有的甚至找不到一点树的痕迹，只留下一块空空的树坑。难道是天灾所致吗？不，我清清楚楚地看见，即使刮起五六级大风，这些小杨树虽然也在摇摇晃晃，哆哆嗦嗦，竟没有一棵在劲风中倒下的！那么究竟为什么一天天少起来了呢？我一直想亲自抓住一个破坏小树的家伙，但一次也未如愿，只好暗自叹息。

除了小树遭此厄运，人行道上的绿化带也受到商业大潮的侵袭。一些做着发财梦的人，就像当年跑马圈地一样，争先恐后地占据绿地，盖起一座座丑陋不堪的商亭。它们就像野火烧不尽的荒草，取缔了一批，又冒出来一批。后来，听说有人向市里告了状，这才下来一道死命令，限期拆除，否则强行拆掉，损失自负。于是，在限期到来的前几天，那些已经开业、正待开业、或正在盖建的违章建筑，一个个悄悄地迁走了。园林部门还在路边墙上写上“绿化用地，严禁占用”八个大字。最近又来了一批园林工人，开始在绿化地上清理渣石和翻土，看样子，我们这个朝夕生活的地方就要变得舒适、清新、绿意盎然了。然而欢喜之余，我还惦记着那些小树，希望绿化工人别忘了给它们补苗。

但是，对小树的摧残还在继续。我家楼前也有一棵小杨树，它已经长高了，正准备与它的同龄伙伴一道吐芽发枝，迎接第二个春天。人行道上的商亭倒是都已拆除，但马路口的一段边道上，还有一些摊贩赖着不走，这棵小树正好长在一个瓜果摊的旁边，显然有点碍他们的事。一天早晨，我眼看这棵小树刚刚被撞断，树干的断头处，赤裸裸地露出白净无疵，微透青绿的肌体。我走过去质问一个卖瓜果的粗壮汉子，他只是似笑非笑地瞪了我一眼，若无其事地照旧摆弄他的果摊。我只好无可奈何地走开，在我身后留下那棵已经气息奄奄的小树。

（一九九四、九）

河西走廊走一回

河西走廊，也称甘肃走廊，是一条在甘肃西北部祁连山以北，合黎山与龙首山以南，乌鞘岭以西的狭长平缓地带，全长一千二百公里，以其位于黄河以西而得名。举世闻名的丝绸之路就是沿着这条走廊通往西域的。为了一瞻敦煌圣地，我们不惮长途跋涉，在河西走廊驱车走了一回，途经武威、张掖、酒泉、嘉峪关诸名城，所见所闻，瑰丽多琦，目不暇接，与江南水乡相比，别有一番令人震撼的历史苍凉感。

清晨六时半，我们便从兰州动身出发了。此时，细雨霏霏，天色微明，空气清新而湿润，人人都为开始这次难得之行而兴奋。上午十点钟左右，汽车方抵乌鞘岭。来到这里，天地忽然变得窄小，峡谷为一层浓雾笼罩着，给这个险要的咽喉要道蒙上一种神秘色彩。但在翻越乌鞘岭中，浓雾又渐渐散去，在晨光里露出它那雄浑壮观的身影。兰新公路在这里恰如一把利剑，把乌鞘岭一劈两半，南北两边，高山挟持，若即若离，真有一夫当关，万夫莫开之势。这时北面山坡上一列火车正在缓缓行驶，一段段汉长城遗址在山冈之间起伏蜿蜒，几群山羊宛如朵朵白云，一动不动地悬浮在山崖上，远远看去，好似一幅静中有动，引人遐思的油画。车过谷浪峡后，地势开始变得宽阔起来，司机告诉我们，已经正式进入河西走廊了。车开到这里，北面的山已经隐去，唯见南面的祁连山，头顶着皑皑白雪，静若处子地横卧在远方。我们现在经过的地方已是甘肃省著名的粮仓——武威永昌平原。武威古称凉州，因得天独厚，经济富庶，素有“金张掖，银武威”之称。车过之处，只见一片片绿洲分布在公路两旁，树木葱茏，沟渠纵横，耕地如织，各样庄稼构成黄绿相间的斑斓色彩。中午时分，我们准时到达武威，下榻天马宾馆。我惊喜地发现，在宾馆大厅门前，一盆盆栽海棠竟长得高与人齐，花朵开得特别鲜艳丰满，在街头看到农民出售的卷心菜，一个个硕大如盆。甘肃省一向干旱缺水，但河西走廊的菜蔬花卉，却长得出奇的旺盛，令人惊叹不已。武威文化古迹颇多，精美绝伦的中国古代艺术珍品铜奔马（即《马踏飞

◎兰新公路旁汉长城遗址

燕》）即出土于武威雷台汉墓。当天下午我们参观了这座保管完好的汉墓。此墓也称张将军墓，是1969年发现的，现为甘肃省重点文物保护单位。墓道极窄，仅容一人通过，我们只好鱼贯而下。墓室分前、中、后三室，室顶皆有彩绘莲花藻井，四壁也均用粉、墨描绘图案装饰。后室为存放棺木所在，似属夫妻合葬。据向导介绍，此墓虽被盗掘，但遗下的出土文物仍相当丰富，仅铜器就有一百七十二件，其中艺术价值最高的就是那件铜奔马。

张掖又名甘州，自古誉为“金张掖”。车离张掖还老远，就看见前方蓊蓊郁郁一片，整个城镇若为一特大绿伞笼盖着。张掖被称为“金张掖”，主要是水利资源丰富。在一万四千平方公里的绿洲上，河道如网，阡陌相连，大小水库多达四十六座，诚如前人所言：“甘州不干水湖滩”。张掖一向五业兴旺，商贸发达，在古代就是丝绸之路上的重要交易中心。史书上记载：“西域诸藩多到张掖与中国互市”。大业五年（六〇九年），隋炀帝西巡到甘肃，就在张掖胭脂山下举办了一次二十七国参加的贸易盛会，传为中国古代贸易史上的一段佳话。在张掖，远近驰名的大佛寺是务必一看的。因为这里有一尊国内最大的室内卧佛塑像，意大利旅行家马可·波罗在他的游记里曾倍加赞赏。大佛寺始建于宋代西夏永安三年（公元一〇九八年），殿宇重檐叠阁，气象森然。一进大殿，即见正壁佛坛上侧卧着一尊气度超凡的释迦牟尼涅槃像。大佛金装彩绘，身长达三十四米半，肩宽七米半，脚长四米，垂肩的双耳也长过两米，手的中指长宽可睡一人。佛像的身姿神态优美动人，只见他右手枕于头下，左手置于大腿之侧，双目似醒似睡，若有所思，显得无比恬静和慈祥。

一过张掖，河西走廊的地貌似有明显变化，从张掖到酒泉的漫长路程中，难得见到一湾水、一棵树、一方田，进入视野的尽是一片片广袤无边的大戈壁。我忘记是在什么地方，忽然在祁连山方向发现了一片大面积湖泊，湖上烟雨蒙蒙，村落隐现，我几乎要惊叫起来。但那位司机却摆手说，“那不是湖，那是戈壁滩上的海市蜃楼”。我为自己的无知哑然失笑了。车在大戈壁上奔驰了四五个小时，中午十二点抵达酒泉。酒泉古称肃州，自公元前一二一年开辟以来，就是通往中亚、西亚乃至欧洲的重要陆路通道。酒泉也是河西走廊上的著名绿洲，除盛产各种农产品外，矿藏也颇丰富，著名的酒泉钢铁公司就在酒泉地区。酒泉颇值一记的景物颇多，酒泉公园、丁家闸古壁画墓，以及工艺精美的夜光杯等，都给人留下深刻印象，这里单讲酒泉公园。来到酒泉公园，几乎让人忘记我们周围还有大戈壁。园林虽不大，但玲珑清雅，景色宜人。园内有亭榭，有曲桥，有垂柳，有花香，清澈平静的湖面，正有几只小舟在轻轻荡漾，不时传来女孩们的歌声笑语。酒泉公园的中心景点自然是那眼已有两千多年历史的古酒泉池了。酒泉原名金泉，《汉书 · 地理志》注引东汉人应邵曰 ：“其水若酒，故曰酒泉也。”但在民间流传更广的说法是这样一个故事 ：西汉骠骑将军霍去病征讨匈奴有功，汉武帝派使者赐御酒奖赏他。但将军以为功在全军，不宜独饮，便将御酒倾入泉中，与全军将士欢呼共饮，此泉从此称为酒泉。前辈传言，古酒泉原有三眼，后仅存一眼。泉水甘洌，澄碧如酒，冬暖夏凉，永不结冰，冬日水气蒸腾，状如云烟，泉中常有气泡上升，有如珍珠串串，蔚为奇观。

从酒泉到嘉峪关，行车只需半小时。嘉峪关自古号称“天下第一雄关”，是明长城西端军事要塞。这里地势极其险要，南靠祁连山，北依马鬃山，是河西走廊比较狭窄的地段，东西来往的唯一通道，嘉峪关就巍巍耸立于两山环抱之中，可攻可守、固若金汤的气势至今仍有一股逼人的威慑力量。我登上城关楼台举目眺望，早晨的太阳正从祁连山雪顶冉冉升起，给雄伟壮丽的嘉峪关涂上一层辉煌的光彩。

（一九九四、八）

闲步兰州街市

在兰州的那些日子，我依然旧习未改性好闲游，最乐意独自一人逍遥自在地随处走走，尤其是那些尚存一点旧日风韵的旧城老街,更使我流连忘返。可惜的是,兰州也同某些地方一样，苍劲古朴的城垣由于城市建设的需要早已荡然无存，唯有几处老的街名和残余的土墩还能供人凭吊。兰州的旧城在今兰州的东部黄河南岸一带。据史书记载，到明清两代，兰州的城池规模即已基本固定，到光绪年间，兰州内城周长六里二百步（一步等于五尺），外廓周长十八里一百三十三步。现在，这里已变成是兰州最繁华、也最具地方特色的商业区了。张掖路、酒泉路、泰安路一带，车水马龙，商店林立，热闹非凡，著名的百年老店和名菜馆一般都设在这里。

兰州正值举办中国首届丝绸之路节，这也是一次中外商旅的大聚会。在市场经济中刚刚觉醒的兰州人借了这个良机，举办了许多贸易洽谈会和商品展销会，其中著名的就有丝绸呢绒服饰一条街、农副土特产品一条街、风味食品一条街和瓜果一条街，而最使人陶然欲醉的就数这风味一条街和瓜果一条街了。在兰州的瓜果中，我最爱吃的是那无核葡萄了。那一颗颗玲珑剔透赛珍珠的小果粒真是让人爱不够。在北京只能吃到无核葡萄干，而这里都是水灵灵的鲜果，每颗葡萄都饱含着琼浆玉液般的果汁，真个是百啖不厌呢。然而，让人还未闻香就已馋涎欲滴的，要算是兰州街头的各色地方小吃了。据介绍，这条长达二百七十米的食品街共设了一百多家饮食店，都是挑选出来的名家。大菜小吃共四个系列、十二个大类五百八十九个品种，真是蔚为大观。西北人的面食最有名，因而这里的面店也就特别红火，拉面、手工面、削面、摊面片、压面、猫耳朵、窝窝面，粗细宽窄，花样繁多。浇头的汤汁也风味不一，有牛肉面、肥肠面、臊子面、炸酱面、卤面、凉面……就光这些面，就得尝几天。兰州的牛肉拉面是兰州最有代表性也最大众化的风味食品了。我在北京曾经领略过这种引进的兰州面食，然而却是味儿淡淡，汤水清清，尝一次也就腻了。这次在兰州我终于吃到了真正正宗的牛肉拉面。我忘了是在哪条街吃上第一碗牛肉面的，那是一家普通的小面馆，因为还没有到中午最上座的时刻，我还能找到一个座位坐下，一会儿工夫头戴白帽的店员给我端上了像小陶盆似的一大碗面，热气腾腾的面上漂着一层红油，除了细细的肉丁外，还洒上切得细细的香菜和蒜苗，当我挑起第一筷细如线、白如雪的面条，喝上第一口纯正香辣、热得烫嘴的汤汁时，我仿佛听到我的五脏六腑都在齐声欢叫："味道好极了！"兰州人做饮食生意还有一绝，就是他们颇善于找到最佳的销售环境以招引顾客。我在旧城区的一条街上，就看到一个巷子口上挂着“百乐门”的牌匾，原来巷子的尽头是一家兼放录像片的歌舞厅，而巷子两边就是排得密密麻麻的小吃摊。人们从歌舞厅出来肚子饿了，可以随意吃一点风味食品，确是两全其美，乐趣无穷。

逛兰州街市尤令我赏心悦目的则是那条在设计构思上颇有诗人气质的滨河路了，可以说，兰州如果不在黄河岸边配置上这样一条玉带式的园林道路，那该会减色多少！当我初次踏上这条路时，我便为设计者的才智和灵感倾倒了。一条郁郁葱葱的林荫路就建在黄河的岸边，绿生生的草坪点缀着丛丛斗妍的鲜花，俨然构成一道隔离城市喧嚣的绿色屏障。一些个体经营者还妙想天开，在树荫下，花草前，摆上几处洁净的茶摊和躺椅。你不妨在椅上歇息片刻，一边品着茶，一边观赏岸那边的山光水色、楼台塔影，那可真是神仙过的日子！尤其值得赞赏的是，为了给这条花园路增添几分文化气氛，设计者还在路边矗立了多处造型优美、意蕴深刻的美术雕塑，如《丝路古道》《搏浪》《绿色希望》《韵律》等。特别是那座著名的《黄河母亲》，它那美丽深邃的内涵使我受到深深的感动。年轻的黄河母亲微笑着，面庞慈爱而恬静，美丽的眼睛无限深情地注视着远方，在她那丰满的胸怀上趴着一个昂着头、光着腚的茁壮婴儿。我很快悟到了：黄河母亲以她那博大无私的乳汁哺育了整个中华儿女，那个生气勃勃、充满希望的婴儿不正是你，正是我，和那生长在黄河边的兰州人么……

（一九九四、二）

兰州的四季瓜果

金秋九月正是丰收的季节，兰州的大街小巷到处是水水灵灵、色彩缤纷的瓜摊果店，老远就能闻到阵阵诱人的甜香。兰州自古号称“瓜果城”，此誉果然不假。

兰州地处我国黄土高原与青藏高原的交汇之处。大自然对这片黄土地是吝于施舍的，年降雨量只有三百二十毫米。但是，日照长、温差大却给瓜果的生长带来有利的条件。千百年来，果农们就是利用这种特殊条件苦心经营，终于把兰州建成一座瓜果荟萃、四季飘香的大果园。先从瓜类谈起吧。兰州生产的瓜类大致分为西瓜和甜瓜两大类。中国的西瓜大约是一千七百年前，从非洲经“丝绸之路”传入内地的。明代（一三六八年至一六四四年）徐光启在《农政全书》上说:“西瓜，种出西域，故名之。”至于兰州何时开始种瓜，尚无可靠史料考证，但估计也在三百年以上。兰州的西瓜品种颇多，但品质最佳的要数旱沙西瓜。这种西瓜个大皮薄，瓤沙味甜，多产于兰州西固区的范子萍和城关区的盐场堡一带。新中国成立以来，几乎每年都有新品种问世，如白花皮、旭东、蜜美、中育一号、苏西二号、友谊等，都是优质西瓜中的佼佼者。一天在城外通往陇西的公路上停车稍事休息时，看到路边正好有几家瓜摊在招揽生意，我们便走过去挑选了几个，想尝尝沙旱地区长的西瓜究竟是个啥味儿。那瓜的外形倒也寻常，但是瓜皮却特别薄脆，轻轻用手一拍，瓜就裂开了，只见绿油油的瓜皮露出红莹莹的瓜瓤，甭提多么鲜亮可爱。我们就像一群发现甘泉的沙漠跋涉者，一个个迫不及待地捧瓜啃起来。啊，果然是好瓜！瓜瓤十分酥脆，入口即化，甜蜜蜜的瓜汁顺着嘴角直往外溢。那卖瓜的汉子看我们的吃相很有趣，便开玩笑地说："你们北京人就是有口福，从几千里外跑到我们甘肃来吃瓜。要不要多买几个带回去，让北京人都尝尝咱这地道的兰州西瓜？"

兰州的西瓜虽然好吃，但名声更响的还要数甜瓜。兰州种植甜瓜的历史要比西瓜久远得多。《重修皋兰县志》写道："甘瓜，俗名甜瓜，种自哈密来，故又名哈密瓜。"魏文帝《与朝河令吴植书》："浮甘瓜于清泉"，即此。可见在一千七百多年前中国就已经种植甜瓜了。兰州的甜瓜品种也很多，如白兰瓜、醉瓜、黄河蜜、兰甜五号、金塔寺、金蛤蟆、香瓜等二十多个品种，其中闻名遐迩的当属白兰瓜。白兰瓜又名兰州蜜瓜，形似圆球，瓜皮光滑如脂，白中透绿，以城关区青石乡所产者最佳，每个三四斤重，含糖量高达百分之十六，吃在口里，如露如蜜，妙不可言。白兰瓜原产美国，美国人称之为"蜜露"。这美国"蜜露”如何在中国落的户，其中还有一段曲折动人的经历呢。中国农学家张心一年轻时曾在美国攻读研究生，回国后任甘肃省建设厅厅长。一九四三年，他邀请美国著名土壤学家、水土保持专家罗德明来兰州帮助研究解决甘肃干旱问题。罗德明来到兰州后发现这里的地区条件很适宜种植甜瓜，便许诺回国后给张心一捎一些“蜜露”瓜种来，让他在兰州试种。第二年六月，美国副总统华莱士访华路过兰州,亲自将罗德明送张心一的“蜜露”瓜种交给了他。张心一于是组织一批农科人员在兰州雁滩、河北庙滩子一带进行试种，果然获得成功。白兰瓜的口味的确不凡，瓜瓤色如翡翠，肉质细嫩汁多，有一种独特的清香味。

在兰州盛产的百余种水果中，最具地方特色的还要数梨类。据地方志记载，兰州栽培梨树的历史已有四百年左右。清代雍正七年(一七二九年)编纂的《甘肃通志稿》记载:“梨者兰州佳”。兰州生产的梨有三十多个品种，最著名的是冬果、软儿、酥木、长把、吊蛋、马奶头、巴梨等，色香味形，各有千秋。但我觉得最富情趣的是冬果和软儿两种。冬果梨树干粗壮高大，每年谷雨前后，梨花怒放如云，煞是好看。冬果梨个大，一般重三百克，大者五百克，皮薄肉脆，甜中带酸，尤耐贮藏，放到来年五六月仍能保持原味不变。冬果梨有公母之分，果冠凸出者为公，果冠凹下者为母，母梨比公梨略小，但果肉细嫩，比公梨更加可口。冬果梨放到冬天吃最妙，其吃法是将果核掏去，放入冰糖和蜂蜜，再配以其他佐料，然后煮熟食之。冬天围着火炉，吃上一碗连汤带梨的冬果，既能消渴去寒，又能润肺止咳，别有一番滋味。软儿梨又名香水梨，树冠高大如伞，在兰州山川分布颇广。软儿梨的吃法也颇特别，要等到冰冻季节去吃才够味儿。软果梨果实初摘时，表皮呈黄绿色，果肉呈水白色，质硬味酸，并不太好吃。但是果实经过冰冻后就完全变了样，果的颜色从表及里一律变成褐红色，原来质硬的果肉则化成一包果浆。软儿梨的冰冻吃法是，先将冻梨放在冷水中化解，然后去其蒂把，对准留下的小孔用嘴吮吸，果浆凉丝丝、甜津津的，还有一点酒香，吃起来就像北京人吃冻柿子一样过瘾。当地人有诗道："冰天雪地软儿梨，瓜果城中第一奇。满树红颜人不取，清香偏待化成泥。"

（一九九四、六）

夜上皋兰山

皋兰山是兰州城南的一座山。兰州的得名多半与它有关，这在唐代的《元和郡县志》里就早有记载了。但“皋兰”一词如何解释却一直众说纷纭，有的说是山上原长有一种俗称“皋兰”的兰草，故名皋兰山。但也有另一种说法：皋兰的意思是河，它是古代羌族的古音，现在蒙古还有把河叫做“皋兰”的，因此皋兰山就是盘踞河边的大山了。我看这两种说法都可成立，不过我却偏爱前一种说法：皋兰山，一座兰草纷披、馥郁流香的山，不是美得很吗？

在兰州的三座山中（其他两座是五泉山和白塔山），属皋兰山最高，它海拔两千一百多米，是兰州的制高点和天然屏障，史书上说它“高厚蜿蜒，环拱府城，如以臂作围护势。”因为它离城区很近，站在城里任何一个高处，都可以一眼看到它那莽莽苍苍、峰峦起伏的身影，使兰州别具一种雄浑壮丽的气势。

◎皋兰山三台阁夜景

这一天华灯初上，我们就开始向皋兰山进发了，汽车队沿着一条上山的汽车路缓缓爬行。因为山路上没有路灯，车灯只好一直开着，一道道光柱把山路照得通亮，灯光闪过处可见两旁还有人家和小店，有些儿童听到汽车喇叭响还跑出门来向我们欢呼。汽车走了不到半个小时，忽见前面豁然开朗，如临平地,原来皋兰山顶已经到了。我们购票进了园门,就见灯火阑珊，人影憧憧，花树摇曳，楼台莹莹，我几乎不相信这是在海拔两千多米高的山巅上。这时我像个梦游人，只知随着人流向三台阁走去。三台阁雄居皋兰山顶，与市区相对高差五百米，是兰州最高处的建筑物，站在三台阁上看兰州夜景最妙不过。三台阁始建于明代初期，当时俗称魁星阁，清末咸丰年间毁于战火。民国初年张广建出任甘肃总督期间（一九一三至一九一九），才又在“皋兰山顶建楼三层，名三台阁”，“盛极一时”。哪知刚落成不久，又由于一九二〇年宁夏固原地震倾塌了。如今的三台阁是在一九八三年组织能工巧匠仿照旧制重修的。新建的三台阁平面呈正方形，共有三层，总体高二十点七五米，十分巍峨壮丽。当我仰首遥望时，只觉得这座张灯结彩的三台阁宛如一处天上的玉宇琼楼，美得让人叫绝。我迫不及待地登上三台阁的最高层，这时四周栏杆前早已挤满了人，当我好不容易挤到靠近栏杆时，一幅让人眼花缭乱的人间奇观一下子把我吸引住了。这简直是一个用无数颗宝石砌成的璀璨世界，是我第一次看到的、跳动着永恒生命之火的不夜城呢！你看，房子是灯，街道也是灯，山上是灯，山下也是灯，整个兰州城全让流光溢彩的华灯照亮了。人们纷纷指点着哪一处是中心广场，哪一处是兰州最豪华的百货大厦，住在兰州的人或许还会告诉你哪一个闪亮的窗口是他的家吧。

下了三台阁，就是如履平地的山顶花园了。灯光把这片林木葱茏的小园照得如同白昼，因为是在山顶上，而且又是夜里，空气显得特别纯净和清新，再加上习习凉风，有一种真正沁人心脾的感觉。那一排茶楼呢，也盖得真够离奇，它们不设在园中间任何一方，却都整整齐齐地排在山顶花园的边沿，如果我们乘上一架直升机来观察，准会把你吓一跳，那一间间小茶楼似乎都吊在悬崖峭壁上呢！这时，我怀着好奇猎胜的心情，同几个伙伴走进一间早已备好茶水、瓜果的茶楼。茶室不大，仅容茶几一个，坐椅四把，但令人赞叹的是，每间茶室都开着一个朝向山外的窗口，在室内品茶可以随时观赏灯火灿烂的兰城夜景。在如此奇幻的环境里品茶，对我来说真是一次终生难忘的机遇，更何况饮的茶还是从未听说过的“三炮台”呢！据说，

“三炮台”是兰州以及陇西地区饮食文化的一个重要内容，它遍布于兰州的大街小巷、园林名胜和娱乐场所，无论是家居款友，还是餐馆宾宴，奉上来的茶水必定是“三炮台”。“三炮台”即泡茶时一定要放入茶叶、冰糖、桂圆三样东西，如果再讲究一点，还有加放葡萄干、杏干和红枣的，但最基本的是前三样。茶叶可以消渴，冰糖可以清热，桂圆则能滋补，这样具有综合功能的茶，确是陇西人适应自然环境的一个创造。我轻轻端起茶碗，并用茶盖微微刮动浮茶，然后屏息静气地呷上一口。此时此刻，我顿觉两颊生香，并尝到了一种甘苦交融的滋味。

我们驱车下山已经夜深，但山上依然游人如织，毫无散意，甚至还有刚上山者。这些不知疲倦的人们难道会整宿待在这里，恋着这山，恋着这灯火，一直等到夜幕褪去黎明到来么……

（一九九三、十）

草原印象

在大城市里住久了，往往会产生一种无名的烦躁，被圈在栋栋高楼大厦构成的水泥笼子里，空间是那么窄小，市声又那么喧嚣，简直使人憋得透不过气来，唐朝大诗人白居易在他的诗篇《寄行简》中说："渴者多梦饮，饥者多梦餐，春日梦何处？合眼到东川。"每读到古人这几句诗，就会有一种共鸣从心底油然而生，现代城市人不也像诗人那样，做梦也想回归到大自然去享受一片宁静，去呼吸一口清新空气么！去年八月，我应老友之邀到张家口坝上一游，竟意外得到一个机会，到了朝思暮想的内蒙古大草原，虽然只短短逗留了一天，我那久被困扰的身心也算得到了一次大解放，足够我消受回味的了。

从地理学观点来看，张家口坝上实际是属于内蒙古草原的南缘，因此这里不仅地势高、气温低，而且地貌、植被也都与内蒙古相仿。我们所到的地方，正是坝上最北端与内蒙古接壤的康保县。站在康保的草滩上，就闻到内蒙古大草原的气息了。热情的主人善解人意，特地为我们安排了一次到内蒙草原观光的节目。原来在康保以西几十公里的地方，就有一处长势茂盛的草原，这就是内蒙古太仆寺旗的“五一”牧场。于是一个晴空如洗、气候宜人的早晨，我们便驱车向那里进发了。

一出县城，车便如一只小船驰入一望无际的绿色海洋，见到这种碧波千里、气势磅礴的绿色，真是叫人心旷神怡，无比舒畅。哦，一处秀长的水淖从车窗口闪过了，我赶紧捕捉这幅优美清丽的画面。在蓝天草地的映照下，清澈的水淖闪着亮晶晶的青光，几只白色的水鸟时而在水面上凫游，时而又轻快地从水上飞起。淖边滩地上几头牛马对这些水上伙伴毫不介意，依然专心地啃它们的草。正当我沉醉在这片宛如梦境的景色中时，一处红旗招展的山丘在眼前出现了，那是一支植树造林的队伍，还隐隐传来人欢马叫的声音，给宁静的草原增添了一股生气勃勃的气氛。草原上的公路是坦荡无阻的，我们的汽车就像一匹脱缰之马飞速奔驰，连界碑都没见着，就已进入内蒙古自治区地面了。只见远方高高的草坡上出现两个蒙古包，太仆寺旗草原到了。我们在蒙古包前停下，原来这并不是牧民居住的蒙古包，而是一家简朴别致的“草原餐厅”。看来，已有人利用这里的天然资源在做旅游生意了。这时一位身材魁梧的蒙古青年走过来迎接我们，后来知道他就是这家草原餐厅的老板阿依木图。

大草原终于就在我们脚下了，草原用它那宽厚温馨的胸怀和臂膀拥抱了我们，我真想立即匍匐在地，久久地亲吻它，并深吸一口它的香气。过去我也曾读过一些记述草原的文章，但我这次却有了一点自己的感受。我觉得草原之绿远不能用一个“绿”字概括得了。不错，草原是绿色的，但它比一般草木之绿不知要丰富多少，深邃多少啊，这是一种用任何人工颜料都描绘不出的绿色。请你细细地看吧，那朵朵数不清的，叫不上名的野花，就像天际的繁星铺满了草原。花的颜色好看极了，有蓝的，紫的，粉红的，白的，还有黄的，花的形态也让人百看不厌，有的像菊花，有的像一串小灯笼，有的像颗小五角星，有的像一只小喇叭。夏日的草原就像一块奇大无比、花团锦簇的地毯，大自然赋予草原的颜色实在是太美太富有了。草原也不是一马平川、没有起伏高低的。那远远近近的丘坡构成各不一样的弧线，这是多么柔美的线条，使草原在恢宏粗犷之中又具有一种迷人的妩媚。

草原是百鸟争鸣的世界，百灵鸟则是草原上的歌星。百灵鸟善鸣，在北京的花园里，常有提着鸟笼遛早的人，笼子里的鸟有不少就是百灵。百灵鸟的鸣声确是好听，经过调训还会模仿其他鸟兽的叫声，吸引着游人围着听。但是听得久了，我总隐隐听出一种急促感，有时甚至有点单调，我总觉得关在那种精致笼子里的小鸟唱得并不高兴。古人云：“鸟之性情唯在林木”，佛经上也有句话：“鸟身自为主”，这都是劝诫古人不要随意捕杀鸟类，是主张将它们放归山林的。

如今，我终于如愿以偿，听到百灵鸟最欢畅的歌唱了，正如著名老作家孙犁在他的名篇《黄鹂》中说的，这些在天地间自由翱翔的百灵鸟与林间黄鹂一样，它们的鸣啭也是大自然一种美的极致。尤其当百灵鸟从草丛中向云霄飞去时，它那由近及远，由嘹亮渐趋微细，宛转而悠长的声调，听起来真是醉人。为了饱享这份天籁，我竟离开众人，独自坐在一片草地上出神谛听。一匹枣红马正在远方的草坡上静静地吃草，这正是一幅独具草原风格的油画。百灵鸟和别的山雀就在我周围飞飞落落，啁啁啾啾。千万别去惊动它们，就让我做一次草原歌星最虔诚的听众吧。

（一九九六、二）

坝上消暑

去年北京的夏天出奇的热，人就像生活在一个大蒸笼里，闷得透不过气来，不少人都跑到烟台、北戴河去避暑。一天，我忽然接到张家口老友来信，邀我到坝上消暑。这可真有点让我喜出望外。

坝上，的确是方得天独厚、让人神往的清凉界，远非那些人满为患的避暑胜地可比。坝上地势比坝下高得多，坝下海拔四百米，坝上高达一千四百米。坝上地处内蒙古高原南缘，因此气候也具有高寒地带的特点，冬长夏短，夏天特别凉爽。一九八七年八月上坝，记得还带了一件薄毛衣，这次也特意捎上件夹克,以备早晚穿穿。张家口地区现辖十三个县,坝下九县，坝上四县。为了尽情享受一下坝上高原的广阔和凉爽，我们便直奔坝上最北的一个县——康保。车过万全，就见一脉连绵起伏的群山，像堵大坝横亘在前方，这溜大山就成了坝下坝上的天然分界。司机说,我们就要上坝,进黑风口了。小小的面包车,宛如一颗“泥丸”,在崇山峻岭之间的山路上蜿蜒滚动。车越往上爬,就越感到气温明显在降低。我把车窗打开,只觉两腋生风,凉气袭人,整个身躯仿佛都要随风飘去。此时此刻,我似乎不复知道有炎夏苦暑,热浪熏蒸,真是凉快透了,舒服透了。

“康保”的意思很美,它的蒙语是“康巴诺尔”,意即美丽的湖泊,“康保”正是“康巴诺尔”的谐音。自春秋战国以来,康保就先后是匈奴、乌桓、鲜卑等少数民族的游牧之地。可以想象,昔日的康保,“风吹草低见牛羊”的景致一定是随处可见的。一到坝上,给我的第一视觉就是广漠无边的草滩、原野。七八月间,正是大自然万物滋长的季节,于是整个坝上就像一块极大极大的画板,冥冥中似有位大手笔,在上面抹下一道道层次无穷,神秘莫测的色彩:油绿油绿的是小麦,绿中泛着银灰的是莜麦,顶着一层小黄花的是油菜,像一片雪浪花在翻滚的是马铃薯,但色泽更加豪放的还数那一望无际的绿色草滩了。不时出现的牛、马、羊群,更给草滩绿色增添了一股欣欣向荣的生机。

除了让人目眩神迷的天然色彩外,坝上草滩的那份清静也是无与伦比的。为了领略那点真正纯静的感觉,我们有时就深入到大野之中,找一片树荫坐下。往日的喧哗已离开我们很远很远了,周遭能听到的,只有那如琴如瑟的唧唧虫声,林间乱飞的啾啾鸟声,远处草坡上传来的哞哞牛鸣声。正当我沉醉于一片天籁中时,忽发现大道上缓缓驰来一辆马车,上面坐着几个像是赶集回来的农民,他们个个显得快活而悠闲,那匹拉车的马呢，也不紧不慢地迈着步子，似乎不急于回家；一头栗色小马驹在车后面远远地跟着，有时它调皮地跑到路边戏耍，待赶车人一声唤，它又小跑地追了上去。车慢慢地爬上了高坡，然后渐渐地从视线里消失了，他们的归途还有多远呢？唉，真可惜我不是画家，不能用支妙笔把此景画下，但这幅美不可言的坝上归车图，将会永不褪色地留在印象里。

康保似乎还没有搞什么度假村，我们是安排在康保县外贸公司的客房住下的。这是一家全省知名的先进企业，不仅生产、出口成绩斐然，院子里也拾掇得像个花园，除了花和树，还有凉亭、喷泉等。坝上的花都开得很鲜艳，有一种从未见过的草花特别美，花茎亭亭玉立，红的、粉的、白的花朵开满了一院子。它的名字也起得特别，叫“大出气”，似乎向人表白，别小瞧我坝上花，我要开得胜过关内和江南！康保县外贸公司的高经理豪爽好客，举止言谈颇近蒙古风。住在康保几天，他几乎让我们尝遍了坝上风味：手把羊肉、莜麦猫耳朵、烧兔肉，早餐还让我们喝到了奶茶。临走前，厨房还为客人做了一次涮羊肉，肉片是那么薄那么鲜，北京的东来顺恐怕也望尘莫及。锅子一端上来我还有点担心，大夏天吃这家伙不会大汗淋淋吗？但此地毕竟是坝上，在凉凉快快的傍晚美餐一顿涮羊肉，我竟滴汗未出呢。

（一九九五、八）

雨天的回味

“春雨贵如油”这句家喻户晓的老话不知最早是什么人讲的，不仅简明生动有诗味，而且还很贴切，合乎实际。特别是我国北方（如我已居住四十多年的北京）,春天里一向风多雨少，春雨真是稀贵得很，像宋人仲殊诗里说的“江南二月多芳草，春在蒙蒙细雨中”那样的意境，是很难感受到的。最近我查阅了一下去年写的日记，整个三月份里，竟然没有一天下雨的记录，而刮风扬沙的天气却频频出现。四月五日本该是“清明时节雨纷纷”的日子，白天硬是不给你下一滴雨，尽管天色也还是阴沉沉的，只是到了夜间，才蛮不情愿地下了一点点，算是勉强应了个景儿。

可今年北京的春天却颇反常,那句古老的话语似可改成“春雨不再贵如油”了。进入三月竟连续下了好几场春雨，有一天的雨量甚至多达三十毫米。北京的春天也有点近似江南了，空气湿润润的让人感到适意，连休眠了一冬的枯木衰草也早早露出了新的生机。我家附近的首师大校园绿化得很好，是我常常散步遛弯的地方。我发现，枯黄的草地里已有不少嫩嫩的青草在悄悄冒出尖来，“静思园”中间那块向阳的圆草坪已经泛出一层喜人的绿意。我那间书房的阳台正好朝西，不远处就是昆玉河畔的玲珑塔（即慈寿寺塔），塔后面的远方就是那绵延起伏的西山了。在春雨蒙蒙中，塔身像是披了一袭轻纱，山体的曲线也变得格外妩媚柔和。这时我想，我在自家窗前观雨，那些正在山中看雨的游人，定会另有一番滋味吧。

但是，我毕竟不属于有很高艺术天赋的人，像作家或诗人那样。我缺乏他们特有的那种感觉上的细腻和敏锐，我是既写不出施蛰存先生（老人已于二〇〇三年离世）《雨的滋味》（见《灯下集》）那样的大作，也写不了郁达夫的《雨》（见《闲书》）那样的妙文的。施蛰存发表于上世纪三十年代的《雨的滋味》是篇洋洋洒洒、长达五千字的随笔，文章熔文学、人生、知识、趣味于一炉，风格颇近英国 eassy。这位当年曾被鲁迅斥为“洋场恶少”的青年作家，在这篇散文中竟表现得如此温馨、高雅和富于情趣。他以敏锐的艺术感觉和精细入微的分析，淋漓尽致地诉说了雨的季节，雨的颜色，雨的声音，雨的美。在他的眼里，春雨和梅雨是抑郁美，夏季的骤雨是畅美；或者也可以这么说，春雨梅雨是优美，夏季骤雨是壮美。而雨的滋味呢，更是因时节、环境和心情的不同而千差万别。例如同是一场春雨，降在小庭深院或陇头陌上，其滋味就大不一样。雨量的大小、缓急，也会给人不同的感受，漾漾细雨可以让人感受颜色，滴滴沥沥的零雨则给人带来声音的美，古诗“春水碧于天，画船听雨眠”表达的正是一次夜航听雨的美妙意境。施蛰存的《雨的滋味》如可比喻为巨幅油画，郁达夫的那篇《雨》就是一幅素描小品了，短短五百字就娓娓道尽了雨的丰富感受，特别是一开始就提到知堂的苦雨斋和苏东坡的喜雨亭，那更是引人入胜的一笔。

如此说来，长的如施蛰存的《雨的滋味》我写不出，短的如郁达夫的《雨》我也不行，那就只剩下回忆的份儿，也就是回味了，每当雨落京城的时候，我就习惯地站在窗前，雨打明窗的沙沙声，窗外渐渐模糊的雨景，不禁把我引入一幕幕往昔的雨天故事中去。一九四二年，慈爱的母亲在我的出生地汉口病逝。父亲决定把儿女送回天津老家，让祖父母和一位未出阁的姑姑照管。在临行前，父亲就在一个细雨霏霏的日子，带着我们去游了一趟东湖。那正是夏季荷花盛开的季节，我们到了东湖就雇了一只小船，让船工划着去赏荷花。东湖的荷花真多，仿佛一眼望不到边，我们的小船就在一片片荷香弥漫的荷塘中穿行，我的手都可以伸出来触摸到小船两边的荷叶。雨滴落在荷叶上滚动着，恰似掌上的颗颗明珠。我自幼贪吃，这时忽然冒出一句话来：“我们摘一片荷叶带回去蒸荷叶包子吧！”父亲却面无表情，也不吭声，姐姐搂着小妹、小弟，只是向我凄苦地笑了一下。我马上意识到我讲了一句多么不合时宜的话，母亲已不在了，谁来给你蒸荷叶包子呢？

雨本是自然现象，但它一旦与人生结合起来，就会产生种种不同的况味，其中有苦涩，也有甜美，它有的时候温情脉脉的，但有时也会让你看到它那暴虐施威的一面。上世纪七十年代，有一回我偕同一位摄影师去湖南浏阳采访。工作结束后，由当地同志陪同去文家市（这是当年毛泽东领导秋收起义会师的地方）参观。当时正逢多雨季节，车刚上路不久，雨就淅淅沥沥地下了起来。从浏阳到文家市，一路景色殊佳。浏阳河的水，远远近近的山，全蒙在一片烟雨中，一切都灵秀极了，也润泽极了。正当我左顾右盼饱览雨景时，车忽然放慢了速度，原来司机发现在路中间有个小包，而且看见远方有个小小的人影在移动，我们猜想这个小包很可能就是那个人丢落的，司机便把车开到那个行人的前面停下来。我下车一看，原来这个行人是个十一二岁的小女孩，我一问，那小包果然是她不慎丢落的。小女孩长得颇清秀，但有点瘦弱，身上的衣服和两条小辫都给雨淋湿。当她从我手里接过小包时，微笑着向我道了一声谢："难为你了。"湖南乡音很重，但却清脆好听。我们的车继续向文家市方向开去，雨却下得大了起来，四周景色一片迷蒙。我回头看看，那个小姑娘已完全消失在雨雾中不见踪影，她孤零零的一人到哪里去躲雨呢？多少年已经过去，在文家市究竟看到些什么，我早已忘得一干二净，唯独这个雨中邂逅的小女孩却一直清晰地留在记忆里。

但是，雨也有使我胆战心惊的一刻。一九九四年夏，我应友人邀赴张家口坝上避暑，在坝上我住了一个多星期就启程返回了。当我们的车刚刚下坝时，一场让人震撼的大暴雨突然从天而降，哗哗的雨水冲下来几乎使公路成了河，车身也像被水浮了起来不停地晃动。车只好小心翼翼地停在路边，过了十几分钟，待雨势减弱后车才敢缓缓地开行。司机告诉我们，幸亏我们下了坝，如果我们正在山上赶上这场恶雨那可真够危险的。这次雨的遭遇现在想起来还有点余悸，不过它却是一次难得的险趣。

（二〇〇八、一）

栗香忆事

当秋风送凉，栗子飘香的时候，我常会想起一件与栗子有关的童年往事来。那是一次极其有趣，又带有一点惊险味的经历，六十年过去了，依然清晰得恍如昨日。

当年祖父在祖籍东大沽（现属天津市塘沽区）经营着一片瓜果杂货店。那儿对一个十二岁的孩子来说，无疑是个最具诱惑力的地方，可是万万没想到要想进入那座“乐园”还得经过一番小小的“磨难”哩。在一个腊月十几、春节临近的日子，祖父带我去东大沽玩，那时从天津乘火车到塘沽后，还必须经过一条大河（即海河）才能到东大沽。我跟着祖父来到河边时，吃惊地发现河上根本没有桥，只有两条能坐几十人的渡船在来回载客过河。在冬季以前坐摆渡过河还比较容易，但一到了数九寒天，那可就十分困难了。

正是三九时节，宽宽的河面上布满了大大小小从上游流下来的冰块，它们互相碰撞着，涌动着，发出可怕的嘎嘎声，显然,渡船已不能正常行驶。于是,一种我从未见过的景象发生了：乘客们上船后都按照船主的口令，一边喊着号子，一边用双脚一左一右地使劲往下踩,这种有规律的踩船动作被称为“踩凌”。踩凌时渡船的倾斜度很大，船帮几乎要与水面齐平，那可真是一场同阎王爷一起跳舞的游戏！俗话说“人心齐，泰山移”，由于大家在船主的指挥下步调一致，小船始终没有失去平衡，层层阻挡的冰块终于给我们让路，小船就这样摇摇晃晃地向前移动了。眼看渡船慢慢靠岸，我甭提多么兴奋和喜悦了，过河时的百般惊恐都已扔到了九霄云外。冰冻季节过河的经历就这么一次。大概出于安全考虑，祖父以后再也没有让我去经受这样的风险，但是，它却成了我童年时期重要的人生一课。

祖父经营的这家瓜果杂货店名叫“春和玉”，由于一向店风朴实，买卖和气，又是祖传老店，因而在东大沽那条街上颇有名气。特别是祖父的炒栗子更是远近驰名，有口皆碑。

我一跨进店门，就立即受到店员们的热情欢迎，手里、口袋里很快便塞满了各种好吃的，而最最诱人的当然就是吃祖父亲手炒的糖炒栗子。祖父当时已是六十开外的老人，却身板硬朗，腰腿有力。只见那把大铁铲在他手里上下挥舞，轻快自如，如同艺术表演一般，我站在一旁简直看呆了。半个多时辰，让我垂涎欲滴的糖炒栗子终于出锅了。油黑发亮的栗子放在手里滚烫滚烫，由于火候掌握得恰到好处，炒出的栗子几乎个个咧开了嘴，剥起来非常容易。我手忙脚乱地把栗子皮剥下，很快露出黄澄澄的栗仁来，吃在嘴里好甜好软好香！童年食栗的最佳感觉就这样永远地留在记忆里。

新中国成立以后，“春和玉”老店公私合营了。不久，祖父也从店里退休回了天津。这本是我家一个旧时代的结束，是没什么可留恋的。可是，由于童年的那次经历，糖炒栗子成了我一直最爱吃的食品之一。不过说起来也怪，不知是感情因素，还是现在炒栗子的技术不到家，反正我再也没吃到像祖父炒的那么好吃的栗子了。

（二〇〇三、一）

谈荔枝

每至夏季，各色各样香甜味美的瓜果纷纷上市，其中最让人馋涎欲滴,百食不厌的就属“果中之王”荔枝了。宋代(九六〇至一二七九年）大文豪苏东坡就有一首吟诵荔枝的名诗：“罗浮山下四时春，庐橘杨梅次第新；日啖荔枝三百颗，不辞长作岭南人。”苏东坡因与当政宰相王安石政见不合而被贬到海南岛儋州，这里虽然荒僻艰苦，但却盛产各种南国瓜果，当他第一次尝到荔枝时不禁惊叹：“不知天公有意无？遗此尤物在人间”。

荔枝原产于中国南部，以广东、广西、福建、四川、云南、台湾等省栽培最多，仅广东一省荔枝品种就有一百三十多种。荔枝果实呈圆形，果皮有鲜红、紫红、青绿或青白色，表面布满突起的鳞斑，果肉新鲜时呈半透明凝脂状，汁多芳香，味极甘美。荔枝还富有营养，明代（一三六八至一六四四年）李时珍《本草纲目》说：“常食荔枝能补脑健身，开胃益脾，干制品能补元气，为产妇及老弱补品。”《岭南记》形容荔枝：“壳如红缯，膜如紫绡，肉白如脂。二三月开花，五六月结果”，有“五月荔枝天”“六月荔枝丹”之说。北宋大书法家蔡襄撰写的《荔枝谱》说荔枝：“香气清远，色泽鲜紫，壳薄而平，瓤厚而莹，膜如桃花红，核如丁香母，剥之凝如水精，食之消若绛雪。”荔枝在古代还有许多别名，如离枝、丽支、勒荔、丹荔，并誉称“饤坐真人”。唐代（六一八至九〇七年）大诗人白居易在《荔枝图序》中说:“荔果离枝，一日而色变，二日而香变，三日而味变，四五日外色香尽去矣。”就是说荔枝是一种很娇嫩的水果，不宜久藏,摘下后即刻鲜食,一离树枝色香味就很快消失了,故名“离枝”。把荔枝称作“饤坐真人”，原是福建人对荔枝的一种爱称。“饤坐”又作“钉坐”，是说荔枝陈列席前，如同钉在桌上，只供人欣赏，舍不得让人吃。

荔枝有不少名贵品种，而且留下许多动人的故事。如“妃子笑”是广东荔枝名产，相传唐玄宗爱妃杨玉环特别爱吃荔枝，玄宗为了讨她欢心，每至荔枝成熟时，就命官差骑快马从岭南送往长安（今西安）。杨贵妃一见荔枝送到跟前，就立刻喜笑颜开，因而把这种荔枝叫“妃子笑”。又如“十八娘”是福建漳州名产，其果形略呈细长，色泽深红，犹如苗条素女，传说五代（九〇七至九六〇年）闽王的第十八个女儿喜欢吃这种荔枝，故名“十八娘”。苏东坡《减字木兰花》赞赏“十八娘”荔枝:“轻红，软白，雅称佳人纤手臂，骨细肌香，恰似当年十八娘。”又如“挂绿”,是广东增城名产,明末诗人屈大均在《广东新语》中说:“挂绿荔枝，爽脆如梨，浆液不见，去壳怀之，三日不变。”至今“挂绿”荔枝仍保持爽甜脆嫩的特色，果实都有一道自蒂至顶的绿色线痕。传说八仙之一的何仙姑原是增城人，升仙后思念家乡，便回来坐在一棵荔枝树下绣花，把绿衣挂在荔枝树上，从此结的果都有一道绿痕。

福建省有个著名品种叫“宋家香”，因源出于宋诚家，又简称“宋香”。其传说也很有趣，公元八七八年黄巢起义，大兵开进岭南，发现宋氏祠堂有一棵“宋家香”荔树非常高大，便欲砍倒当柴烧。当士兵刚砍下一斧时，几个妇女拥上抚树痛哭，恳求与“宋香”老树同生死，士兵受感动而作罢。这棵老树一直保留至今，算起来已有一千两百多年，现列为福建省重点保护文物之一。有趣的是，当年黄巢士兵砍树的痕迹犹清晰可见，而且荔枝边缘尖端还有微凹的缺刻。更神奇的是，果核腰部也有凹陷的一围横痕，称作“斧痕”或“玉带痕”，这就是明代林希哲《咏宋香》中说的：“核上俨若斧斤痕，兹事奇怪难评论。”

荔枝贵在一个“鲜”字，自古以来人们就很关注贮藏保鲜，并积累了不少有效的经验与方法。屈大均在《翁山诗略》介绍其家乡贮藏荔枝的方法，“露井寒泉百尺深，摘来经宿井中沉，日落化作月华冷，多食令人补太阴”，就是将刚下树的荔枝吊入深井中，可以驻色保鲜。广东民间还有将荔枝置于瓦缸中，密封后将缸埋在树荫沙土内，也可延长保鲜。另外，还有将鲜荔枝装入新砍下锯断的青竹筒内，然后将竹简口密封。新砍下的青竹筒内，水分蒸发时需要吸收热量，这就为内藏荔枝创造了一个相对冷凉的环境，再就是利用荔枝本身呼吸作用，使筒内氧气减少，二氧化碳增多，抑制荔果新陈代谢，以防腐保鲜。

荔枝不仅可供鲜食,还可入厨做成名馔佳肴。广东名菜“荔枝鸭”就是用鲜荔枝若干去核，放入宰洗调味后的鸭膛内，然后用新鲜荷叶覆盖其上，用文火清炖，熟后鸭肉可闻荔枝香，味美无比。荔枝还可以酿酒,《广东新语》说“荔枝酒相传为酒中圣贡也”，早在唐代，“尤尚荔枝烧酒，常携酿具，就树下以荔枝焙酒。”荔枝酒“浓艳幽沉，恍若西施醉依玉床，又似贵妃温泉出浴，令人闻之，未饮而先醉，神驰飘飘，然如仙也。”荔枝还可以用来制茶，将鲜荔枝汁浸入于茶叶中，晾晒成荔枝茶，冲泡饮之，茶香之外更添一层荔枝香。此外，荔枝还可制成荔饯、荔脯、荔枝露、荔枝罐头，等等。广西用灵山名品墨叶荔加工而成的象山牌荔枝罐头，一九八四年荣获法国国际美食协会金质奖。

（二〇〇三、五）

谈栗子

栗子是一种男女老幼人人爱吃的佳果。当在秋冬季节，在你漫步北京街头走过食品店前时，常会有一股甜滋滋、热乎乎的异香扑鼻而来，让你馋涎欲摘，不由得掏出钱来买上一兜新出锅的糖炒栗子吃。栗子被誉为“干果之王”,是一点不过分的。

中国栽培栗子的历史悠久。距今七千年前的河姆渡遗址中，就发现有古代遗存下来的栗子化石。一九五四年开始发掘的西安半坡遗址，也曾发掘出大量的粟子化石，说明中国新石器时代仰韶文化时期，栗子就是一种常见食品。湖北西北部汉江中游东岸有座西汉（前二〇六至公元八年）古墓，殉葬品中就有板栗，形态大小与当今栗子无异，是现存最古老的栗果实物。

在古代中国，人们对栗子十分崇拜，往往以它作为部落氏族的标志。孔子《论语》就记载 :“夏后氏以松，殷人以柏，周人以栗。”周代氏族的宗庙前，都要种植栗树，以象征氏族的繁荣兴旺。在祭祀祖宗时，栗子是重要的祭品之一。“栗子”谐音“立子”，自古以来即被视为传宗接代的吉祥物，民间嫁娶成婚时要准备诸多果品，其中最主要的就是栗子、花生、干枣三种，缺一不可。这三样干果寓意为“早（枣）生,花（有男有女）生，立（栗）子”。此种婚事习俗至今仍在民间流传。

栗子在中国古籍中有不少称谓。《西京杂记》中说：“榛栗、瑰栗、紫阳都尉栗。栗之大者为板栗，稍小者为山栗，山栗之圆而末尖者为锥栗，圆小如橡者为莘栗，小如指顶者为茅栗。”栗子在历史上还被称作“得胜果”和“河东饭”，原来这是两千年前晋国人对栗子的一种尊称。据宋人陶谷《清异录》载，公元前四世纪，晋国和邻国发生战争，晋王率大军亲征，行至一峡谷时遭到敌军围困，当时粮草断绝，人饿马乏，无力突围，眼看有全军覆没的危险。这时有一个山野樵夫来求见晋王。他指着满山遍野的栗树说，有这么多美食在眼前，为何坐以待毙？晋王闻后大悟，立即命令士兵摘取山栗充饥，食后士气大振，英勇奋战，结果晋军转败为胜。从此栗子即被称为“得胜果”，又因晋军摘栗取食于河东，于是又称为“河东饭”。

中国板栗产地遍布大江南北，但以北方为主，并集中产于河北、山东等省，是为中国板栗的重要产区，产量约占全国总产量的 80%。《战国策》说：“有枣栗之利……此所谓天府也。”这是说战国时期的燕国（今河北北部与辽宁一带）盛产栗子，受益很大，可谓得天独厚。《吕氏春秋》也记载：“果之美者，江浦之橘，箕山之栗。”把栗子看作两大佳果之一，可见推崇之至。中国叫箕山的地方颇多，这里指的极可能是山东益都的箕山，这里栗多质佳，至今益都栗子仍很有名气。中国栗的优质品种不少，如北京良乡栗子、河北京东板栗、山东郯城大油栗、陕西镇安大板栗等都是其中的佼佼者，特别是北京良乡栗子，粒大、皮薄、香糯、味甜，是享誉中外的优良品种，糖炒的良乡栗子，其味最佳。

栗子含有多种营养成分：糖15%左右，淀粉65%，蛋白质7．5%，脂肪6%，此外还有钙及多种维生素，无怪乎宋代医学家苏颂极力称赞："果中栗，最有益。"明代医药学家李时珍的《本草纲目》中也说："栗厚胃肠，令人耐饥"，又说"熟者可食，干者可脯，丰俭以济时，疾苦可以备药，辅助粮食，以养民生"，指出栗子同时具有食、药两种价值。

栗子的食法也多种多样。生吃甜脆清香，如经风干再吃，甜味更醇。栗子切开小口，加上香料煮熟吃，绵软香甜，别有风味。但最让人爱吃不厌的还数糖炒栗子。其方法是将砂子放入铁锅内，砂子用糖拌匀炒热，然后放入栗子炒熟。用砂炒栗，看似简单，其实颇有讲究，砂粒大小要适当，砂粒太粗，栗子易焦，砂粒太细，栗子味差。炒栗子时必须让栗子均匀受热，不停地搅拌，方可避免栗子生熟不匀，炒熟的栗子壳皮易剥，果肉又香又甜。糖炒栗子由来已久，早在北宋（九六〇至一一二七年）时期，汴京（开封）有个叫李和儿的，就以炒卖糖炒栗子闻名四方。公元一一二七年宋高宗赵构迁都临安（杭州），李和儿也随着迁来临安，当时无论是达官贵人还是黎民百姓，都爱吃李和儿的炒栗。遗憾的是，李和儿的炒栗技术没有留下记载而失传。

栗子除上述各种吃法外，还可制成蜜饯、栗羊羹、栗子罐头及糕点馅等。北京仿膳饭庄还专门会制作当年慈禧太后爱吃的宫廷小食品——栗子面小窝头。栗子还可入厨烹制各种佳肴，如栗子鸡、栗子白菜等。据已故著名作家梁实秋先生介绍，栗子还有一种绝妙食法：北京过去有家西餐馆制作的奶油栗子面（或称奶油栗子粉）堪称一绝。其做法是将栗子磨成粉，干松松的栗子粉再浇上大量打搅过的奶油，用小勺取食，味妙无穷。但奶油要新鲜，打搅要适度，打得不够稠固然不好吃，打过了头却又稀释了。梁实秋还说，杭州西湖烟霞岭下翁家山桂花出名，尤其是满家弄的桂花特别香。桂花盛开时，栗子也正成熟，桂花煮栗子是杭州小吃店的风味佳品，著名诗人徐志摩每值秋后必去访桂，每来必吃一碗桂花煮栗子，视为平生一大享受。

（二〇〇三、八）

漫话茶馆

在中国，茶馆是一种很受欢迎的娱乐休闲场所。在工作之余或旅游途中，到茶馆品茗歇息，或闲谈听曲，或静坐养神，同时还可悠然眺望窗外的风光景物，的确是一个消除疲劳、愉悦心情的好地方。

中国的茶馆由来已久。早在南北朝时(四二〇至五八九年)，士大夫阶层大兴品茗清谈之风，已出现称为“茶寮”的饮茶场所，可说是茶馆的雏形。正式记载茶馆情况的是唐代（六一八至九〇七年）封演著的《封氏见闻记》:“自邹、齐、沧、隶（今山东、河北省一带），渐至京邑（今西安），城市多开店铺，煮茶卖之，不问道俗，投钱取饮。”这说明在唐代茶馆已相当普遍，不过那时的茶馆经营方式比较简单，交了钱就可以取茶来饮。茶馆业开始兴盛起来是在宋代（九六〇至一二七九年）。据孟元老著的《东京梦华录》记载，北宋年间（九六〇至一一二七年）

的汴京（今开封），在闹市区茶坊、茶肆鳞次栉比，生意兴隆，如记潘楼东街巷一带的茶馆：“茶坊每五更点灯，博易买卖衣服图画，花环领抹之类，至晓即散，谓之‘鬼市子’。……旧曹门街，北山子茶坊内有仙洞、仙桥，仕女往往夜游，吃茶于彼。”可见这一带茶馆营业十分红火，天还没亮就点灯卖茶了。此外还有一种内部装修别致的茶坊，仕女都乐于到这里来夜游吃茶。到南宋（一一二二至一二七九年）时，都城临安（今杭州）的茶馆业尤其繁盛。据《都城纪胜》《梦粱录》等书记载，临安的茶坊、茶肆都很会做生意，茶博士（即茶馆的堂倌）当门敲打响盏，歌唱叫卖，招徕过客。为了达到让客人在茶馆里能“消遣久待”的目的，茶馆内外装饰也颇讲究，室内花架上安放四时鲜花和松桧盆景，粉墙上张挂名人书画，环境布置得十分幽雅。当时南宋偏安一隅，中原人士纷纷集聚临安，所以到茶馆来的除一般市民百姓外，更有许多富家子弟到这里来聚会消遣，他们除了饮茶，还吹拉弹唱，习学乐器，当时称之为“挂牌儿”。有的茶肆还为商人提供谈生意的场所，称为“市头”。另外还有一种名为茶馆实为妓院的“花茶坊”或“水茶坊”，表面上经营茶水暗地招引“浮浪子弟”来此寻花问柳，在这样的茶坊里花费的钱叫做“干茶钱”。由于茶馆善于经营，能适合各种消费需要，深受京城各阶层的广泛喜好，每天从早到晚来茶馆饮乐的人络绎不绝，称之为“孵茶馆”。明代（一三六八至一六四四年）的茶馆为了适应士大夫的需要，更追求一种精细雅洁的风格，从煮茶到器皿都十分考究。明末著名文人张岱在《陶庵梦忆》中写道：“崇祯癸酉（一六三三年），有好事者开茶馆，泉实玉带，茶实兰雪，汤以旋煮，无老汤。器以时涤，无秽器。其火候、汤候亦时有天合之者。”张岱对这家茶馆十分欣赏，给它起名为“露兄”，称赞这家茶馆的茶水甘美如露。大众化的大碗茶也是从明代在北京兴起的，并列为三百六十行中的一个正式行业。清代（一六四四至一九一二年）茶馆业更加兴盛普及。特别是康乾盛世之际（一六八一至一七九六年），茶馆业尤其兴隆。“太平父老清闲惯，多在酒楼茶社中”，茶馆成了上自达官贵人下至黎民百姓的重要生活场所。清代的茶馆大致有三种类型。第一种是“二荤铺”，大多酒茶饭菜兼营，这种茶馆一般规模较大，厅堂宽敞，摆设讲究，饮的是名茶香片，用的是盖碗茶具；第二种是清茶馆，只经营茶水，并备有“手谈”（即象棋）和“笔谈”（即猜谜语），同时还可以听评书大鼓，服务内容十分丰富；第三种是野茶馆，多设在乡镇或大道两旁，它们虽然设备简陋，用粗瓷大碗饮普通清茶，但环境自然，乡土气浓，在这里歇脚饮茶另有一番野趣。

新中国成立后，茶馆业开始走上健康发展的道路，旧社会茶馆里的乌烟瘴气一扫而空，成了劳动人民品茶休息、开展社交的公共场所。随着旅游事业的发展，许多旅游城市在各个园林名胜广设大小茶馆，如杭州，茶室遍布西湖景点，这些茶室环境优美，服务周到，深受中外游客的赞赏。从近代以来，广州的茶馆业就很发达，至今仍以其独特的地方特色为世人所称道。在广州饮早茶是一种别有风味的享受，除品饮香茶外，还可随意吃到各种广东细点，品种达一百多种。改革开放以来，广州的茶馆生活变得更加丰富多彩，早茶、中午茶、下午茶、深夜茶以及音乐茶座、歌舞茶厅等，应有尽有。北京是新中国的文化中心，这里的茶馆更具有文化品位，其代表就是以著名艺术家老舍的名字命名的北京老舍茶馆。老舍茶馆创建于一九八八年，位于北京前门西侧。茶馆正门前有座老舍半身铜像，门楣上高悬“北京大茶馆”金漆匾额，落着老舍夫人胡潔清题写的“集老舍书印”边款。大门两侧挂着“振兴古国茶文化，扶植民族艺术花”的楹联。北京老舍茶馆京味十足，茶馆厅内陈设古朴典雅，沏茶用小紫铜壶，饮茶用名瓷盖碗，服务员小姐都身着旗袍，以文明礼貌的态度为客人送茶。在这里不仅能品尝到各种茗茶、宫廷面点和风味小吃，还能欣赏到北京的传统曲艺、戏法和京剧等文娱节目，有时还举办琴棋书画及其他各种文化活动。到北京老舍茶馆来品茶，无形中受到一次东方文化的熏陶。

（二〇〇四、二）

后　记

《钓台随笔》系我自上世纪九十年代中期以来所写散文的结集，其中主要是读书随笔，也有少量记人记游散文和名物小品。现在，当我手捧这本迟迟出世的小书时，我既感到由衷的快慰,也有一种排遣不开的愧意。记得我当初在《文汇读书周报》《书屋》等报刊有文章发表时，止庵就在电话里高兴地祝贺我，并频频鼓励我“要多写，多写”。但终因我疏懒成性，我还是大大地辜负了他，我写的实在太少太少了。岁月即逝，长叹无益，我只有用“老骥伏枥”的精神鞭策自己,力争在不多的有生之年，继续写些朴朴实实、言之有物的文章，既自愉也愉人，并回报朋友们对我的鼓励和关心。

我趣味不广，最是爱读书。陶渊明有两句名诗：“少无适俗韵，性本爱丘山”，我把它们改动了几个字，便成了这样两句：“老来远俗韵，性本爱读书”，这恰好成了我现在的生活写照。但我读书颇杂，更谈不上专深，古人所云“好读书，不求甚解”那一流，我大概算是一个。不过，在我涉猎的书文中，还是有个我最感兴趣的重点，那就是古今中外的名家随笔。在我那间清静的书房里，多年与我做伴的就有古罗马的西赛罗、塞涅卡，还有那位写过《沉思录》的皇帝奥勒留、近代随笔的开创者法国蒙田、以严肃哲理著称的英国培根、善良幽默并多有人情味的兰姆等等。每当我有点寂寞时，我便把他们从书橱里请出来，或请教，或交谈，从他们那娓娓道来、引人入胜的叙话中，我不仅得到启发，也得到充实和温暖。但是，最让我百读不厌、流连难舍的,还是现代中国那几位大家的随笔（特别是谈书的）。鲁迅的《魏晋风度及文章与药及酒之关系》《题未定草》《病后杂谈》，周作人的《夜读抄》《药味集》《书房一角》，郑振铎的《劫中得书记》及《续记》，孙犁的《劫后十种》《耕堂读书记》及《书衣文录》，黄裳的《榆下说书》《来燕榭书跋》，还有最感亲切的、已故谷林老人的《书边杂写》等，这些作品都是中国现代文库的瑰宝，它们各自不同的内涵与魅力将是今后文学研究上一个永恒的课题。鲁迅的深刻与沉郁，尤其是他那解剖黑暗、锐不可当的笔锋，足让敌人胆战心寒。周作人走的却是另样一条路，他将苦闷、闲适、知识融为一体，用文白相间殊有韵味的语言锤炼而成的小品，情趣多多，耐人咀嚼，“人归人，文归文”，知堂文章还是不可抹灭的。郑振铎在烽火年代不顾安危求书如命的爱国情结，尤其感人至深，在他众多作品中,《劫中得书记》是最可传世的。黄裳的随笔饱含浓重的历史沧桑感和书卷气，在当今散文家中也属少见。谷林发表书话时间较晚，而且不多产，但文章一出，赞声四起。止庵用“精致”二字形容他的文字，可说是抓住了特点，但这“精致”绝非空中楼台、花样文章,在“精致”的背后自有一层十分厚重扎实的文化积淀，当今恐怕极少有人能与之比肩。孙犁是我非常喜爱的一位作家，他的文笔纯净、洗练而又清丽，极具语言之美，而且弥漫于字里行间的忧患意识和对美好人生的憧憬，让我读后每每掩卷而思，叹为一绝。总之，这些大家们的文章，对每一个爱书写书的人来说，都是一笔极其珍贵的精神遗产，但是，我们又如何才能将它们化为自己的血肉，并铸成各具风格的文字呢？这确是个难而又难的问题。经验各自有，甘苦唯己知，那就让我们怀着共同的心愿一起共勉吧。

最后再谈谈我刚结识不久的新朋友董宁文君，因为《钓台随笔》得以出版是与他的帮助分不开的。说起来这也是一个“缘”。谷林先生去世后，止庵他们除了要出一部谷林的集外文文集（即《上水船甲、乙集》）外，还想出一本谷林的书信集来纪念他，止庵让我把谷林先生昔日写给我的书信整理出来寄给他，然后汇总交给南京的董宁文编辑出版（即《谷林书简》），这样我才与宁文有了联系。宁文是位热心文化事业的年轻人，谷林在世时曾跟我谈及他，话语中颇多嘉许。去年九月下旬我去上海参观世博会，便决定在南京逗留两日去会一会他，于是在我到南京的第二天就在他主办的凤凰读书俱乐部（在凤凰台饭店内）与他见面了。人的确很热情，也相当干练，他出于对文化的尊重与热爱，与不少文化人都有亲切的交往，在俱乐部的粉墙上就挂着不少著名文化老人（如范用等）的题词。我并不是什么名人，不过是个普通读书人，在写作上顶多是个自由撰稿人吧，但当他看到我时，就仿佛一见如故，满腔热忱地与我谈起他的经历和读书、出版界的情况，并且还热情邀我在他那本专用的大纪念册上题词。我的毛笔字实在难登大雅，但盛情难却，我只好斗胆挥笔写了一句“六朝古都一点清”，而且是不假思索写出来的，因为当我一进凤凰读书俱乐部的大厅时，脑子里就很快冒出这句话来了。“六朝古都一点清”，既是说凤凰读书俱乐部的，也是送给宁文本人的，其含意不言而喻。在浮躁奢靡、拜金如潮的当今社会里，宁文仍然坚守着这块圣地，以“润物细无声”的方式，坚持不懈地传播健康文化，是十分难能可贵的。

二〇一一、一、十一 北京